Les meilleurs sont sous terre

Nils Barrellon

Les meilleurs sont sous terre

roman

PLON
www.plon.fr

92, avenue de France
75013 Paris
Tél. : 01 45 87 50 01
www.plon.fr
www.lisez.com

Mise en pages : Nord Compo
Dépôt légal : mars 2025
ISBN : 978-2-259-32216-4

Note de l'éditeur

Ce roman est le lauréat de la cinquième édition du Prix du roman de la gendarmerie nationale.

Présidé par le général d'armée Christian Rodriguez, directeur général de la gendarmerie nationale, le jury réunit gendarmes, journalistes, avocats ou écrivains, tels que Maxime Chattam, Caroline Roux, Christian Authier, Éric Delbecque, Yves Thréard ou Julia Minkowski.

À ma mère, qui m'a donné le goût des lettres,
À mon père, qui m'a donné celui des sciences.
Pour faire simple.

Prologue

À la sortie de la capitale, la voiture s'était arrêtée sur le parking d'une zone industrielle désaffectée. Un camion y était stationné, des militaires de la junte attendaient qui le sortirent du véhicule, lui attachèrent les mains, lui bandèrent les yeux et le jetèrent dans le fourgon sans ménagement, comme ils l'auraient fait avec un sac de gravats.

Depuis, ils roulaient sur des routes de plus en plus cabossées qui ballottaient la cabine et ses occupants. Hector était légèrement nauséeux. Il pouvait sentir le souffle rauque de son voisin et son haleine chargée. Quelqu'un sanglotait. Une femme, lui sembla-t-il. Combien étaient-ils ? Où allaient-ils ? Quelles étaient ses chances de revoir un jour celles qu'il aimait ?

Hector était inquiet mais il n'était pas triste. Si tout devait s'arrêter, il était prêt.

Chapitre 1

Lundi 17 octobre – 8 h 23

La silhouette des montagnes commençait à se détacher dans le ciel couleur aluminium brossé. Les masses sombres en dégradé de gris formaient une étonnante barrière naturelle. Assis côté passager, le lieutenant Bertrand Carbonnier les observait avec le visage fermé de celui qui aurait pris une cuite la veille.

C'était un gars bedonnant mais trapu qui faisait son âge, presque quarante ans. Un léger collier d'une barbe de trois jours surlignait sa mâchoire sans pour autant créer des angles dans son visage rond. Ses yeux sombres brillaient d'une lueur maligne d'intellectuel et cela détonnait avec son physique d'ouvrier du bâtiment. Ses mains n'étaient pas grandes, mais ses doigts épais. L'index et le majeur de la dextre, jaunis au coin des ongles rongés, trahissaient le gros fumeur, les cinquante cigarettes par jour.

Il baissa la tête et regarda la ville de Nantua. Elle s'éveillait lentement en dessous de lui, au pied du viaduc qui l'enjambait. Il se demanda s'il pourrait vivre ici, prisonnier de cette vallée cernée par le massif du Jura. Pas sûr, les clôtures, quelles qu'elles fussent, le stressaient, faisaient remonter des images qu'il voulait oublier – celle de cette femme, juriste, allongée à même le sol, qui s'accrochait à ses pieds quand il passait à côté d'elle. Il baissa la fenêtre de la Kangoo et s'alluma une clope, sans prêter attention à la moue de reproche du major Pailhès, qui peinait à doubler une camionnette.

— C't'un vrai veau, c'te caisse ! s'exclama-t-il tandis que le moteur hurlait très haut dans les tours.

Carbonnier expira un long panache de fumée blanche.

— Avec ma nouvelle bagnole, j'lui aurais déjà mis un vent à c'tocard ! J'ai repéré une Giulietta 3 qui me plaît bien… Rouge Ferrari, cent soixante-quatorze chevaux, vingt-cinq secondes sur mille mètres départ arrêté. Une bombe, mon pote ! C'qui fait chier, c'est qu'le gars en veut trop…

Pailhès rétrograda pour relancer la Renault qui souffrait dans la montée.

— Mais t'inquiète ! Le gars, y va réfléchir et y va comprendre que j'ai raison. En tout cas, j'monte pas en Normandie s'il baisse pas son prix.

— T'irais jusqu'en Normandie pour une voiture ? s'étonna Carbonnier.

— Ben, y en a pas tant que ça, des bonnes affaires ! Si y en a qui ont des peaux de saucisson devant les yeux, moi, j'sais repérer une bonne bagnole. Et celle de Caen, c'est une bonne bagnole… Mais elle vaut pas deux plaques.

Le major Pailhès se rembrunit soudain pour se concentrer sur la route. Carbonnier, qui connaissait son adjoint, comprit qu'il était tiraillé par deux actions contraires : faire baisser le prix, mais sans pour autant laisser passer l'occasion. Le lieutenant jeta son mégot par la vitre puis consulta l'écran du GPS. Encore quarante-cinq minutes. S'il en avait été capable, il aurait bien piqué un somme, mais il n'arrivait pas à dormir en dehors de son lit. Alors il retourna à la contemplation muette du paysage. Ces foutues montagnes qui l'oppressaient.

La route défila puis ils quittèrent l'A40 pour plonger vers Bellegarde-sur-Valserine en contrebas. Malgré l'heure matinale, un embouteillage s'était formé au bout de la longue rue qui traversait la ville.

— Mais qu'est-ce qu'ils foutent, ces cons ! pesta Pailhès.

Il klaxonna avec hargne à trois ou quatre reprises. Carbonnier ouvrit la boîte à gants, attrapa le gyrophare et l'aimanta sur le toit. Après avoir remonté sa vitre, il prit la petite télécommande dans le vide-poche central et appuya sur le bouton On. La sirène deux-tons retentit.

— Vas-y, on ne va pas passer la journée ici !

Pailhès sourit, passa la première et déboîta sur la voie de gauche. Tant bien que mal, les voitures de la file se serrèrent sur leur droite. Celles qui arrivaient en face firent de même, libérant un passage dans lequel le gendarme s'engouffra en maltraitant une nouvelle fois le moteur diesel. Il remonta la file jusqu'à stopper devant un panneau de travaux jaune qui indiquait « route barrée ». Pailhès se tourna vers son supérieur.

— J'fais quoi ?

— À ton avis ?

— À vos ordres, chef ! rigola le major.

Le revêtement avait été raclé et les gravillons que soulevèrent alors les pneus de la Kangoo tapèrent sur le bas de caisse. Carbonnier ferma les yeux. Il s'imagina sous une pluie de grêle. L'illusion sonore était parfaite et il eut subitement froid. Il zippa la fermeture éclair de sa parka jusqu'en haut puis, ouvrant les yeux, constata que sa vitre était toujours ouverte. Il plongea la main dans la poche de son manteau et ses doigts rencontrèrent les alvéoles plastiques de la plaquette de quétiapine, puis celles de mirtaziapine. Cela le rassura.

Pailhès avait franchi la zone en réfection et remettait les gaz sur la voie rapide. Quinze minutes plus tard, ils laissèrent Thoiry sur leur gauche et arrivèrent en vue de la frontière. Membre de l'espace Schengen, la Confédération helvétique continuait à effectuer des contrôles pour qui souhaitait entrer sur son territoire ; toutefois, l'endroit semblait faire exception à la règle car les deux postes-frontières, français et suisse, étaient à l'abandon, les vitres recouvertes de panneaux de contre-plaqué. Seuls des séparateurs de voie empilables rouge et blanc formaient des chicanes, obligeant les automobilistes à ralentir.

— Ben, on passe en Suisse ! C'est quoi, c'te merde ? fit remarquer le major.

Dès qu'ils eurent franchi le poste helvète, Carbonnier désigna une petite voie mal bitumée qui partait sur la gauche.

— Là ! Tourne.

Pailhès obtempéra. Ils longèrent des courts de tennis, passèrent devant un bâtiment récent orné d'un calicot « Complexe sportif de Maisonnex » avant d'apercevoir, au bout du cul-de-sac, les gyrophares des collègues. Le major stoppa devant les nombreux véhicules stationnés en vrac sur le renfoncement permettant de faire demi-tour. Les deux hommes sortirent de la voiture. L'air était frais mais pas autant que Carbonnier l'aurait cru. Il s'étira pour que ses muscles oublient les deux heures de route depuis Lyon, avant de s'allumer une cigarette. Après trois longues taffes, il jeta la clope et avança vers l'attroupement qu'il distinguait derrière les autos.

— Lieutenant Carbonnier, section de recherches de Lyon, se présenta-t-il au collègue qui venait à sa rencontre. Major Pailhès, mon adjoint.

L'adjudant-chef, ainsi qu'en témoignait la barrette sur ses épaules, blanche fendue d'un liseré rouge en son milieu, lui serra la main.

— Mon lieutenant. Adjudant-chef Rigaud, BR[1] de Gex. On vous attendait. On a bouclé la scène de crime. Personne n'a foulé les lieux à l'exception de celui qui a trouvé le corps.

— C'est où ?

— Suivez-moi.

Ils dépassèrent sans un mot la petite dizaine de gendarmes et pompiers qui poireautaient, pour s'engager dans un chemin de terre boueux se faufilant entre les terrains de tennis couverts et un vaste champ en jachère. Le sentier n'était pas large et ils avançaient

1. Brigade de recherches.

en file indienne. Carbonnier suivait l'adjudant-chef. Pailhès suivait Carbonnier. Le lieutenant entendit son adjoint glisser mais ne se retourna pas. Dans son dos, le major jura :

— Merde ! Des pompes toutes neuves !

Au bout de la sente, l'adjudant-chef s'arrêta devant une rubalise tendue entre le grillage délimitant le complexe et un arbrisseau. Derrière, il y avait une parcelle herbeuse d'une vingtaine de mètres de long. Au fond, une bande de forêt coupée par un corridor qui laissait apercevoir des bâtiments rectangulaires.

— C'est là-bas, dit-il en tendant le bras devant lui. On n'a touché à rien.

— C'est quoi ce qu'on voit au bout ? demanda Carbonnier.

— Le CERN[1]. Bâtiment 3173.

Carbonnier souleva le ruban plastique et pénétra sur la scène de crime. Il eut envie d'une cigarette mais se retint. Il traversa à petits pas le pré à l'herbe rase jusqu'à distinguer le corps. Pas question de s'approcher davantage. Pailhès se posta à sa droite. Ils froncèrent les yeux pour mieux discerner le cadavre, allongé sur un chemin de sable blanc. Une femme leur semblait-il, sans qu'ils en fussent certains. Elle ou il était couché sur le ventre, face contre terre.

— TIC[2] ? lança Pailhès à Carbonnier.

— Oui.

— Pourquoi ils les ont pas déjà appelés, ces cons ? siffla le major en sortant son portable.

1. Organisation européenne pour la recherche nucléaire.
2. Technicien en identification criminelle.

*

Les techniciens s'affairaient sur le cadavre depuis deux heures. Constatations, relevés, plan, photos, rien n'était laissé au hasard. Carbonnier, qui n'avait pas bougé depuis son arrivée, comme fasciné par le ballet des hommes en blanc, interpella le major Aubernon qui encadrait l'équipe.

— On peut s'approcher ?

— Ouais, confirma le sous-officier, on a fini les relevés. Mes gars terminent le plan de masse et on bouge. Tout part pour l'IRGCN[1] à Pontoise dans la foulée.

— Votre avis ?

— J'suis pas toubib mais c'est pas un suicide. Ou alors elle était vachement souple pour se défoncer l'arrière du crâne elle-même !

— C'est une femme ?

— Bingo. Et pas toute jeune, la mémère. Faut croire qu'elle avait fait son temps, plaisanta-t-il.

Carbonnier ne goûta pas ce trait d'humour morbide mais ne dit rien et remercia le major.

— Si vous la touchez, mettez des gants, mon lieutenant, lui conseilla ce dernier en s'éloignant. Y en a une boîte pleine un peu plus loin sur le chemin.

Maintenant qu'il ne risquait plus de polluer la scène de crime, Carbonnier s'offrit une cigarette. De son portable, il appela Pailhès, parti « pisser » depuis plus d'une heure, et le somma de rappliquer. Il finit sa Marlboro en l'attendant. Quand le major fut là, ils

1. Institut de la recherche criminelle de la gendarmerie nationale.

examinèrent enfin le cadavre après avoir enfilé des gants en latex. C'était bien une femme, un mètre soixante-cinq environ, habillée avec des vêtements d'homme. Pantalon marron, polaire grise assez élimée, chaussures de randonnée moyenne gamme. Une large plaie couvrait l'arrière de sa tête. Les techniciens ne l'avaient pas encore retournée. Carbonnier s'accroupit à côté du corps pour l'attraper par les épaules. Pailhès s'empara des pieds. Ils la firent basculer sur le dos.

Elle n'était pas jeune effectivement. Soixante ans, peut-être même soixante-dix, estima Carbonnier. Ses longs cheveux gris étaient maculés de boue. Son visage contracté en un rictus hideux. Les deux gendarmes se relevèrent.

— Bon. C'est bien pour nous. Tu préviens ta femme, je crois qu'on est là pour un petit moment.

— Chier ! J'aime pas la cambrousse…

— OK, messieurs, lança Carbonnier à la cantonade. On l'embarque. Direction le légiste.

Il arracha ses gants en les retournant et s'apprêtait à les jeter dans un sac-poubelle prévu à cet effet, quand le major Aubernon l'apostropha :

— Moi, je veux bien procéder à la levée du corps, mon lieutenant, mais… vous êtes sûr d'avoir l'autorisation ?

Carbonnier le regarda avec étonnement. Il paraissait ne plus avoir beaucoup d'années à tirer avant la retraite, pourtant il ignorait toujours les responsabilités de chacun dans un cas d'homicide. Pendant que la scientifique s'activait, le lieutenant avait joint le procureur de la République de Bourg-en-Bresse. Ce dernier avait confirmé la saisine de la SR de Lyon, lui donnant ainsi les pleins pouvoirs, en tant que directeur d'enquête. Il se rappelait très bien avoir communiqué cette information au major. Il se voulut pédagogue car il se dit qu'il n'était jamais trop tard pour apprendre.

— Je suis directeur d'enquête, major. Le procureur de l'Ain a…

— Mais le proc, il sait que la petite dame elle est moitié en France, moitié en Suisse ?

— C'est quoi, cette connerie ?

— P'tain, j'l'avais dit quand on est arrivés ! laissa échapper Pailhès.

— Ben… Venez vers moi, s'il vous plaît.

Le lieutenant, curieux, avança.

— Là. Stop ! Ici, vous êtes en Suisse. Maintenant, reculez.

Carbonnier fit trois pas en arrière.

— Là, vous êtes en France !

— Dingue ! s'écria Pailhès qui observait la scène.

Il rejoignit son supérieur et, faisant un pas en avant puis un pas en arrière, s'amusa.

— J'suis en France… J'suis en Suisse… J'suis en France… J'suis…

— C'est bon, Clément, arrête !

— Regardez le corps, mon lieutenant, il est posé pile sur la frontière, fit remarquer Aubernon.

— Vous en êtes sûr ?

— Oui. Tenez…

Le vieux major dégaina son smartphone. Un modèle très récent, aux bords arrondis, qui rajeunissait son propriétaire. Sur l'écran, Google Maps.

— Nous, on est… (il appuya sur la petite cible en bas à droite qui permettait la géolocalisation) là !

Le point bleu clignotait sur la ligne noire matérialisant la frontière franco-suisse. Pailhès jubila :

— T'sais, c'est comme la série à la télé où y a une femme qui est retrouvée dans le tunnel sous la Manche, elle est coupée en deux et, quand ils la soulèvent, y a un bout qui part en France et l'autre en Angleterre... Tu vois de quoi je parle ?

— Non.

Carbonnier ne voyait pas et s'en foutait complètement. Le seul truc qu'il voyait était que personne, à part les TIC et eux, ne serait jamais au courant de ce hasard. Car le fait que le cadavre fût à cheval sur une ligne imaginaire, que rien ne matérialisait à part le plan de la multinationale américaine, ne pouvait être qu'une malheureuse coïncidence. Il décida aussitôt qu'il ne fallait pas s'en préoccuper. Elle ne pouvait que créer des complications inutiles. Restait à convaincre le major.

— C'est précis à combien votre GPS ? demanda-t-il à Aubernon.

— Euh... J'sais pas... Trois quatre mètres, je dirais.

— OK. Donc, cette femme pourrait tout aussi bien se trouver en France. Intégralement.

— Ou en Suisse, fit remarquer le major, un sourire malin au coin des lèvres.

— Ou en Suisse. Mais alors, on confie ça à la police suisse et vous venez de bosser deux heures pour rien du tout.

L'autre réfléchit un instant avant de se rallier au point de vue du directeur d'enquête :

— Vous avez raison, mon lieutenant. Faisons comme si...

— Je crois que c'est mieux.
— Mais…
— Mais ?
— Les photos de mes gars… Si quelqu'un de tatillon s'y penche, il pourrait bien faire la même découverte que moi !
— Ben, on la déplace d'un mètre. Vous refaites les photos et basta ! suggéra Pailhès.

Les trois hommes se regardèrent mais leur concertation silencieuse fut soudain interrompue :
— Messieurs ? Messieurs ?

Ils se retournèrent. Un homme se tenait face à eux. Vêtu d'un pardessus noir près du corps, d'un pantalon de costume gris, il était grand, très longiligne et possédait un visage anguleux à la mâchoire bien marquée. Il portait des Richelieu noires brillantes et une paire de lunettes assez austère. Sur sa tête était vissé un curieux chapeau de paille blanc, orné d'un élégant ruban de soie noire.
— Je cherche le lieutenant Carbonnier, annonça-t-il.
— C'est moi.
— Bonjour, dit l'homme en tendant la main vers lui. Je suis l'inspecteur principal Mark Wellber de la police cantonale genevoise.

Chapitre 2

Année 1906. À l'École normale supérieure de jeunes filles de Sèvres, Jean-Baptiste Perrin détermine une nouvelle valeur du nombre d'Avogadro, qui vient confirmer les précédentes et valide de façon définitive la théorie atomiste.

L'air frais venu de la mer ionienne ne l'était plus. Sitôt qu'il avait survolé le port Rossi pour s'engouffrer dans la via Umberto I, il était devenu tiède puis chaud en s'enfonçant plus encore dans Catane pour finir par se glisser, brûlant, dans l'appartement du deuxième étage d'un immeuble jaune citron via Etnea.

Dans le salon, Fabio Massimo Majorana tira avec nervosité sur son petit cigare, tâchant de ne pas entendre les gémissements de sa femme Dorina, de l'autre côté de la cloison. Appuyé sur le garde-corps, il regardait sans vraiment les voir les enfants qui continuaient à jouer au ballon dans la rue en contrebas, malgré l'heure tardive. Les vacances n'étaient-elles pas faites pour cela ?

Soudain, un cri plus fort rappelant celui d'une bête blessée. Fabio se figea, écrasa son mégot dans le cendrier en cristal. Puis un silence, qui lui sembla infiniment long. Enfin, un pleur. Si faible. Presque un murmure.

Fabio se tourna vers la porte qui s'ouvrit. Dans l'encadrement, le visage bonhomme du *dottore* Santi apparut :

— Vous pouvez venir.

Fabio entra dans la chambre. Dorina, le visage pâle et les cheveux trempés par la sueur, lui sourit. La sage-femme s'approcha, écarta les pans du lange et découvrit le nourrisson.

— C'est un garçon, dit-elle simplement.

Fabio eut un instant de surprise en le voyant. Il était si petit. Sa peau était si blanche et ses cheveux déjà épais, très noirs. Ses yeux étaient fermés, ses paupières gonflées. L'enfant ouvrit la bouche pour avaler une goulée d'air. On eût dit un poisson.

— Ettore, chuchota son père.

Chapitre 3

Lundi 17 octobre – 10 h 15

Les deux hommes se serrèrent la main sans chaleur.

— Où est le corps ? lança Wellber, faisant mine d'ignorer qu'il était sous ses yeux.

— Qui vous a prévenu ?

Presque quinze ans de gendarmerie donnaient à Carbonnier une lecture plutôt précise des événements à venir, sans qu'il se forçât. Une sorte de sixième sens, aux effets sûrement démultipliés par ses médicaments. Et, pour le coup, la présence de cet inspecteur suisse s'apparentait à une pluie de merde en approche rapide. Sans parapluie.

— Voulez-vous l'histoire complète ?

Carbonnier hocha la tête.

— M. Gervais, le gérant du complexe sportif, est arrivé une heure et demie après que son employé français, celui qui a découvert le corps, a appelé la police française. L'employé, très choqué, n'avait pas pensé à le prévenir et personne d'autre ne l'a fait. Sur place, M. Gervais a donc tenté d'en savoir un peu plus mais il semblerait qu'il ait été écarté assez… mmm… rudement par vos collègues… Inquiet de la présence de toutes ces forces de l'ordre sur son parking et, n'obtenant aucun renseignement, il a lui aussi appelé la police, suisse cette fois. Car M. Gervais est suisse, vous l'aviez compris.

— Comment savait-il pour la frontière ?

— La frontière ? Un problème avec la frontière ?

— Le cadavre est posé à califourchon dessus.

— Ah, souffla Wellber sans sembler y accorder d'importance. La frontière est ici une notion assez floue, lieutenant. Vous êtes déjà venu dans le coin ?

— Non, reconnut Carbonnier plus habitué à mener des enquêtes à Vaulx-en-Velin, Corbas ou Décines.

— Vous aurez constaté que les douanes ont déserté les lieux. Enfin, façon de parler : le CERN est une vaste zone qui répond à des règles un peu spéciales…

— Ce chemin appartient au CERN ? On y accède par les courts de tennis qu'on atteint par la route principale…

— Par le chemin de la Berne, exact.

— Rien n'indique que nous sommes au CERN !

— Vous avez raison. Ces tennis sont en libre accès car il est ouvert aux habitants de Meyrin, c'est d'ailleurs le TC Meyrin. Maintenant, plus de septante-cinq pour cent de ses adhérents travaillent au CERN…

— Mais c'est pas l'CERN ! insista Pailhès.

L'inspecteur suisse ne se départit pas de son calme.

— Le cadavre de cette pauvre femme n'est plus sur le complexe, vous l'aurez remarqué. La parcelle derrière nous, la forêt devant nous et le chemin entre les deux, qui se confond avec la frontière, appartiennent au CERN.

Content de son effet, Wellber marqua un petit temps, avant de conclure :

— Bref, cette femme aurait aussi bien pu se trouver d'un côté ou de l'autre de la frontière sans que cela ne change rien à notre présence commune, lieutenant… Mais peut-être puis-je la voir maintenant ?

Carbonnier n'aimait pas le personnage. Son accent traînant, son chapeau, son air supérieur qui tentait de ne pas en avoir l'air.

— Hélas, inspecteur Wagner, je ne peux pas vous laisser l'approcher avant d'avoir passé deux ou trois coups de fil. Nos hommes ont travaillé dur et… il faut que je vérifie votre histoire de zone.

— Bien sûr, bien sûr, je comprends tout à fait. Faites donc. Et, mais c'est un détail, je suis l'inspecteur Wellber. Wagner est un compositeur allemand.

Carbonnier s'éloigna pour téléphoner, suivi du major Pailhès qui n'avait rien perdu de l'échange.

— Pour qui y s'prend c'tocard ? chuchota-t-il. 'Vec son chapeau à la con… Et c'est quoi, c't'histoire de zone ?

— Je ne sais pas. J'appelle Louis.

— Oh celle-là ! J'me demande si l'Suisse est pas mieux ! Elle va encore nous chier une pendule… J'vois déjà l'truc : coopération, police transversale. Heureusement qu'elle est mignonne parce que…

Le lieutenant fit signe à son adjoint de se taire, la communication venait d'être établie. Il demanda au planton de le mettre en contact avec la colonelle. Un temps, le clic du changement de ligne puis la voix aiguë mais ferme de la chef de la SR[1] de Lyon.

— Ah, mon lieutenant, j'attendais votre appel. Alors, qu'est-ce qu'on a ?

— Le cadavre d'une femme, soixantaine d'années, coup mortel porté à l'arrière du crâne.

— Vous avez joint le procureur de la République ?

— Oui.

— Il est passé ?

— Non. Mais il a confirmé notre saisine.

— Bien. Vous avez une identité ?

— Non, pas encore. La scientifique termine à peine.

— Bien, mon lieutenant. Vous n'hésitez pas à solliciter les hommes du coin si vous avez besoin de monde. Je veux dire en plus de la BR de Bourg-en-Bresse, qui doit déjà être sur place et qui intègre le groupe de travail... Il y a une caserne à Thoiry.

Carbonnier ne put s'empêcher de sourire. Cette recommandation, inutile car évidente, mettait en lumière l'inexpérience de la colonelle, arrivée à la tête du service trois mois plus tôt. Âgée de quarante-quatre ans, Florence Louis faisait partie de la dernière promotion en date de l'École de guerre. Cette vénérable institution, créée en 1751 par Louis XV, formait chaque année deux cents officiers de tous les corps, choisis à l'issue d'un concours très sélectif, ainsi qu'une centaine de stagiaires étrangers. Au terme de leur instruction, les lauréats étaient amenés à prendre les postes de commandement les plus prestigieux. Toutefois, le

1. Section de recherches.

diplôme ne remplaçait pas l'expérience : si la colonelle avait vingt ans de gendarmerie à son actif, elle n'avait jamais été péjiste[1] et cette affaire criminelle s'annonçait comme son baptême du feu. Carbonnier craignait qu'elle ne fît preuve d'un excès de zèle. D'ailleurs, elle s'était déjà imposée DO[2], court-circuitant le chef d'escadron Hamard avec qui il travaillait d'ordinaire. Or, le lieutenant aimait mener ses enquêtes à sa façon et à son rythme – celui que ses médicaments lui imposaient. Ses résultats d'élucidation étaient très bons : il était l'un des meilleurs éléments de la section, sous réserve qu'on ne vînt pas lui chier dans les bottes, comme disait Pailhès.

— Bon, je vous appelais car nous avons un souci…

— Ah ?

— La police suisse a dépêché l'un de ses hommes, l'inspecteur Wegener. Il demande à entrer sur la scène de crime…

— C'est non ! La police suisse n'a rien à faire sur le territoire français.

— C'est bien là le problème. Le cadavre a été retrouvé à cheval sur la frontière.

— Pardon ?

— Le corps de la femme était posé sur la frontière franco-suisse.

— Qu'est-ce que c'est que cette histoire ?

— L'inspecteur Wegener affirme qu'une collaboration est obligatoire.

— Une collaboration ? Qu'est-ce que…

1. De la PJ (police judiciaire).
2. Directeur des opérations.

Silence puis Carbonnier discerna le bruit des doigts qui courraient sur les touches d'un clavier informatique. Il sortit une cigarette de son paquet et, coinçant son téléphone entre sa joue et son épaule, l'alluma.

En face de lui, Pailhès affichait le sourire un peu lubrique, un peu taquin, qu'il arborait chaque fois qu'une femme était le centre de la conversation. Le major avait en effet deux passions dans la vie, les voitures et les femmes. S'il avait une fâcheuse tendance à ramener le plus souvent possible la discussion à l'un de ces deux sujets majeurs, c'était cependant un bon gendarme, efficace et opiniâtre. Le binôme qu'il formait avec Carbonnier depuis huit ans tournait bien. Les deux se complétaient et commençaient même à se comprendre sans avoir à se parler, ce qui faisait gagner un temps précieux. Carbonnier devait juste, à intervalles réguliers, remettre le major sur les rails de l'enquête. Parfois, cela lui faisait penser aux œillères dont les chevaux étaient équipés pour ne pas être distraits par l'herbe soyeuse sur le bord du chemin. Il s'imaginait alors Pailhès, affublé de deux superbes caches noirs, version hippique du loup de carnaval, lui occultant les belles carrosseries quelles qu'elles fussent, et cela l'amusait.

— Mon lieutenant ? reprit la colonelle.

— Oui.

— Ça demande de s'y pencher correctement. Je ne trouve pas. Pouvez-vous me donner la position exacte du cadavre, s'il vous plaît ?

— Je vous envoie les coordonnées GPS sur la boîte mail de la SR…

— Vous n'avez pas mon numéro de portable ? Je l'ai communiqué à tous à ma prise de fonction, cela permet…

— Je ne l'ai pas noté, mentit Carbonnier. Je vous envoie ça sur le mail de la SR.

— Bien… Très bien… Je vérifie tout ça. Mais, en attendant, l'inspecteur suisse ne touche à rien, c'est compris ?

— Oui. Au revoir.

— Ah, une dernière chose ! Le procureur est-il au courant ?

— Non.

— Je vais voir avec lui. À tout de suite.

Carbonnier raccrocha.

— Alors ? s'inquiéta Pailhès.

— Elle ne sait pas. Elle va chercher.

— Pfff, j'en étais sûr. Heureusement qu'elle est gironde parce que, niveau compétence…

— C'est une remarque misogyne et déplacée, Clément.

— Oh ! s'offusqua le major. Misogyne… moi qui aime tant les femmes !

Et, comme souvent quand il se faisait remettre à sa place, le major se mit à bouder. En marmonnant, il suivit le lieutenant qui revint vers le Suisse.

— Inspecteur Wegener ?

— Wellber, corrigea celui-ci, Wegener est un physicien allemand.

— Ma hiérarchie procède à quelques vérifications. Je vous demanderais de patienter, cela ne devrait pas être long.

— Certes. Mais il serait toutefois judicieux de ne pas trop traîner pour emmener le corps à l'institut médico-légal.

Il avait raison. L'hésitation du DO n'était pas bon signe et quelque chose lui disait que la collaboration s'annonçait inévitable. Il décida de prendre les devants. À sa façon, à son rythme.

— Si vous vous équipez, vous pouvez examiner le corps.

— Très aimable de votre part.

— Je viens avec vous.

— Soit.

— Clément, tu vas interroger le gars qui a trouvé la morte. On se retrouve sur le parking.

En bougonnant, le major prit le sentier boueux en direction des tennis. Carbonnier et Wellber enfilèrent une paire de gants et s'approchèrent du cadavre autour duquel ils s'accroupirent. L'inspecteur suisse le détailla, son regard remonta lentement des pieds jusqu'à la tête comme s'il le scannait.

— Vous avez une identité ?

— Non. Inconnue au bataillon. Pour l'instant.

— Vous l'avez retournée ?

— Oui, confessa Carbonnier.

— Cela vous dérange si nous la re-retournons, si je peux m'exprimer ainsi ?

— Non.

Il fit signe à son homologue et, de concert, ils pivotèrent le corps face contre terre.

— Vous l'avez trouvée dans cette position donc ?

— Oui.

— Elle n'est pas morte ici.

Carbonnier prit trois secondes pour s'assurer qu'il avait bien entendu.

— Comment ça ?

Wellber tira sur le col de la polaire grise pour découvrir le cou du cadavre. La peau était violacée. Le Suisse appuya au centre de la nuque avec son index. Quand il le retira, la marque blanche sous son doigt mit quelques secondes à disparaître.

— Lividité cadavérique, murmura le gendarme.

— Exact, lieutenant.

— Elle est restée plusieurs heures sur le dos après sa mort. Le sang s'est accumulé dans les parties basses qui n'étaient pas en contact avec le sol…

Bertrand Carbonnier attrapa le bas du pantalon de la victime qu'il remonta d'un coup sec. Le mollet droit présentait lui aussi cette couleur violette caractéristique.

— On l'a amenée jusqu'ici, conclut Wellber.

Chapitre 4

Année 1911. Dans son laboratoire de Manchester, Rutherford découvre le noyau atomique.

L'après-midi était bien avancé et le soleil ne tarderait pas à se coucher. Ils étaient à table depuis 11 h 30. Le déjeuner semblait ne jamais finir.

Les femmes préparaient le café dans la cuisine tandis que Fabio Massimo et ses quatre frères l'attendaient en sirotant leur verre de marsala. Les cousins et cousines s'étaient éparpillés telle une volée de moineaux dans l'appartement. Il faisait froid en ce mois de janvier et seuls les plus courageux étaient descendus pour taper la balle dans le *giardino* Bellini, plus haut dans la rue.

Dorina, comme il se devait lors des grosses réunions familiales, avait mis les petits plats dans les grands. En guise d'*antipasto*, une belle assiette de charcuterie. Jambon et saucisse de porc noir de Nebrodi. Élevés en liberté dans les monts Péloritains au nord de Catane, ces petits cochons, très proches du sanglier, avaient un goût unique. Celui du pays. Avaient suivi un magnifique plat d'annelletti alla norma, des pâtes siciliennes préparées avec tomates, aubergines frites et ricotta salée, des artichauts alla villanella et des paupiettes de veau siciliennes. L'une de ses belles-sœurs s'était chargée du *dolce*, des cannoli dont elle avait rehaussé la farce de ricotta sucrée par de la liqueur de cerise. Hélas, beaucoup, repus, n'avaient fait qu'y tremper leur cuillère. Le chianti avait coulé à flots et l'ivresse n'était pas loin. Chacun digérait à son rythme, les paroles étaient rares. On était bien. Fabio Massimo s'alluma un Toscano. Souffla un cône de fumée blanche opaque.

— Ettore ! cria-t-il. Il a encore progressé, vous allez voir.

L'enfant était assis sur son lit. Plongé dans ses pensées, il scrutait le mur en face de lui comme s'il n'avait pas été là. Quand il entendit son nom à l'autre bout de l'appartement, il se leva d'un bond et revint vers la salle à manger. Il poussa la grande porte.

— Ettore. Entre, l'exhorta son père.

Il avança. La fratrie Majorana, assise derrière la table, formait un jury impressionnant. Le petit baissa les yeux.

— Approche !

Quand il passa devant son oncle Quirino, le seul qui ne portait pas la moustache et arborait un crâne chauve et lisse comme une boule de billard, ce dernier lui passa la main dans les cheveux affectueusement.

— Mon fils, commença Fabio Massimo. Écoute-moi bien.

— Oui, père.

Fabio tourna la tête vers ses frères aînés et leur jeta un regard qui brillait de fierté.

— Ettore, peux-tu me rappeler la distance qui sépare Naples de Palerme ?

— En ligne droite ?

— Oui.

— Trois cent quinze kilomètres.

— Bien. Très bien. Maintenant, écoute-moi bien, je ne me répéterai pas.

Il tira une longue bouffée sur son cigare, but une gorgée de marsala.

— Un bateau part de Palerme en direction de Naples à 11 h 23. Il navigue à la vitesse constante de vingt-quatre nœuds marins. À 12 h 34, un autre part de Naples, en direction de Palerme à la vitesse de vingt nœuds. À quelle heure se croiseront-ils ?

Telle une gerboise qui aurait entendu un bruit suspect, l'enfant vint se glisser avec précipitation sous la grande table en noyer. Au centre, accroupi, entouré par les jambes de ses oncles et leurs belles chaussures vernies, il ferma les yeux. Sur le plateau de la table, il entendit la mine d'un crayon courir sur un papier mais l'oublia aussi vite car, déjà, les chiffres volaient devant lui, comme des papillons, pour s'imbriquer avec une facilité déconcertante au gré d'évidentes opérations mathématiques. Il lui fallut trois minutes pour résoudre l'énigme paternelle mais il ne dit rien. Il attendit. Une grosse minute passa, ponctuée par la semelle de son oncle Dante, frappant le plancher de chêne clair avec la régularité d'un métronome. Toujours le couinement de la mine de graphite. Enfin, le crayon se tut.

— As-tu trouvé, Ettore ?

— Oui, père.
— Nous t'écoutons.
— Ils se croiseront dans la nuit. À 2 h 16.
— Quirino ? Est-ce exact ?
Son oncle confirma. Il avait, lui aussi, résolu le problème avec un crayon… sur une feuille de papier… en prenant deux fois plus de temps.
— C'est excellent, Ettore, répondit Quirino le physicien. Sais-tu à quelle distance aura lieu la rencontre ?
— Cent trente-sept kilomètres, mon oncle. Des côtes napolitaines.
Fabio Massimo partit d'un rire franc.
— Ce gamin est extraordinaire, s'exclama-t-il. Sors de là, mon fils !
L'enfant s'extirpa de sa cachette à regret. Il n'était pas malingre mais semblait fragile, faisait presque deux ans de moins que son âge. Sa peau pâle contrastait avec le noir de ses cheveux, le noir de ses yeux, le noir de ses cils qui semblaient maquillés. Ils lui donnaient un regard sombre et fuyant à la fois.
— Ha, ha ! Les Majorana sont comme les pommes de terre, les meilleurs sont sous terre ! Ou sous la table !
Les frères rirent de ce bon mot autour de la devise familiale, ce que leur père n'aurait jamais permis de son vivant. Dorina entra alors avec un plateau sur lequel fumaient cinq tasses de café.
— Va embrasser ton père, souffla-t-elle à Ettore en passant près de lui. Puis tu pourras retourner jouer.

Chapitre 5

Lundi 17 octobre – 11 h 08

Quand ils franchirent la porte du club-house pour y retrouver le major Pailhès, un bonhomme à la carrure de rugbyman mais avec une toute petite tête se rua sur l'inspecteur Wellber.

— Adieu, Mark, ça joue ?

— Ça joue.

— Merci d'être venu. Je t'avoue que ce *cheni* sur mon parking me tracasse un peu. Ça va durer longtemps ou bien ? Midi arrive et les adhérents vont pas tarder à venir faire leur partie… Je leur dis quoi, moi ?

— Je ne sais pas, Gérard. Laisse-moi un peu de temps pour remettre l'église au milieu du village.

Le Gérard afficha une moue circonspecte qui, pourtant, se mua vite en un large sourire découvrant deux rangées de dents à la blancheur suspecte, alignées à la perfection.

— Dès que t'auras fait la *poutze*, petit match, hein ? Tu me dois une revanche ! dit-il en appuyant son propos d'un clin d'œil complice.

Moment de gêne palpable chez Wellber qui ne répondit pas et se tourna vers Carbonnier.

— Lieutenant, je vous présente M. Gervais, le gérant du TC Meyrin. C'est lui qui…

— … a appelé la police suisse, je me souviens.

D'une voix sèche et irritée, Carbonnier congédia le traître qui lui avait fourré dans les pattes cet échalas helvète avec son chapeau à la noix :

— Merci, monsieur. Si nous avons besoin de vous, nous vous le ferons savoir.

M. Gervais s'éloigna, mais Carbonnier se ravisa et le rappela :

— Ah si ! Je prendrais bien un café, moi. Vous avez ça ? demanda-t-il en désignant le bar.

— Euh… oui… Mark, tu veux quelque chose ?

— Un café aussi, Gérard. Merci.

Ils rejoignirent la table du major Pailhès, au fond de la pièce. L'OPJ[1] était assis derrière son ordinateur, face à un jeune homme dont les cheveux coiffés en dreadlocks ressemblaient à une fascinante méduse assoupie sur le haut de son crâne. Plusieurs piercings traversaient ses narines, ses oreilles, ses arcades sourcilières et même sa joue droite. Dans son cou remontait un tatouage tribal, aux traits entrelacés, qui laissaient imaginer qu'ils devaient se prolonger plus bas. Le gamin était très pâle. Carbonnier nota que ses mains, crispées sur un mug vide, tremblaient. Pailhès se chargea des présentations.

— Dylan Ducci. Il habite à Versonnex, à quinze minutes d'ici. Il est chargé de l'entretien des courts.

1. Officier de police judiciaire.

C'est lui qui a trouvé le corps… Il n'a aucune idée de son identité.

— À quelle heure avez-vous fait la découverte ? demanda Carbonnier.

— Vers 6 heures. Je viens toujours tôt parce qu'après 7 heures y a des embouteillages de ouf dès Saint-Genis. Alors j'arrive tôt et je repars tôt.

— Vous n'avez touché à rien ?

— À rien ! P'tain, j'ai la chair de poule rien que d'y r'penser.

Et, en guise de justification, il tendit ses bras vers les gendarmes pour montrer ses poils hérissés. M. Gervais déposa les deux cafés sur la table.

— Merci de faire le plein de votre employé aussi, commanda Carbonnier. Il a froid.

Le gérant jeta au lieutenant un regard courroucé, mais obéit et repartit avec la tasse du punk percé.

— *Natel* ! s'exclama alors Wellber.

Pailhès et Carbonnier se regardèrent interloqués.

— Il y a un téléphone qui sonne, traduisit Dylan Ducci. En suisse, ils disent *natel* pour portable.

Le lieutenant tendit l'oreille et perçut la sonnerie étouffée de son mobile qu'il avait fourré dans la poche intérieure de sa doudoune, fermée jusqu'en haut. Il l'attrapa. Numéro inconnu.

— Carbonnier, j'écoute.

— Colonelle Louis. Vous êtes seul ? Je peux parler ?

— Une minute, colonelle.

L'officier se leva et s'éloigna de ses collègues.

— Oui ?

— Bon, c'est carrément compliqué, alors je vais essayer de faire simple.

— Excellente idée, approuva Carbonnier.

Sa tête commençait à bourdonner de façon désagréable. Il chercha du réconfort dans sa poche droite où il trouva ses médicaments qu'il caressa avec volupté. Il devait prendre de la mirtazapine assez rapidement, il le sentait, afin de dissiper la brume qui remplissait son crâne depuis Lyon.

— MAM a signé en 2009 un accord entre le Conseil fédéral suisse et le gouvernement français relatif à la coopération transfrontalière en matière judiciaire, policière et douanière. J'ai le document sous les yeux, il a le mérite d'être clair.

— Vous m'aviez assuré de faire simple.

— Euh… oui… Donc, vous allez intégrer l'inspecteur Weissmuller…

— Wellber. Weissmuller est un nageur hongrois.

— Je… Ah… L'inspecteur Wellber, donc. Bon, vous l'intégrez dans le groupe d'enquête, comme s'il s'agissait d'un gendarme français. L'Office fédéral de la police suisse est prévenu. Le procureur Billard aussi.

Carbonnier réfléchit à cette curieuse proposition mais sa migraine s'amplifiait.

— Lieutenant ? Vous êtes là ?

— Oui. Comment on fait pour les actes d'enquête ?

— Vous pensez…

— Aux perquisitions, à l'autopsie, aux éventuelles gardes à vue à venir.

— Vous vous répartissez les tâches.

Super simple, pensa Carbonnier qui se massa le front de la main gauche.

— J'ai compris, on se démerde. On peut garder nos armes si on va en Suisse ?

— Oui, oui.
— Et lui ?
— Pareil. Sous réserve de ne pas sortir du canton de Genève, pour vous, et du département de l'Ain, pour lui.
— Et si on y est obligés ?
— Vous m'appelez. On verra.
— Très bien.
— Je veux un point quotidien, mon lieutenant.
— Promis.

Carbonnier raccrocha et se rua aux toilettes. Face au lavabo, il fit sauter de sa gangue plastique un comprimé de mirtazapine et l'avala. Il remplit d'eau ses deux mains jointes pour y plonger la tête et le froid lui fit du bien. Il déplora l'absence de serviette, fut contraint d'arracher un mètre de papier W.-C. pour s'éponger le visage. Ce Suisse le faisait chier. Cette coopération, même pas commencée, le faisait chier. La vie, en ce moment, le faisait chier. Une mini-crise qui, toutefois, ne l'inquiétait pas. Il saurait la gérer car son intensité n'avait rien à voir avec celles d'il y a vingt ans, pendant lesquelles sa tête voulait sauter du quatrième étage. Celles qu'il calmait en écrasant sa cigarette sur son avant-bras, pour ramener sa tête sur son corps, en sûreté sur le balcon. Pourtant, il n'hésita pas et goba un deuxième comprimé.

De retour dans le club-house, il constata que le témoin n'était plus là. Il s'assit à sa place. La chaise était encore chaude et il n'aima pas cette sensation, pourtant il ne bougea pas.

— Bon. On fonctionne ensemble, annonça-t-il.
— Quoi ? s'égosilla Clément.

— On devient une équipe à trois. Ça vous va, inspecteur ?

L'homme au chapeau se fendit d'un demi-sourire.

— Et vous, lieutenant ? demanda-t-il avec malice.

— Je ferai avec. On peut donc discuter chiffons… Autopsie ?

— Le mieux est de la faire réaliser à Genève. Le centre universitaire romand de médecine légale est à vingt minutes.

— Pouvez-vous demander l'enlèvement du corps immédiatement ? Inutile de traîner davantage.

— C'est comme si c'était fait !

Wellber se leva, sortit son téléphone portable qu'il présenta aux deux OPJ français :

— *Natel* ! dit-il en riant avant de s'éloigner.

— Il m'énerve, ce con ! commenta Pailhès à voix basse. On est vraiment obligés de se le fader ?

Chapitre 6

Années 1922-1925. Trois notes de Louis de Broglie paraissent aux Comptes rendus de l'Académie des sciences, dans lesquelles le physicien émet l'idée nouvelle qu'une onde peut être associée à tout corpuscule, généralisant ce qu'Einstein avait conçu pour la lumière et son quantum, le photon.

Les résultats avaient été affichés dans la cour du lycée Torquato Tasso, via Sicilia, à Rome. Ettore trouva facilement son nom dans la liste des reçus. À seize ans à peine, il décrochait sa *Licenza Liceale.* Hélas, il ne prit pas le temps de goûter à la moindre autosatisfaction car la liesse hystérique de ses camarades de classe eut tôt fait de lui tourner la tête et il s'éloigna à petits pas du Liceo Classico, abandonnant sans regret un morceau de sa brève histoire. Il pensait déjà à l'avenir. C'était décidé, il s'inscrirait en faculté d'ingénierie à l'université de Rome. Il allait mettre ses pas dans ceux de son père, diplômé à dix-neuf ans qui, en créant la première compagnie du téléphone en Sicile, avait fait fortune. Ettore traversa la via Pincinia et pénétra dans le parc de la Villa Borghese, en quête d'un peu de fraîcheur à l'ombre des cyprès, des tilleuls ou des mélèzes. Il marcha jusqu'au temple d'Esculape, s'acheta un *gelato* au citron et le dégusta, assis devant le plan d'eau.

Il ferma les yeux pour discerner chaque molécule d'eau fondant sur sa langue. Il n'eut aucun mal à s'imaginer le gros atome d'oxygène, seize fois plus massique que les deux petits d'hydrogène. Rutherford avait montré, deux ans auparavant, que leurs noyaux étaient présents dans tous les autres éléments du tableau périodique. Il les avait baptisés proton, du grec premier. Ettore pouvait sentir ces minuscules particules nucléaires aussi sûrement qu'il éprouvait le soleil sur sa joue et le vent dans ses cheveux. Il distinguait même le ballet des électrons sur les orbites bien définies que Niels Bohr avait imposées afin que l'ensemble respectât la théorie des quanta élaborée par Max Planck.

La quantification des niveaux d'énergie dans la matière, cette construction théorique fascinante de logique, qu'Ettore avait suivie avec passion dans *Nuovo Cimento*, la meilleure revue scientifique italienne de l'époque, s'affinait sans cesse. Chaque grand physicien avait apporté et continuait d'apporter sa pierre à l'édifice atomique, patiemment, pour qu'il collât au mieux avec les observations des spectroscopistes du siècle dernier.

— *Sguardi Mamma ! Ho subito !*

Il ouvrit les yeux. Un petit garçon passait sur sa bicyclette bringuebalante, bientôt suivi par sa mère qui courait derrière lui. Pensif, Ettore les regarda s'éloigner. L'enfant tomba un peu plus loin et se mit à pleurer. Ettore, sans pouvoir dire pourquoi, eut soudain le sentiment très fort que quelque chose clochait. Ce modèle théorique, sur lequel il s'extasiait deux secondes auparavant, lui apparut tel le vélo de ce gamin : il roulait certes mais il était mal fichu, ses rouages étaient grippés, sa transmission n'était pas fluide et il ne tarderait pas à rendre l'âme, jetant son utilisateur au sol sans ménagement ! Devant cette évidence, il s'interrogea : quelles raisons avaient poussé ces illustres scientifiques à faire connaître au plus grand nombre des résultats incomplets ? Une théorie non aboutie ? Il se leva, jeta sa glace dans une poubelle puis s'alluma une Macedonia.

Il était temps de rentrer. Sa mère, déjà, devait l'attendre.

*

Dieu qu'il s'ennuyait sur les bancs de cette université depuis deux ans. Malgré les pitreries d'Emilio Segré, Ettore ne parvenait pas à trouver le moindre intérêt à ces cours. Au tableau, *il professore* Severi venait d'engager une démonstration mathématique ardue de la plus médiocre des manières. Ettore se pencha vers Enrico et lui souffla :

— Ce vieux bouc n'arrivera à rien.

Et, comme s'il l'avait entendu, Severi suspendit son geste. Sa démonstration hoquetait à l'instar d'un moteur en passe de caler. Il écrivit une ligne supplémentaire. Effaça une parenthèse. Puis deux. En remit une. Revint quatre équivalences plus haut pour changer un signe mais rien n'y fit. Il était bloqué. Il recula de quelques pas, astuce habituelle des enseignants pour embrasser l'ensemble de la démonstration et y repérer une éventuelle boulette. Mais personne n'était dupe, et encore moins Ettore, il s'agissait pour Severi de gagner du temps.

— Je te l'avais dit, il est impossible de…

La craie crissa sur l'ardoise. Silence de mort. Ettore avait parlé plus fort qu'il ne l'aurait voulu. Plus fort qu'il ne l'aurait fallu.

— Monsieur ! Peut-être vous abaisseriez-vous à nous faire part de vos connaissances, puisqu'il semblerait que vous ayez une idée bien arrêtée sur la meilleure manière de conduire cette démonstration ? Je vous en prie, venez au tableau !

La voix de Severi était sèche comme un *grissino* Prato. Il ne priait pas, il ordonnait. Ettore hésita. Dans son dos, il entendit Segré le tancer gentiment :

— Attention, le grand consultant pour les problèmes difficiles entre en scène !

Ettore se leva. Les yeux baissés, il descendit jusqu'à l'estrade. Les autres élèves suspendirent leur souffle quand il attrapa la brosse et effaça l'intégralité de la démonstration engagée par le professeur. La corriger lui aurait demandé plus de temps que de la recommencer en la prenant par le bon bout. Ce qu'il fit. Une dizaine de lignes, pas davantage. Écriture tendue et racée. Pas d'hésitation. Ce qu'il fallait démontrer et rien de plus. Il reposa la craie dans la glissière puis, sans oser regarder autre chose que ses pieds, remonta à sa place. Francesco Severi ne fit aucun commentaire. Ettore croisa la bouille hilare d'Emilio Segré alors qu'il se rasseyait. Il n'était pas dans son habitude d'humilier ainsi ses contemporains pour qui les mathématiques n'étaient pas naturelles – fussent-ils enseignants de mathématiques –, mais cet imbécile l'avait bien cherché. Avec sa fâcheuse habitude de débiter, sur un ton pontifiant, des évidences si éloignées des véritables équations que sous-tendait le réel.

Il avait du mal à comprendre pourquoi, dans des établissements comme cette université, lieu du savoir par excellence, on se bornait à assoupir les étudiants avec des théories vieillottes et obsolètes. Des idées nouvelles, voilà ce qu'il fallait. Ettore n'en manquait pas : elles se bousculaient dans sa tête à longueur de journée.

Chapitre 7

Lundi 17 octobre – 12 h 58

Armés d'une photo de la victime prise à l'aide du *natel* de Wellber et imprimée en noir et blanc par Gérard Gervais sur la laser de son bureau, les trois hommes traversèrent à pied la nationale, au bout du chemin de la Berne, bifurquèrent sur leur gauche pour remonter un long parking et trouver le bâtiment 33.

L'accueil du CERN faisait face au pavillon suisse de l'Exposition universelle de Hanovre, une curieuse boule de bois de quarante mètres de diamètre, démontée pour être reconstruite sur le site en 2004, et qui abritait maintenant un petit musée, le Globe de la science et de l'innovation. La double porte d'entrée en verre se fit prier pour s'ouvrir mais finit par coulisser avec difficulté. Ils entrèrent dans le hall circulaire. Carbonnier commençait à ressentir les effets de l'antidépresseur. La température de son cerveau revenait à la normale. C'était une bonne chose, la journée s'annonçait longue.

Spontanément, ils se dirigèrent vers la banque posée sur la droite, derrière laquelle se trouvait une hôtesse au look masculin, cheveux courts coupés en brosse, chemise blanche et veste de costume. Le Suisse lui tendit la photo :

— Inspecteur principal Wellber, police cantonale genevoise. Connaissez-vous cette personne ?

La jeune femme attrapa le cliché qu'elle détailla quelques secondes.

— Non, je suis désolée. J'ai commencé ce boulot la semaine dernière... Elle bosse au CERN ?

— C'est possible. Qui pourrait nous renseigner ?

— Moi !

Les trois flics se retournèrent et découvrirent un petit homme d'une cinquantaine d'années, aux cheveux gris clairsemés.

— Je peux ? demanda-t-il en donnant un coup de menton en direction de la photo.

Carbonnier la récupéra des mains de l'hôtesse et la lui passa.

— C'est Bianca Lorco.

— Vous la connaissez ?

— Oui et non. Je sais qu'elle travaille ici. Le CERN est une famille. Une grande famille, mais on se connaît tous plus ou moins.

— Et vous êtes qui, vous ? questionna Pailhès.

— Monsieur Crôzet. Alain Crôzet.

Wellber sortit un petit carnet à spirales et un stylo-bille.

— Comment l'écrivez-vous ?

— Comme les pâtes du coin mais avec un accent circonflexe sur le *o*.

— Pas le vôtre, le sien. Son nom à elle, précisa Wellber en tapotant sur la photo.

— Euh... Vous m'en demandez trop... Comme ça se prononce, je suppose.

— Oui, c'est ça ! confirma l'hôtesse. L.O.R.C.O.

Les enquêteurs firent volte-face.

— Où travaille-t-elle ? lança Carbonnier qui se pencha pour tenter d'apercevoir l'écran de l'ordinateur, derrière la banque d'accueil.

— Elle est directrice de la plateforme Neutrino et travaille actuellement sur le projet R et D, DUNE.

— Le film ? s'exclama Pailhès.

— Non, je pense plutôt qu'il s'agit de *Deep Underground Neutrino Experiment*, souffla sans s'étouffer Alain Crôzet, avec un accent anglais irréprochable.

Demi-tour.

— Et c'est où, ça ?

— Je vous y emmène ?

— On vous suit.

Crôzet amorça quelques pas en direction de l'accès situé devant lui, qui nécessitait un badge pour être déverrouillé. Il empoigna le sien qui pendait au bout d'un cordon passé autour de son cou, avant de s'immobiliser.

— Euh... Vous avez les autorisations ?

— Quelles autorisations ? s'étonna Wellber.

— Pour entrer sur le site.

— Celle-ci devrait faire l'affaire.

Bertrand Carbonnier sortit son porte-cartes et, d'un mouvement sec du poignet, le déplia pour le présenter à leur futur guide. La photo du lieutenant, en noir et blanc, assez austère. Le bandeau tricolore coupant le coin droit. Dessous, la médaille métallique où les plateaux d'une balance encadraient la flamme de la gendarmerie portait la mention « officier de police judiciaire ». L'ensemble fut jugé assez convaincant par Crôzet qui déposa son sésame sur le lecteur et franchit la double porte vitrée.

— Si vous voulez bien me suivre.

— Merci, dit Wellber en passant devant l'hôtesse, dont le visage trahissait une certaine anxiété à laisser ces policiers pénétrer dans le site sans autre forme de procès.

— Service, murmura-t-elle sans vraiment le penser.

À la suite d'Alain Crôzet, les trois enquêteurs empruntèrent un long couloir aux couleurs automnales assez déprimantes, moquette beige sale, murs taupe. Derrière les portes marron entrouvertes, des hommes et des femmes au travail. Silence presque monacal dans ces petits bureaux, tous équipés d'un tableau noir souvent couvert d'équations mathématiques absconses. Ils traversèrent le bâtiment d'accueil pour, après être descendus d'un étage, ressortir dans l'enceinte du CERN. Bertrand Carbonnier leva les yeux vers les montagnes à l'arrière-plan. Les sommets disparaissaient dans une nappe de brouillard épaisse. L'air s'était rafraîchi.

— Vous travaillez ici ? demanda-t-il à leur guide qui ne ralentissait pas en s'engageant sur la route Albert Einstein.

L'homme semblait attendre cette question car, enthousiaste, il répondit :

— Oui. Depuis trente ans ! Je suis instrumentaliste, je travaille à la réalisation de détecteurs accordéons. Et à leur maintenance, bien évidemment… En ce moment, nous développons le premier détecteur de temps de vol qui devrait bientôt voir le jour. L'idée, c'est d'intégrer l'électronique au plus près du capteur et, surtout, d'équiper chaque pixel d'une mémoire propre pour gagner en temps de transfert. Ce détecteur nouvelle génération devrait permettre la discrimination de deux événements séparés de trente picosecondes !

— Ah, fut la seule chose que Carbonnier trouva à dire.

— Tiens, vous voyez la borne, là-bas, s'exclama l'ingénieur qui désignait un plot en béton rectangulaire, haut de cinquante centimètres. Il y en a plusieurs dans le CERN, ils marquent la frontière. Nous sommes en Suisse et… (il avança jusqu'à laisser la borne derrière lui) nous voilà en France !

Wellber et Carbonnier hochèrent la tête sans oser se regarder. De nouveau cette ligne invisible qui les avait convoqués bien malgré eux, au même endroit et au même moment. Sans s'en rendre compte, ils avaient ralenti en franchissant la frontière et pressèrent le pas pour revenir aux côtés d'Alain Crôzet, qui se lança dans d'obscures explications sur les instructions de recettes techniques, le mylar aluminisé et autres procédés de qualification des procédés opératoires. Pailhès marchait quelques mètres derrière, visiblement peu intéressé. Le lieutenant tendait lui aussi une oreille distraite mais ouvrait de grands yeux. Il était stupéfait par la vétusté des bâtiments au milieu desquels ils déambulaient. La plupart accusaient le poids des années, grandes plaques de rouille sur la tôle ondulée, stores bringuebalants voire arrachés, vitres rafistolées avec des planches. Le bitume des routes qui les reliaient trahissait aussi l'âge avancé du centre de recherche : un peu partout les herbes folles avaient troué l'enrobage et poussaient çà et là, les nids-de-poule étaient légion. Carbonnier ne dénombra que quelques constructions récentes dont les deux hôtels du site qui, s'ils n'étaient pas flambant neufs, paraissaient moins miteux que le reste.

— Ici, voyez-vous, dit Crôzet en tendant le bras vers un talus herbeux haut de quelques mètres sur leur gauche, cette bosse cache un tunnel d'accélérateur.

— Il y a plusieurs accélérateurs ? demanda Wellber.

— Bien sûr ! Depuis 1954, nous n'avons pas chômé : en 57, le synchrocyclotron, en 59 le synchrotron à protons, en 76 le supersynchrotron à protons puis, en 89, le LEP, notre premier collisionneur électron-positron ! Enfin, en 2008, le LHC. Le plus connu. Vingt-sept kilomètres de circonférence, un monstre.

— Pourquoi sont-ils de plus en plus gros ?

— C'est le prix à payer pour monter en énergie.

— Je ne comprends pas, avoua Carbonnier.

Crôzet s'arrêta. Son visage s'était un peu empourpré. Il paraissait réellement heureux de transmettre ce qu'il savait aux gendarmes qui l'accompagnaient. Sa passion affleurait.

— Notre spécialité est d'accélérer des particules puis de les faire collisionner. Plus elles vont vite, plus le choc frontal est impressionnant et libère des particules intéressantes. Les premiers accélérateurs étaient linéaires, le problème c'est qu'on est vite limité, on ne peut pas faire des tunnels longs de plusieurs kilomètres comme ça !

Il claqua des doigts avant de se lancer dans une nouvelle explication, vantant cette fois les mérites des accélérateurs circulaires qui avaient rapidement supplanté leurs homologues rectilignes. Au milieu de son laïus enflammé, dans lequel il était question de force de Lorenz et de rayon de trajectoire, Pailhès lâcha un « C'est chiant » à voix basse. Par chance, le scientifique ne l'entendit pas et continua, persuadé que ses interlocuteurs arrivaient à le suivre. Or, depuis cinq grosses minutes déjà, le lieutenant Carbonnier ne comprenait plus rien, mais l'enthousiasme du bonhomme et sa voix aux inflexions traînantes agissaient sur lui comme un puissant et curieux neuroleptique (à moins que ce soit les deux mirtazapine qu'il avait gobés aux toilettes). Wellber, lui, semblait ne pas perdre une miette des éclaircissements donnés et Carbonnier aurait fait aveu d'infériorité s'il avait interrompu l'ingénieur. Son amour-propre le lui interdisait. Mais Crôzet ne s'arrêtait pas, de plus en plus volubile :

— Le souci est là. Plus vous voulez monter en énergie, plus il faut accélérer, plus vous accélérez, plus le champ magnétique doit être grand pour courber la trajectoire. Et, à l'heure actuelle, nous ne sommes pas capables de produire des champs aussi importants.

— Alors on prend un plus grand rayon, compléta Wellber.

— Exact ! s'exclama Crôzet. Tout à fait ! Vous avez compris, c'est bien.

L'ingénieur se renfrogna aussitôt après avoir pris conscience d'avoir peut-être été un peu trop familier, voire condescendant envers le policier suisse. Il se remit à marcher.

— Ceci étant, tous les accélérateurs sont encore en service. On se sert des premiers pour accélérer les particules avant de les injecter dans le LHC qui finit le travail. Savez-vous que les faisceaux atteignent des vitesses supérieures à quatre-vingt-dix-neuf pour cent de celle de la lumière ?

Il est français, pensa Wellber qui hésitait encore tant l'accent d'Alain Crôzet ressemblait à s'y méprendre à celui d'un Genevois. Mais un Suisse aurait utilisé la racine correcte : nonante.

— C'est là !

Crôzet désignait un escalier en fer assez raide dans lequel il s'engagea. Sur leur droite, une imposante cheminée en métal brillant sortait à angle droit d'un hangar pour s'élever vers le ciel.

— C'est quoi, c'truc ? lâcha Pailhès.

— Ça ? C'est Gargamelle.

— Le mec des Schtroumpfs ?

— Si l'on veut, répondit Crôzet en souriant.

Il s'arrêta devant la porte en fer sommaire d'un bâtiment qui ressemblait à un hangar. Énorme boîte à chaussures, très haute, très longue, très large, dont les murs étaient, comme souvent sur le site, faits de tôle ondulée blanche.

— Il faut monter au premier étage, la plateforme Neutrino n'est pas à proprement parler ici… Dans ce bâtiment, on teste les futurs détecteurs de DUNE. Ce prototype s'appelle WA105, il est terminé et sa mise sous tension est imminente. Tous ceux qui travaillent au projet DUNE sont dans le coin : c'est l'attraction du moment !

L'ingénieur laissa échapper un petit rire.

— Je vous abandonne ici, je dois aller bosser. Je n'ai pas vu le temps passer, avoua-t-il. Si vous avez des questions, n'hésitez pas. Vous me trouverez au bâtiment 184.

Wellber le remercia. Carbonnier l'imita. Pailhès avait disparu.

— Ah, une dernière question, demanda le petit homme, soudain inquiet. Il est arrivé quelque chose à ma collègue, Bianca Lorco ?

— Elle est morte, lui apprit le major.

Il venait de surgir d'entre deux châssis métalliques enfermant de longues bouteilles de diazote grises, surmontées d'un robinet manométrique avec indicateur de pression. Carbonnier remarqua que la braguette de son adjoint était encore ouverte.

— Oh merde ! lâcha Crôzet.

Chapitre 8

Lundi 17 octobre – 13 h 30

Les trois enquêteurs grimpèrent jusqu'au premier étage. Derrière l'unique porte présente sur le palier, ils découvrirent avec surprise une pièce plongée dans le noir que seule éclairait la veilleuse indiquant la sortie de secours. Wellber tâtonna sur sa droite à la recherche d'un interrupteur qu'il ne trouva pas.

— Hou, siffla Pailhès. J'aime cette ambiance tamisée…

— Profites-en pour refermer ta braguette, lui souffla Carbonnier dans l'oreille.

Sans bouger, ils attendirent que leurs pupilles se dilatent. Alors, ils distinguèrent sur leur gauche des vestiaires métalliques. Sur le pan de mur perpendiculaire, des vestes et des blousons étaient pendus à une longue rangée de porte-manteaux. Dessous, un alignement de paires de chaussures. D'un pas décidé, Carbonnier se dirigea vers l'accès qu'il distinguait maintenant en face de lui. Il poussa la porte. Elle était retenue par un groom assez puissant qui l'obligea à peser de tout son poids. Il pénétra dans un immense hangar, lui aussi très sombre. Un cube gigantesque en occupait le centre. Lui tournant le dos, une dizaine de personnes étaient assises devant des ordinateurs. La lueur bleutée des écrans créait des ombres inquiétantes sur leur visage. Un bourdonnement assez grave saturait l'air. Quand il aperçut les trois visiteurs, un homme se leva et vint vers eux.

— Messieurs, bonjour, dit-il en ôtant ses bouchons d'oreille en silicone.

— Bonjour, répondirent de concert les enquêteurs.

Leur interlocuteur possédait un fort accent, batave ou peut-être allemand. Il était grand, portait des lunettes, une veste en laine grossière et des chaussures de sécurité à bout coqué. Pour se faire entendre, il parlait fort.

— Je peux vous aider ?

— Oui. Bianca Lorco travaille-t-elle ici ?

— Bianca ? Son bureau est sur un autre site. Cependant, oui, en ce moment on peut dire qu'elle travaille ici… Mais je suis désolé, elle n'est pas là actuellement. Et je n'ai aucune idée de quand elle va arriver.

— Nous si, murmura Pailhès.

— Je vous demande pardon ?

— Mme Lorco est décédée, ajouta Wellber sans ambages. Je suis inspecteur à la police genevoise et ces deux hommes sont des gendarmes français.

Malgré le peu de lumière, Carbonnier put lire la stupéfaction, teintée de douleur, sur le visage du Néerlandais. Il lui fallut cinq grosses secondes pour intégrer la nouvelle. Il bégaya :

— Je… C'est impossible ! Comment… comment est-ce arrivé ?

— Elle a été assassinée.

— Je… Non…

L'homme défaillit. Comme si ses genoux étaient subitement devenus mous, ses jambes effectuèrent un curieux mouvement de danse, tel Elvis Presley à la grande époque.

— Ça va, Geervas ? lança une femme à son intention.

— Excusez-moi… Il faut… que je m'assoie.

Il revint vers ses collègues qui s'étaient levés et regardaient dans sa direction depuis un petit moment déjà. Il se laissa tomber sur le siège le plus proche.

— Bianca… est… morte, lâcha-t-il dans un souffle.

Des exclamations s'échappèrent de l'assemblée, réunie autour de lui. Un jeune homme s'avança vers les policiers. Il semblait particulièrement nerveux. Il se planta devant le major Pailhès.

— Qui êtes-vous ? cracha-t-il avec fiel.

— C'est écrit ici, répliqua Clément en posant l'index sur le brassard « Gendarmerie » autour de son bras gauche. Et toi ? T'es qui ?

— C'est quoi, cette histoire avec Bianca ?

— Recule d'un pas, ordonna Pailhès. Et réponds à ma question. Qui es-tu ?

Nullement impressionné par le major qui le dépassait d'une bonne tête, l'homme ne bougea pas.

— QUI ES-TU ? répéta le gendarme entre ses dents. Tu as trois secondes avant que je te mette les pinces pour qu'on en discute à la caserne la plus proche.

Cet avertissement fit son petit effet. L'autre sembla se dégonfler aussitôt. Ses épaules se voûtèrent et ses yeux, qu'il avait plantés dans ceux de l'officier en guise de défi, glissèrent en direction du sol.

— Alexis Hamm.

— Super, Alexis Hamm. Maintenant bouge, intima Pailhès.

Une femme vint poser sa main sur l'épaule d'Alexis et, d'une légère pression vers l'arrière, l'exhorta à obéir. Sa tenue altière, ses boucles d'oreilles en or fin, son maquillage soigné et ses ongles manucurés contrastaient étrangement avec le bleu de travail, trop large et un peu sale, qu'elle avait dû enfiler par-dessus ses vêtements. Ses cheveux châtains, mi-longs, étaient retenus par une paire de lunettes de soleil utilisée en serre-tête. Elle se présenta :

— Jeanne Corbal. Je suis la responsable du projet WA105… Bianca Lorco est décédée, avez-vous dit ?

— Oui, confirma Carbonnier.

— Quand ?

— Ce matin.

— Où ?

— Son corps a été retrouvé derrière le stade de tennis. De l'autre côté de la nationale.

— Jacques ! s'exclama la chercheuse en se retournant. Peux-tu allumer, s'il te plaît ?

Un barbu quitta le groupe, toujours soudé autour du Néerlandais, et disparut dans l'obscurité. Dix secondes plus tard, les néons au plafond crépitèrent avant de jeter une lumière crue sur les lieux. Les parois du cube central, dont Carbonnier estima l'arête à une dizaine de mètres, étaient étayées de barres métalliques rouges en croisillons serrés.

— Sortons, si vous le voulez bien, proposa Corbal.

Elle n'attendit pas la réponse des officiers et s'élança vers la porte par laquelle ils étaient entrés, puis descendit jusqu'au rez-de-chaussée. Une fois à l'extérieur, elle alla droit au but.

— Que voulez-vous, messieurs les inspecteurs ?

Carbonnier regarda Wellber. D'un petit hochement de tête, ce dernier lui laissa l'initiative.

— Tout porte à croire qu'il s'agit d'un homicide. Nous souhaitons interroger et vérifier les emplois du temps de ceux avec qui elle travaillait. Il nous faut donc une liste. Pensez-vous être capable de nous la communiquer, madame ?

— Oui. Quand la voulez-vous ?

— Tout de suite.

— Bien sûr, ironisa-t-elle. Je peux vous jeter des noms sur un papier immédiatement, mais il y a de fortes chances que ce ne soit pas exhaustif. Bianca Lorco est chargée de la coordination de la plateforme Neutrino. C'est un projet assez nouveau mais qui est en pleine ébullition. Pas moins de six sites différents y participent sur le CERN. Dont deux sur celui de Prevessin, où se trouve d'ailleurs le bureau de Bianca… La liste des collaborateurs n'est donc pas si facile à dresser.

— Pour demain, ce serait possible ? Le matin ? demanda Wellber.

— Oui. Je pense.

— Très bien. Je vous demande deux secondes.

L'inspecteur suisse fit signe aux gendarmes. À son initiative, ils s'éloignèrent de quelques mètres.

— On peut perquisitionner aujourd'hui et attaquer les interrogatoires demain, proposa-t-il.

— En France, on aime travailler à chaud, confia Carbonnier.

— Alors, on se répartit le travail. Je vais perquisitionner chez Mme Lorco et vous recueillez les premières dépositions.

— Non. On bosse ensemble. C'est le deal.

Quand elles n'étaient pas mises à mal par ses médicaments, dont les effets fluctuaient encore d'un jour sur l'autre, sans logique apparente, Carbonnier possédait des capacités d'analyse remarquables. En conséquence, il savait prendre rapidement des décisions importantes, qu'il assumait jusqu'au bout. Partant du principe que chaque minute comptait dans une enquête, surtout lors des premiers jours, et qu'il était hors de question de les gaspiller, le lieutenant se rangea donc à l'avis de son homologue suisse.

— OK. Demain à la première heure, tout le monde passe sur le gril. On récupère l'adresse du domicile de Lorco et on va perquisitionner.

Ils revinrent vers la responsable.

— Merci de nous écrire cette liste, madame. Je vous demanderai de faire deux colonnes. Une avec les plus proches collaborateurs de Bianca Lorco, une autre avec ceux qu'elle fréquentait de façon plus distante…

Sonnerie de téléphone. Carbonnier consulta l'écran de son smartphone.

— Une seconde, je vous prie, dit-il en s'écartant. Lieutenant Carbonnier, j'écoute.

— Le corps vient de partir dans une ambulance suisse. Ils ont affirmé qu'ils avaient l'autorisation, j'ai laissé faire… Les TIC aussi ont fini et sont en train de plier leur barda.

Le gendarme reconnut la voix de l'adjudant-chef Rigaud, à qui il avait laissé son numéro.

— Vous avez encore besoin de nous, mon lieutenant ?

— Oui. Vous laissez les rubalises et deux hommes pour surveiller la scène de crime jusqu'à ce soir et vous partez perquisitionner le bureau de Bianca Lorco. Il se trouve sur le site de Prévessin, vous voyez où ça se trouve ?

— Prévessin-Moëns, oui.

— Son bureau est sur la plateforme Neutrino, vous trouverez ?

— On se débrouillera.

— Bien, je veux un PV précis et complet dès que vous avez fini. Si jamais il y a le moindre truc louche, vous gelez la scène, vous m'appelez et vous attendez que j'arrive.

— OK.

— De notre côté, on va s'occuper de son domicile. Donc, avant de partir, vous dites au major Aubernon de la scientifique de nous attendre sur le parking avec deux techniciens.

— Ce sera fait.

— Et demain, j'ai besoin de deux hommes devant le bâtiment 182 du CERN, à 7 heures et demie pétantes, avec tout le matériel nécessaire à la rédaction des PV d'audition. Deux hommes qui tapent vite, ils enregistreront les dépositions, ça nous donnera plus de liberté dans les interrogatoires.

— Vous les aurez. Autre chose, mon lieutenant ?

— Oui. Je voudrais une gamme sur la victime, Bianca Lorco. Je vous envoie mon mail par SMS. Le plus vite possible, le plus complet possible... Et, dernière chose : où peut-on dormir cette nuit ?

Son interlocuteur parut surpris.

— Euh... À l'hôtel ou alors... à Thoiry. Il y a une brigade de proximité qui dispose de quatre lits d'appoint. C'est un peu spartiate dans mon souvenir, mais il y a quand même une douche ! Vous voulez que je les prévienne ?

— Oui, s'il vous plaît.

— Très bien. Je vais demander qu'on vous mette des draps.

— Nous serons deux donc. Merci.

Carbonnier mit fin à la conversation, envoya son texto et revint face à Jeanne Corbal. Il reprit :

— Demain, nous revenons à 7 h 30 et nous interrogeons les deux premiers noms de votre liste. Je vous saurais gré de les prévenir. Les deux suivants, une demi-heure plus tard. Et ainsi de suite... Vous insisterez sur le fait que toute personne qui ne se présentera pas à cette convocation fera l'objet d'une garde à vue immédiate. Ai-je été clair, madame ?

— Très.

— Savez-vous où habitait Bianca Lorco ?

— À Thoiry. Au-dessus de la poste.

— À demain, madame. Et merci de votre collaboration.

Ils abandonnèrent la responsable et entreprirent de revenir vers leur voiture. Par chance, Pailhès avait un excellent sens de l'orientation et, totalement indifférent à ce que leur avait raconté Alain Crôzet à l'aller, il avait mémorisé le chemin. Personne ne pipait mot. Ils traversèrent la nationale au niveau des postes-frontières et rallièrent leurs véhicules qui étaient, les collègues ayant quitté les lieux, garés n'importe comment devant le club-house du TC Meyrin. Le major Aubernon les attendait comme prévu avec deux de ses hommes. Ils grimpèrent dans leur camionnette et partirent devant. Wellber se rapprocha, lui, de sa rutilante Audi Q2 blanche.

— Prenons chacun notre voiture, proposa le Suisse sans masquer son dégoût vis-à-vis de la Kangoo crottée des gendarmes français. On se retrouve là-bas.

— Très bien. Je prends le volant, Clément, annonça le lieutenant.

Carbonnier laissa volontairement partir le Suisse. Quand son Audi eut disparu au bout du chemin de la Berne, il mit le contact.

— On va d'abord passer au PC Sécurité.

— Sans lui dire ?

— Sans lui dire.

Pailhès se fendit d'un large sourire. Puis, quand Carbonnier passa la première et fit demi-tour, il lança avec fiel :

— En plus, t'as vu sa bagnole ? Deux litres TDI. Cent quatre-vingt-dix chevaux. Ça vaut quatre plaques ! Ils sont bien payés en Suisse, mon pote !

— C'est quoi le rapport ?

— Ben… j'sais pas… Ils sont bien payés, c'est tout.

Au bout du chemin, Carbonnier traversa la nationale et vint s'arrêter au niveau de la barrière interdisant l'accès au site du CERN. Un homme en treillis marine, casquette assortie floquée d'un « Sécurité » jaune sur le devant, rangers souples montantes, se baissa à sa hauteur. Le lieutenant descendit sa vitre.

— Bonjour, messieurs. Badges, s'il vous plaît.

— Lieutenant Carbonnier. Major Pailhès, section de recherches de la gendarmerie nationale.

Ils dégainèrent leur carte en même temps et les présentèrent au vigile.

— On enquête sur le corps découvert ce matin…

— Ah oui ! Vers les tennis ?

— C'est ça. On va avoir besoin de rentrer et de sortir régulièrement dans les prochains jours.

— Oui, oui… Je comprends.

— Il faudrait donc faire passer le mot. Pour qu'on ne soit pas obligés de s'arrêter chaque fois.

— Oui, oui… Évidemment.

— Je peux compter sur vous ?

— Bien sûr…

— Vous ne relevez pas l'immat de notre véhicule ?

— Si… je…

L'homme revint à la guérite, y entra et ressortit avec une planche rigide sur laquelle était fixé un bloc-notes. Il nota le numéro de la plaque.

— Voilà, messieurs. Vous ne serez plus embêtés dans votre enquête !

— Très bien. Je vous remercie. Pouvez-vous nous indiquer le PC sécurité du site, s'il vous plaît ?

Un klaxon retentit. Carbonnier jeta un œil dans son rétroviseur central : une file d'une petite dizaine de voitures s'était formée derrière eux. Le gardien se redressa et invectiva l'impatient avant de se repencher vers les gendarmes.

— C'est le bâtiment 602. Première à gauche, route Yukawa, au fond.

— Merci.

— De rien…

L'homme souriait niaisement mais ne bougeait pas.

— La barrière ! Faut ouvrir la barrière maintenant ! s'emporta Pailhès.

— Ah oui…

Il libéra l'accès. Première à gauche. Au fond. Bâtiment 602. Ils entrèrent dans le PC. C'était une vaste pièce rectangulaire, très claire. Le mur qui faisait face à la porte était recouvert d'écrans de télévision. La plupart étaient coupés en quatre cadrans, offrant autant de points de vue différents, à l'exception du grand écran central sur lequel s'affichait, sur la moitié basse, une vue satellite du site et, sur la moitié haute, des listes qui défilaient. Un bureau en verre courait sur toute la longueur de cet immense œil numérique. Huit ordinateurs y étaient posés. Presque autant de postes téléphoniques à fil. Un seul des deux fauteuils à roulettes était occupé. L'homme qui y était assis pivota vers eux.

— L'accès est réglementé, messieurs, je vous demanderai…

Le major se chargea des présentations.

— Ah ! Vous venez pour la femme ? Enchanté, Simon Olivier. Je supervise la sécurité sur le site de Meyrin… Vous aussi, vous voulez savoir si les caméras ont vu quelque chose ?

— Vous aussi ? s'étonna Carbonnier. Quelqu'un est déjà passé ?

— Oui. Un inspecteur suisse. Tôt ce matin.

— Dans ton cul Lulu, siffla Pailhès.

— Et que lui avez-vous dit ? enchaîna le lieutenant.

— Ben… Des caméras, il y en a cinq cent quarante-deux sur le site. J'en ai soixante-sept en direct. Tout est enregistré sur bande, bien sûr !

Simon Olivier se leva. Le bougre était immense et dépassait d'une bonne tête les deux gendarmes.

— J'ai promis à votre collègue de regarder… Enfin, de demander à mon petit stagiaire de regarder, mais il n'est pas là aujourd'hui. Il s'y mettra dès demain… Le problème, c'est que je ne sais pas trop ce qu'il faut regarder ! En plus, pour ne rien vous cacher, on n'a pas de caméra vers les tennis. On en avait mais, comme c'est un club privé, certains adhérents ont râlé… Protection de la vie privée, droit à l'image, tatati, tatata, donc on a tout enlevé il y a deux ans… Je vais lui faire visionner les bandes des bâtiments 3156, 2173, 876 et 2165. Peut-être qu'il y aura quelque chose et, dans ce cas, je vous le dis.

Chapitre 9

Lundi 17 octobre – 16 h 24

Le Suisse les attendait devant la mairie de Thoiry, un joli bâtiment de facture classique où flottaient, au-dessus de la porte centrale, les drapeaux français et européen. L'inspecteur était appuyé contre la portière de sa voiture, à l'écart des collègues de la scientifique. Il grignotait une viennoiserie.

— J'ai la dalle moi aussi ! s'exclama Pailhès. On a rien becqueté depuis c'matin !

— Prends un truc à la boulangerie, lui conseilla Carbonnier.

— Hein ? Tu rigoles ? Et foutre en l'air mon régime ? Pas question, mon pote.

Le lieutenant ne put s'empêcher de sourire. Six mois auparavant, Clément avait décrété qu'il était trop gras. L'auto-analyse était pertinente car, avec un quintal pour un mètre soixante-quatorze, le major était connu sous le sobriquet du « gros » dans la caserne lyonnaise. Au printemps, il avait donc annoncé qu'il entreprenait un régime. Les paris sur la durée de cette initiative avaient fleuri mais, surprenant tout le monde par sa volonté, à force de séances de sport et de salades sans sauce, il avait perdu presque vingt kilos en deux mois. Ayant fondu trop vite, ses vêtements flottaient sur son corps devenu svelte, lui donnant l'air étrange d'un gamin dans les fringues de son père.

— Achète une carotte au Vival, s'amusa Carbonnier.

— Pas con… T'en veux ?

— Non merci.

Le lieutenant se gara en face de la pharmacie, de l'autre côté de la départementale qui coupait la ville en deux. Et pendant que Pailhès courait jusqu'à la supérette, Carbonnier en profita pour prévenir le procureur qu'il allait entrer chez Bianca Lorco. Le major revint avec trois grosses carottes. Il croqua dans la première sans même essuyer la terre qui y était encore collée.

— Vous vous êtes perdus ? demanda Wellber, jetant un œil inquiet sur le major et ses légumes.

— Oui.

— Elle habitait là, d'après la boulangère.

Il désignait une bâtisse sur la gauche de l'hôtel de ville.

— Vous l'avez questionnée ?

— Qui ?

— La boulangère ?

— Non. Pourquoi dites-vous cela ?

— Pour rien. On y va ? proposa Carbonnier en faisant un signe au major Aubernon.

Les six hommes montèrent au premier étage. Le nom de Bianca Lorco était écrit sous la sonnette. La porte en bois, assez banale, ne possédait qu'une seule serrure au niveau de la poignée. Des rayures et les éclats manquants sur le chambranle, à côté de la gâche, caractéristiques d'un travail au pied de biche, n'échappèrent pas aux enquêteurs.

— Effraction récente, commenta Wellber. Le bois ne s'est pas encore oxydé, il reste bien blanc. Je dirais deux ou trois mois.

— Suis d'accord, ajouta Aubernon. Peut-être moins… Si ça ne vous dérange pas, on va faire un premier relevé. Michel, lumière s'il te plaît !

Le dénommé Michel déplia les pieds du spot sur batterie qu'il tenait. Le petit palier fut soudain inondé d'une lumière très vive et très blanche.

— Jad, empreintes !

Le deuxième gendarme s'agenouilla devant la porte. Il posa à plat sur le sol la mallette qu'il avait apportée, l'ouvrit et choisit un large pinceau à poils noirs qu'il plongea dans une boîte en plastique, à moitié remplie d'une poudre blanche. Par de légers mouvements de rotation du pinceau, il balaya le chambranle en commençant par le bas. Tous se taisaient et le silence n'était perturbé que par le major qui mastiquait assez bruyamment sa carotte. Excédé, le lieutenant finit par l'envoyer chercher deux témoins pour la perquisition à venir.

— Ça y est, ça sort ! commenta Jad.

Carbonnier regardait le technicien comme s'il découvrait cette méthode pourtant courante. Il aimait la précision des gestes, les empreintes qui se révélaient tels des fantômes endormis tirés de leur sommeil éthéré. Elles apparurent, nombreuses, silhouettes blanches sur le fond marron. Jad attrapa un appareil photo numérique dans sa valisette et les photographia avec soin, une par une, s'assurant entre deux prises que chaque cliché fût net.

— Je peux me tromper mais… j'ai l'impression que ce sont toutes les mêmes, confia-t-il.

Quand il eut fini, le technicien rangea son matériel et se releva.

— C'est bon pour moi.

— On entre ! ordonna Carbonnier après avoir constaté que les deux témoins ramenés par Pailhès, une petite femme brune et un monsieur à moustache, attendaient sagement dans l'escalier.

— Michel, porte ! gueula le major.

Un tour de rossignol électrique et la porte céda avec une facilité déconcertante.

— Major, vous entrez en premier, déclara Carbonnier. Si rien ne semble nécessiter votre intervention, vous nous appelez.

Les TIC pénétrèrent dans l'appartement. Pailhès finit sa carotte. Wellber rajusta son chapeau. Deux minutes passèrent avant que le major Aubernon ne réapparût.

— R.A.S., mon lieutenant, annonça-t-il. Vous voulez qu'on passe tout au Bluestar ?

— Il y a des traces de lutte ?

— Non. Mais on sait jamais.

— Vous avez raison mais peut-on jeter un œil avant que vous ne le fassiez ? s'inquiéta Carbonnier, soucieux de ne pas perdre trop de temps.

— Ouais ouais, pas de problème, mon lieutenant. En revanche, faut pas saigner du nez ! rigola le major en s'écartant pour laisser entrer les officiers. Mettez des gants quand même, y en a une boîte sur la table de la cuisine. On va faire quelques écouvillons, s'agirait pas de tout saloper !

Les deux gendarmes français et l'inspecteur suisse franchirent le seuil du domicile de Bianca Lorco, sous les yeux ahuris des témoins. C'était un trois-pièces assez clair. Ils commencèrent par la cuisine, au fond du couloir. L'évier était plein de vaisselle sale. Un paquet de biscottes ouvert se trouvait toujours sur la table, à côté d'un bol à moitié rempli de café noir. Les placards renfermaient de la vaisselle dépareillée, quelques boîtes de conserve et beaucoup de paquets de pâtes, des spaghettis essentiellement.

La chambre à coucher était austère, très fonctionnelle. Pas de décoration sur les murs, recouverts d'une tapisserie grise. Le lustre boule, fait de papier crème tendu sur une structure métallique, était recouvert de poussière. Une armoire Ikea assez moche était remplie de vêtements laids, aux teintes fades. Pas de robe. Des pantalons, quatre polaires, deux paires de baskets, une paire de chaussures de randonnée hautes, des chaussettes de sport blanches. Du côté droit du lit, dont les draps beiges étaient défaits, de curieux cahiers d'écolier jonchaient la table de nuit et le sol. Leurs couvertures chatoyantes, vert pomme, bleu électrique, jaune poussin, apportaient la seule touche de couleur dans cet environnement terne. Pailhès s'en approcha et tourna les pages du seul carnet à couverture rouge.

— Hou, la prise de tête ! Que des maths, mon pote ! Aspirine garantie.

Wellber se baissa pour regarder sous le lit.

— Quelque chose ? demanda Carbonnier.

— Rien.

Les officiers passèrent dans la salle de bains. Elle n'était pas immense mais possédait tout de même une baignoire équipée d'un rideau de douche. L'armoire à pharmacie, qui servait aussi de miroir de courtoisie, contenait des médicaments. L'œil expert de Carbonnier n'y décela qu'une pharmacopée bien banale. Sous le lavabo, des serviettes de bain râpées s'entassaient dans un meuble laqué blanc ; au-dessus, sur la tablette en verre, une brosse à dents, un tube de dentifrice, des cotons-tiges. Pas le moindre accessoire de maquillage.

— On passe au bureau.

C'était une petite pièce sans ouverture où régnait un fouillis assez indescriptible. Une masse informe de papiers, entassée en piles branlantes, noyait le bureau sur lequel était posé un ordinateur préhistorique recouvert de poussière. L'écran était un profond tube cathodique comme on n'en voyait plus, pas même dans les gendarmeries des coins les plus reculés de France. Les murs étaient recouverts d'étagères biscornues qui croulaient sous les livres.

— Quel bordel ! commenta Pailhès.

— Il va falloir étudier ces papiers de plus près, suggéra Wellber.

— On vous en laisse la primeur. Rien de tel que l'ordre suisse pour affronter un capharnaüm pareil, railla Carbonnier qui n'avait pas encore digéré le coup du PC sécurité.

L'autre ne dit rien. Il tourna les talons et partit en direction de la cuisine.

*

— Cons de Français, jura Wellber en montant dans sa voiture.

Le jour tombait. La perquisition n'avait rien révélé d'intéressant. Les quelques scellés, dont le disque dur de l'ordinateur, seraient envoyés au laboratoire de la région parisienne, mais il doutait qu'ils puissent apporter des renseignements susceptibles de faire avancer l'enquête. De ce qu'il pouvait en juger, à la lecture du PV dressé par les gendarmes chargés de la fouille du bureau de la victime, ce serait chou blanc là aussi.

Cette collaboration franco-suisse prenait un drôle de tour. Et la personnalité des deux gendarmes français y était indubitablement pour quelque chose. Le lieutenant Carbonnier était un gars bizarre qui, il l'avait constaté, se « déconnectait » souvent. Des microcoupures qui paraissaient le sortir de l'instant présent. C'était fugace, deux ou trois secondes peut-être, mais régulier. Wellber avait une drôle d'image en tête qu'il ne parvenait pas à chasser. Celle d'un bernard-l'hermite rentrant dans sa coquille sitôt qu'un danger approchait, pour en ressurgir quelques instants plus tard, comme si de rien n'était. Mais quel péril fuyait le lieutenant Carbonnier ? C'était intrigant.

Son avis sur le major était plus tranché. Ce dernier incarnait tout ce que Wellber n'aimait pas chez ses voisins français. Son manque de classe le révulsait. Si cela n'avait tenu qu'à lui, il l'aurait déjà remis à sa place. Hélas, il avait pour mission de ne pas fâcher les deux officiers. Cette affaire devait être résolue en équipe. Main dans la main. Wellber savait combien pouvait être grande la susceptibilité des *Frouzes*, il avait eu maintes occasions de le vérifier ; ainsi, dès ce matin, il avait opté pour une neutralité tout helvétique. Il ne contredirait pas, il accepterait tout. Quitte à naviguer, en sous-marin, de son côté.

Wellber tourna dans le boulevard Carl-Vogt. L'hôtel de police, grand parallélépipède gris à l'aspect délabré, apparut. Une minute plus tard, il posait son Borsalino sur la tête grandeur nature de Roger Federer, qu'un ami sculpteur lui avait offerte pour son cinquantième anniversaire. Hélas, son épouse avait décrété que ce buste en terre cuite détonnait avec la décoration de leur maison, sympathique litote pour affirmer qu'elle le trouvait hideux, à jeter dans les plus brefs délais après l'avoir brisé en mille morceaux. Wellber l'avait donc rapporté dans son bureau, s'attirant les railleries de ses collègues qui, pourtant, connaissaient sa passion pour le tennis et donc pour le champion bâlois. Mais il s'en moquait, c'était un excellent support pour son chapeau qui, tressé à la main, méritait le plus grand soin.

L'inspecteur principal adjoint Martha Müller entra sans frapper. La jeune femme vint lui faire la bise. Trois comme le voulait l'habitude à Genève.

— Alors ?

— Une jolie enquête s'annonce…

— Oh ! Je peux te suppléer ? demanda-t-elle avec gourmandise.

— D'ici, oui. Mais tu ne pourras pas venir sur le terrain avec moi. Le chef veut que je sois seul.

— Pourquoi ?

— J'ai déjà mes deux boulets… Des Français.

— Oh !

La fliquette tapa du plat de sa main sur son front avant de l'agiter devant elle, tel un éventail.

— T'es mal embarqué alors…

— Pour sûr.

Ils se sourirent, complices. Martha fit le tour du bureau de son supérieur. Mark, qui s'était assis devant son ordinateur, se connectait à Google. Dans la barre de recherche, il tapa Bianca, Lorco, CERN. Le moteur américain renvoya cinq mille trois cent dix résultats en moins d'une seconde. Des photos de la victime apparurent dans les images. Wellber cliqua sur la première, qui s'afficha en plein écran. Mark reconnut les étais de métal rouge : la chercheuse posait devant la gigantesque cuve qu'il avait vue en début d'après-midi. Elle ne souriait pas, paraissait âgée. Ses cheveux étaient coiffés en une sage raie centrale et leurs racines blanches traçaient une vallée neigeuse au milieu de son crâne.

— C'est elle. Je veux tout savoir. Tu peux me faire ça ?

— Pour demain ?

Wellber regarda sa Jaeger-Lecoutre, cadeau commun de son épouse et de tous ses amis, à l'exception du sculpteur, pour ses cinquante ans. Il était presque 20 heures. Il était embêté à l'idée de faire passer la nuit au poste à sa jeune collègue. Pourtant, du bout des lèvres, il demanda :

— Tu crois que tu peux ?

— Je peux. Et j'aime ça, répondit-elle avec franchise. Pour quelle heure ?

— 7 h 15, murmura Wellber, toujours un peu gêné.

— OK.

— Je t'adore.
— Je te déteste.
La jeune femme nota le nom de la physicienne sur un post-it qu'elle arracha.
— Tu m'excuses… J'ai du travail.

*

Ils avaient été accueillis par le maréchal des logis-chef Daudon, de permanence nuit à la brigade de proximité. Carbonnier maudit l'adjudant-chef Rigaud pour son sens poussé de l'euphémisme. « Un peu spartiate », avait-il dit. C'était assurément le cas. Deux fois deux lits superposés tenaient à peine dans une petite pièce sentant le renfermé. Des matelas fins, des coussins raplapla. Derrière la porte, des balais, deux seaux, des serpillières. L'endroit servait de débarras.
— Je prends celui du haut, lança Clément. J'peux pas dormir en bas, j'suis *crostophobe*.
— Pas de problème.
Carbonnier attrapa le matelas du bas sur lequel les draps avaient été mis et l'échangea avec celui de l'autre lit. Il ne voulait pas finir écrasé en pleine nuit si les structures métalliques, qui paraissaient bien fragiles, cédaient sous le poids du major. Quand bien même ce dernier accusait vingt kilos de moins, c'était un risque que le lieutenant n'était pas prêt à prendre. Il ouvrit son petit sac de voyage qu'il jetait toujours dans la voiture au moment de partir sur une scène de crime éloignée de Lyon.
— Je vais à la douche.

La salle de bains était minuscule et les serviettes, rugueuses et cartonnées, avaient été posées à même la cuvette des toilettes. Carbonnier se lava énergiquement pour faire partir l'odeur de gras dont il se sentait imprégné depuis leur repas dans le restaurant chinois qu'ils avaient trouvé à la sortie de la ville. Il se brossa les dents puis attrapa ses médicaments. Les deux mirtazapine lui avaient fait du bien, plus tôt dans la journée, mais il avait besoin des autres. La plaquette de quétiapine 50 milligrammes ne contenait plus que trois pilules et il ne lui restait que deux comprimés d'escitalopram 20 milligrammes.

— Merde ! laissa-t-il échapper.

Il retourna le contenu de sa trousse de toilette dans l'évier après avoir fermé la bonde. Rien. Alors il détacha les comprimés restants, les posa dans sa paume et les regarda longuement. Combien en avait-il gobé de ces petits ronds blancs ? Des milliers. Plusieurs milliers. Et combien avant de trouver les bons ? Ceux-là mêmes qu'il serrait dans sa main, ceux qui ne le clouaient pas au lit, qui ne lui vidaient pas les intestins dans des spasmes insoutenables ? Ceux qui le tenaient droit, ceux sans lesquels il n'aurait jamais été officier dans la gendarmerie ? Ceux qu'il cachait à sa hiérarchie, avec la complicité de son oncle, le professeur Monteil, psychiatre à Rillieux-la-Pape ? Cette chimie était son tuteur, sa béquille, sa vie. Et il l'avait oubliée à Lyon. Il se gifla à deux reprises, fort. Pour se faire mal.

Seulement deux jours d'autonomie, en comptant celui-là. « N'oublie pas de passer à la pharmacie », se répéta-t-il trois fois pour se le graver dans la mémoire.

Pour l'ordonnance, il se démerderait. À Lyon, il avait ses habitudes rue de Belfort, la pharmacie de la Soie. Ils le connaissaient bien, le suivaient depuis le début de son traitement, presque deux décennies déjà. Jamais de problème pour récupérer ses médocs, ordonnance ou pas ordonnance. Ici, il faudrait s'expliquer. Mais un coup de fil à son oncle résoudrait tous les problèmes. Il avala les deux cachets et revint dans la chambre où il trouva le major couché et endormi, malgré la lumière allumée.

Il l'imita et sombra à son tour dans un sommeil sans rêves.

Chapitre 10

Année 1928. Paul Dirac, physicien anglais, cherche à expliquer la particule inconnue, de charge positive, qui est la solution de son équation quantique relativiste. Il pense qu'il pourrait s'agit du proton.

— Si ! Va le voir ! Je t'assure que tu ne le regretteras pas. C'est un homme exceptionnel. Je lui ai parlé de toi, il accepte de te recevoir.

— Que lui as-tu encore raconté ? Que j'étais un chien savant capable d'extraire une racine cubique comme d'autres font des additions à deux chiffres ?

Emilio Segré s'arrêta et vint se placer face à son ami. Il le regarda avec les yeux ronds de celui qui jouait, fort mal, la stupéfaction.

— Que tu puisses penser ça de moi m'attriste, Ettore… Pour un peu, j'en pleurerais…

Et il éclata de rire. Il ne lui dirait pas mais, effectivement, il avait confié à Enrico Fermi que son camarade était un génie des mathématiques.

Deux jours déjà qu'il bassinait le Sicilien pour qu'il acceptât de se présenter devant le plus grand scientifique italien, depuis Amedeo Avogadro. Non, depuis Alessandro Volta. Ou non, mieux encore, depuis Leonardo di ser Piero da Vinci.

— Il est diplômé de l'École normale supérieure de Pise, il s'est perfectionné en mécanique quantique à l'université de Göttingen auprès de Max Born et Werner Heisenberg, excuse du peu, puis il a suivi les cours de Paul Ehrenfest, le grand ami…

— … d'Albert Einstein, le coupa Ettore. Tu me prends pour un imbécile ? Tu crois que je ne sais pas qui est Enrico Fermi ?

— Il me veut avec lui, continua Emilio. Il me l'a dit cet été, quand nous sommes allés randonner dans les Dolomites. Il veut les meilleurs.

Segré prit un temps pour ménager son effet.

— Il te veut. Toi.

Ettore n'ajouta rien et n'en parla plus. Emilio, qui avait l'habitude de répéter à qui voulait bien l'entendre qu'on lisait en Majorana comme dans un livre fermé – seule la couverture sur laquelle figurait son patronyme était accessible – crut qu'il avait échoué à le convaincre. Pourtant, le lendemain, Ettore se rendit à pied au 89/A via Panisperna, perché sur le Viminal, l'une des sept collines de la capitale italienne. Dans le quartier du Monti qu'il traversa, il n'entendit pas les prostituées qui le hélèrent quand il passa devant elles. « Eh, besoin de tendresse, mon chou ? »

Arrivé devant l'Institut, il marqua une pause. Huma l'air. La physique avait-elle une odeur ? Si oui, elle se rapprochait de celle de la glycine.

Il entra, traversa le jardin en longeant la rangée de palmiers sur le sentier gravillonné qui crissait sous ses pas, ne prêta pas attention au bassin rempli de poissons rouges du professeur Corbino. Il demanda au concierge le bureau d'Enrico Fermi. Grimpa l'escalier sans précipitation, sans excitation apparente. Frappa deux coups sur la porte.

— Entrez !

Ettore obéit. Enrico Fermi était assis derrière sa table de travail. C'était un homme robuste malgré sa petite taille. Son visage, aux traits simples, était rondouillard, l'arête de son nez bien marquée, ses yeux gris-bleu rieurs et ses lèvres fines. D'épais sourcils barraient un front large, signe d'une calvitie déjà avancée.

— Deux secondes, je vous prie.

Il tourna la manivelle d'une magnifique machine à calculer d'Odhner jusqu'au tintement d'une clochette aiguë. Ting ! Il attrapa un levier au bas de la machine et en décala la partie basse d'un cran sur la droite. Il tourna dans l'autre sens. Ting ! Un cran sur la droite. Manivelle, dans l'autre sens. Ting ! Il nota le résultat de son opération sur le papier devant lui et releva la tête.

— Vous êtes Ettore Majorana ?

— Oui, *Signore.*

— Emilio Segré m'a beaucoup parlé de vous. Il prétend que…

— Sur quoi travaillez-vous ?

Ettore désignait du doigt le tableau noir couvert de chiffres à sa gauche. Fermi, surpris par cette question, bafouilla :

— Je… C'est un modèle simplifié de l'atome de Béryllium. Les calculs exacts des niveaux d'énergie électroniques sont impossibles.

— Mmm, grommela Ettore sans qu'on pût savoir s'il acquiesçait ou émettait des réserves.

— J'ai fait l'hypothèse d'un potentiel moyen que je détermine en fonction de la distance au noyau. Ce sont mes premiers résultats.

— C'est une Brunsviga ? demanda Ettore en pointant la machine à calculer.

— Oui, la 13 ZK.

— Pas utile...

— Je vous demande pardon ?

— Veuillez m'excuser.

Ettore tourna les talons et sortit du bureau, laissant Enrico Fermi perplexe. Dans la rue, il embrasa une cigarette avec le mégot de celle qu'il avait allumée dans le jardin. Il rentra au pas de course à l'appartement familial, via Regina Margherita.

— C'est toi, Ettore ? l'interpella Dorina depuis la cuisine.

— Oui, mère.

— Tu as faim, mon chéri ?

— Non. J'ai du travail et besoin de calme.

Il vint s'asseoir sur son lit. Les jambes en tailleur, il scruta le mur intensément avant de fermer les yeux. Les chiffres, tels des agrestes, ces papillons aux ailes marron foncé tachetées d'orange qui pullulaient, l'été venu, dans les champs siciliens, vinrent voleter devant lui. « Il faut linéariser l'équation différentielle », lui chuchotèrent-ils.

Il se réveilla tard le lendemain. Presque midi. Il s'habilla vite, se contenta d'une orange pour le petit déjeuner et sortit. Pour ne pas passer une nouvelle fois au milieu des prostituées, il grimpa dans un tramway qui l'emmena à l'institut de physique. Il trouva Fermi à la même place que la veille. Sans dire un mot, il attrapa la feuille sur laquelle il avait consigné les résultats de ses calculs. Par de brefs allers-retours entre le tableau noir et le morceau de papier, il s'assura que Fermi ne s'était pas trompé. Quand il en fut sûr, il le lui annonça :

— Vos calculs sont corrects, monsieur Fermi.

Le physicien, qui le regardait en silence, eut un sourire en coin.

— Je vous remercie.

Majorana froissa son papier.

— Je peux jeter ceci dans votre poubelle ?

— Donnez-le-moi, je vais le faire.

Ettore lui tendit la petite boule blanche. Fermi la déplia et constata avec stupéfaction que cet énergumène avait déterminé numériquement – Dieu savait comment ! – les potentiels qui lui avaient demandé plus d'une semaine de travail acharné avec sa calculatrice. Il leva le nez vers ce curieux visiteur. Il était maigre et, malgré sa peau mate, avait le teint maladif. Ses cheveux noir de jais étaient coiffés en une raie propre sur le côté gauche, ses yeux noirs brillaient comme du mica. Il possédait une bouche aux lèvres pulpeuses qui n'aurait pas choqué chez une femme, au contraire. Il portait un costume gris bien taillé mais un peu froissé, une chemise blanche et une cravate grise.

— Vous êtes l'ami d'Emilio Segré, je crois.

— C'est exact.

— Vous a-t-il dit que je cherche des gens comme vous pour intégrer mon équipe ?

— Oui.

— Et… accepteriez-vous de la rejoindre ?
— Pourquoi pas ? Je crois que oui.

*

— Ettore ! cria Enrico Persico.
— Oui ?
— Peux-tu me donner le logarithme de treize, s'il te plaît ?
— Népérien ou décimal ?
— Népérien, s'il te plaît.
Quelques secondes passèrent.
— Deux virgule cinq six quatre neuf.
— Merci, Ettore.
Celui que le Pape avait affublé du titre de « Cardinal responsable de la propagation de la foi » griffonna un dernier calcul avant de se lever.
— Fini ! Allez, le Grand Inquisiteur[1], je t'offre un verre au café Faraglino. Emilio, tu en es ?
— Évidemment ! dit le Basilic en attrapant sa veste.
Les quatre *ragazzi*, Giovanni Gentile s'étant joint à eux, sortirent de l'Institut en riant. La nuit était noire et la température glaciale, mais ils n'avaient pas l'air de s'en soucier. Ettore s'alluma une Macedonia sans en proposer à ses camarades.

1. Chaque *ragazzo* de l'institut de physique avait un surnom. Fermi était « le Pape », Majorana – le seul à son niveau – « le Grand Inquisiteur » et Segré – le plus colérique – était « le Basilic », ce serpent de la mythologie capable de foudroyer ceux qu'il regarde. Enrico Persico, chargé par Fermi d'aller expliquer la physique quantique à l'extérieur de l'Institut, était lui appelé le « Cardinal responsable de la propagation de la foi ».

Il se sentait bien. L'Institut était devenu sa deuxième maison et ses occupants, sa deuxième famille. Il prenait beaucoup de plaisir à y venir chaque jour, à l'heure qu'il voulait, pour échanger, travailler, calculer, sortir de leur gangue les équations mathématiques du réel.

Chapitre 11

Mardi 18 octobre – 7 h 14

Un brouillard dense noyait la brigade quand les deux gendarmes en sortirent. Il n'était pas facile de distinguer la voiture, pourtant garée sur le parking public, à peine une dizaine de mètres plus loin. L'air était aussi froid qu'humide. Carbonnier frissonna.

— Quelle région de merde ! commenta Pailhès en se mettant au volant.

Treize minutes plus tard, ils s'arrêtaient devant le bâtiment 182. Les deux hommes de la BR de Gex les attendaient, ordinateurs et imprimantes portables sous le bras.

— Non ! Il est déjà là ! s'exclama Clément en apercevant l'Audi Q2 blanche.

Carbonnier tiqua mais n'ajouta rien. Ils rejoignirent les deux gendarmes. Échange de poignées de main. Le lieutenant leur expliqua ce qu'il attendait d'eux. De Haas et Jedrecy avaient déjà été briefés par l'adjudant-chef Rigaud et se contentèrent d'opiner en silence.

Tous montèrent au premier étage. Le vestibule était allumé cette fois-ci, ainsi que le hangar dans lequel régnait un silence presque sépulcral. Wellber discutait avec Jeanne Corbal. Ils avaient un gobelet en plastique dans la main d'où s'échappait une fumée blanche. Les quatre hommes s'approchèrent.

— Bonjour madame, dit le lieutenant en tendant la main à la responsable. Vous avez pu établir la liste que je… que nous vous avions demandée ?

— Oui. J'en parlais justement à votre collègue. J'espère qu'elle est complète. Les deux premiers sont là. Voulez-vous un café ?

Carbonnier regarda autour de lui. Il aperçut un homme avec une belle barbe blanche qui sirotait une boisson chaude, assis devant les ordinateurs, sans paraître se soucier de la présence des gendarmes.

— Je ne vois qu'une personne.

— Je suis là, inspecteur. La deuxième, c'est moi ! s'exclama Corbal. Pas de café ?

— Non merci. Où pouvons-nous nous installer ?

Elle consulta sa montre.

— Mes collègues ne vont pas tarder à arriver. Toutefois, je préférerais rester ici, si cela ne vous dérange pas. Cela nous permettrait de nous remettre plus vite au travail après avoir répondu à vos questions. Nous entrons dans la phase critique de notre expérience… Nous pouvons nous installer derrière, c'est plus calme.

— Ce sera très bien, affirma Wellber.

— Qui est-ce ? demanda Carbonnier en désignant d'un petit signe de la tête l'homme qui patientait derrière eux.

— Monsieur Florent. Il est technicien, soudeur pour être précise.

— Quels étaient ses liens avec Bianca Lorco ?

— Relation professionnelle. Il fait partie de la deuxième liste que vous m'avez demandée. Celle des collaborateurs plus distants.

— Et vous faites partie de la première, en déduisit Wellber.

— Exact, inspecteur… Je vous en prie, suivez-moi.

Jeanne Corbal se dirigea vers la cuve, suivie des deux officiers. Ils contournèrent l'immense cube. Derrière, l'espace était encore démesuré et Carbonnier découvrit que le hangar était presque deux fois plus grand que ce qu'on en voyait en entrant. D'énormes ponts roulants jaune vif étaient accrochés au plafond. Le lieutenant lut les plaques qui y étaient collées : Bordeaux Sud, Italy, Année 2013, 170t. Il se demanda pourquoi la capitale de la Gironde était associée à la péninsule italienne sur ces monstres capables de soulever plusieurs camions. Cependant, cette question, inutile pour l'enquête, glissa dans les tréfonds de son cerveau. Ce soir, il l'aurait oubliée.

Jeanne Corbal grimpa quelques marches pour accéder à une petite plateforme, légèrement surélevée par rapport au sol du hangar, sur laquelle se trouvaient plusieurs établis encombrés de pièces métalliques de toutes tailles et de toutes formes. Une table et quatre chaises étaient posées au milieu. Ils s'assirent.

— Que voulez-vous savoir ? demanda-t-elle en posant son gobelet de café.

— On peut fumer ici ?

— Non.

Carbonnier se tourna vers Wellber pour lui donner un feu vert silencieux. Ce dernier, sans se lever, ôta son blouson et le déposa sur le dossier de sa chaise. Dans la poche droite, il récupéra des feuilles blanches pliées en quatre qu'il déplia devant lui. Le lieutenant tordit le nez en découvrant le nom de Bianca Lorco en haut de la première page, accompagné de sa photo et d'une quantité non négligeable d'informations la concernant. Le Suisse n'était pas venu sans biscuit, quand les recherches que Bertrand Carbonnier avait demandées ne lui étaient toujours pas parvenues. Wellber marquait un point.

— Peut-être pourrez-vous me confirmer les renseignements suivants, madame ? Pour commencer...

Il plongea la main dans sa veste. En sortit un stylo rouge.

— ... Bianca Lorco est argentine.

— Effectivement.

Sur ses papiers, Wellber dessina un V à côté de la première ligne.

— Elle est arrivée en France en 1975 et travaillait sur le site du CERN depuis 1976.

— Vous m'en demandez trop, inspecteur. Je peux juste vous dire que nous travaillions ensemble depuis 1998. Date à laquelle je suis venue faire mon postdoc sous sa direction.

— Très bien. Bianca Lorco n'avait pas de mari, pas d'enfant, pas de famille connue en France. Elle n'a pourtant pas quitté le pays depuis qu'elle s'y est installée.

— À ma connaissance, vous avez raison. C'était une femme solitaire. Seule la physique la passionnait.

Le Suisse traça un nouveau V rouge.

— Elle était bien directrice de la plateforme Neutrino ?

— Oui.

— Combien de personnes sous ses ordres ?

— Je ne dirais pas « sous ses ordres ». Mme Lorco supervisait cette plateforme. Elle coordonne tous les projets et les recherches qui s'y rattachent. Enfin, elle coordonnait… C'est étrange de se dire qu'elle…

Pour la première fois, Carbonnier vit passer un voile de tristesse sur son visage. Elle baissa les yeux, les planta dans son café pendant quelques secondes sans rien dire. Puis elle en but une gorgée et reprit.

— Cependant, chaque pôle est indépendant et, si Bianca centralisait les avancées de chacun, elle n'influait pas sur les recherches.

— Je comprends. Lui connaissiez-vous des ennemis ?

— Des ennemis ? Nous ne sommes pas des militaires, inspecteur ! Nous sommes chercheurs.

— Chercheur ou pas, on ne peut pas plaire à tout le monde. Surtout quand on supervise… Il y a forcément des décisions à prendre, des choix à faire, des cas à trancher.

— Certes. Mais Bianca ne travaillait pas ainsi. Ce n'est d'ailleurs pas l'esprit du CERN. Ce centre est souvent pris en exemple, savez-vous ? Malgré les tensions politiques qui ont secoué et secouent encore l'Europe, deux mille cinq cents personnes issues des vingt-deux États membres y travaillent en bonne intelligence depuis 1954… Le CERN accueille aussi onze mille scientifiques de cent nationalités différentes. La collaboration n'est pas un concept ici. C'est une réalité, inspecteur. Nous n'avons pas d'ennemis, nous avons des collaborateurs avec lesquels nous étudions dans un but commun : comprendre l'univers dans lequel nous vivons.

Wellber ne répondit pas et Carbonnier saisit l'occasion de reprendre la main.

— Que faites-vous exactement ici ? lança-t-il.

Jeanne Corbal lui jeta un regard surpris.

— Ici ?

— Oui. Pourquoi connaissez-vous si bien Bianca Lorco ?

— Nous sommes devenues amies, inspecteur…

— Lieutenant, la coupa Carbonnier, un brin d'impatience dans la voix. Monsieur est inspecteur, mais c'est un grade qui n'existe plus dans la gendarmerie française. Je suis lieutenant.

— Ah ? Vous n'êtes pas…

Son index balaya l'air, pointant alternativement Carbonnier et Wellber.

— Non. Le CERN n'a pas l'apanage des collaborations transfrontalières, s'amusa Carbonnier.

Jeanne Corbal sourit.

— Alors… lieutenant… Bianca et moi partagions une passion commune : les neutrinos. Bianca y a consacré sa vie, je crois. Pour ma part, je m'y intéresse depuis presque vingt ans.

Les deux enquêteurs échangèrent un regard piteux.

— Savez-vous ce que sont les neutrinos, messieurs ?

— Non, avoua Wellber.

— Moi non plus, renchérit Carbonnier.

— Au moment où je vous parle, mille milliards de neutrinos nous traversent le corps chaque seconde !

Jeanne Corbal se tut, les laissant réfléchir à cette première information.

— D'où viennent-ils ? demanda Wellber.

— Du soleil, pour la plupart, parce que c'est l'étoile la plus proche de nous mais nous recevons aussi ceux des étoiles plus lointaines. Ces petites bestioles n'interagissent que très peu avec la matière, ils sont capables de traverser l'univers sans aucun problème. Et ce, à la vitesse de la lumière !

— Les étoiles les... fabriquent ?

— Oui. La fusion de quatre atomes d'hydrogène produit un noyau d'hélium, deux positrons, deux photons et deux neutrinos solaires, en plus bien sûr d'une énergie astronomique. Et vous voulez savoir ce qui est amusant ? Les photons du soleil, qui par définition voyagent à la vitesse de la lumière, mettent près d'un million d'années à nous parvenir quand les neutrinos traversent la Terre huit minutes après avoir été produits ! Fou, non ?

Les enquêteurs se gardèrent de commenter cette assertion étonnante. *In petto*, Carbonnier chercha à s'expliquer cette curieuse différence. Pourquoi deux objets se déplaçant à la même vitesse, et ayant la même distance à parcourir, n'arrivaient-ils pas en même temps ? Ses notions de science étaient loin derrière lui, trop loin visiblement car il ne trouva pas la réponse à cette question, qu'il n'osa pas poser à son interlocutrice.

— Mais le soleil n'est pas l'unique source de neutrinos. Les autres étoiles en produisent aussi, tout comme la Terre elle-même via les désintégrations radioactives au sein de la croûte terrestre. C'est le même processus qui explique les cinq mille neutrinos par seconde que vous-mêmes, messieurs, êtes en train d'expulser. Ils naissent de la désintégration bêta du potassium quarante contenu dans votre corps. Enfin, pour finir, sachez que nous baignons dans un fond de neutrinos issus du Big Bang. Environ deux cents par centimètre cube.

Elle marqua une pause. Finit son café.

— Peut-être comprenez-vous maintenant pourquoi ces particules me fascinent ?

Non, le lieutenant ne comprenait pas. En revanche, il saisit clairement – son sixième sens, peut-être – que ces problématiques scientifiques allaient être au cœur de son enquête. Qu'il ne pourrait en faire abstraction. Néanmoins, il décida pour l'instant de les laisser sur le côté. Il voulait être pragmatique.

— Quand avez-vous vu Bianca Lorco pour la dernière fois ?

Cette question sèche bouscula Jeanne Corbal qui bégaya :

— Euh… je… je ne sais plus. Avant-hier… ou… non, samedi… Oui, c'est samedi ! En fin d'après-midi.

— Où avez-vous passé la nuit de dimanche à lundi ?

— Chez moi.

— Quelqu'un pour le confirmer ?

— Mon mari et mes enfants.

— Pourquoi vous êtes-vous mise en tête de liste, madame ?

— Parce que… parce que je connais… je connaissais très bien Bianca Lorco.

— Êtes-vous celle qui la connaissait le mieux ?

— Euh… oui. Je pense.

— Vous êtes-vous déjà rendue chez elle ?

— Une fois.

— Une fois ? Une seule fois ? Étrange pour quelqu'un qui la connaissait si bien…

— Elle était solitaire, je vous l'ai dit. Assez discrète sur sa vie privée aussi.

Wellber, qui prenait des notes, intervint.

— Quand êtes-vous allée chez elle ?

— En 2012. Le 4 juillet, affirma Jeanne Corbal, un sourire sur les lèvres. C'est le jour où l'annonce de la découverte du boson de Higgs a été faite. Bianca était dans un tel état d'excitation ! Je ne l'avais jamais vue ainsi ! Elle a insisté pour qu'on passe fêter cela chez elle.

— On ?

— Moi et deux de ses collaborateurs.

— Leurs noms sont sur la liste ?

— Oui. Stéphane Jablowski et Marjolaine Rey. Respectivement les numéros trois et quatre.

— Et le numéro deux ? s'étonna le Suisse.

— C'est le thésard qu'elle supervisait. Malek Brahmi. Je l'ai mis à cette place car ils se voyaient beaucoup ces derniers temps.

— Et donc ? Le 4 juillet ? relança Carbonnier.

— Nous avons été chez elle et elle a sorti une bouteille de champagne millésimé. Je m'en souviens très bien : une bouteille de Veuve Clicquot datant de 1982…

Carbonnier préférait le gin ou la bière au vin en général. Toutefois, l'appellation « millésimé » le fit réagir. Tandis que Wellber continuait l'interrogatoire, il sortit son portable et entra les occurrences « veuve », « clicquot » et « 1982 » dans la barre de recherche. Carbonnier tomba sur le prix de la bouteille. Conséquent. Le train de vie de Bianca Lorco était-il si aisé ? Son appartement était plutôt pouilleux... Combien gagnait donc un physicien ? Comme un gendarme ? Plus ? Moins ? Il faudrait se renseigner mais, pour l'instant, il voulait mettre les pieds dans le plat.

— C'était une belle bouteille, dit-il sans se soucier de les interrompre. Près de quatre cents euros ! Elle vous avait gâtés.

— Oh oui ! Elle était réellement très excitée par cette confirmation de la théorie... Le LHC justifiait enfin les sommes faramineuses qui avaient été nécessaires pour sa construction.

— Bianca Lorco gagnait-elle bien sa vie ?

— Au risque de vous décevoir, ce n'était pas le cas, répliqua sèchement Jeanne Corbal. Nous autres chercheurs, nous ne sommes pas à plaindre, mais nous ne faisons pas non plus partie des privilégiés. Si notre salaire mensuel peut paraître confortable, je peux vous affirmer que, ramené à un taux horaire, il doit se rapprocher du SMIC. Car nous ne comptons pas les heures, lieutenant... Maintenant, pour dissiper vos doutes, je crois que Bianca avait acheté cette bouteille depuis longtemps et qu'elle attendait juste le bon moment pour l'ouvrir, voilà tout.

Cette réaction épidermique amusa Carbonnier. Il avait peut-être touché juste. Il faudrait fouiller dans les comptes en banque de la victime.

— Vous n'êtes jamais retournée chez elle ? enchaîna-t-il.

Cette nouvelle question parut irriter la scientifique.

— Non. Je vous l'ai dit.

— Jeanne ! Jeanne !

Wellber, Carbonnier et Corbal se tournèrent vers l'homme qui avançait vers eux.

— Oui, Jacques ? Que veux-tu ?

— Peux-tu venir, s'il te plaît ? On a un petit souci avec le cryostat. Je préférerais que tu voies cela.

— Il s'agit de la police. Je ne peux pas.

— Ah oui ! C'est vrai. Bonjour, messieurs… Jacques Aubert, je travaille avec Mme Corbal sur WA105. En avez-vous encore pour longtemps ?

Carbonnier ne s'offusqua pas de cette question : ils n'étaient pas dans une caserne donc, en toute logique, ils n'étaient pas les maîtres des lieux. D'autre part, il était convaincu que cette discussion ne leur apporterait rien de plus.

— Pour ma part, dès que vous aurez signé votre PV d'audition, vous pourrez disposer, madame. Qu'en pense mon collègue ?

— Je suis d'accord, confirma Wellber.

La physicienne regarda sa montre.

— Il n'est pas tout à fait 8 heures, je ne sais pas si Malek est arrivé…

— Si, il est là ! leur apprit Aubert. Depuis un gros quart d'heure d'ailleurs.

— Pouvez-vous nous l'envoyer, s'il vous plaît ? demanda Wellber à Corbal qui paraphait sa déposition.

Elle se leva, tendit une main ferme aux deux enquêteurs qui la serrèrent tour à tour. Dix secondes plus tard, elle disparaissait au coin de la cuve d'où surgit, comme s'il avait été dans des starting-blocks, un jeune homme aux cheveux bruns. Baskets, jean, sweat à capuche. Il courut jusqu'à la plateforme dont il sauta les marches pour se présenter devant les policiers, qui n'eurent donc pas le temps d'échanger un mot au sujet de leur premier témoin.

— Asseyez-vous, proposa Carbonnier.

L'autre s'exécuta. À peine posé sur la chaise, sa cuisse droite se mit à gigoter frénétiquement, faisant trembler la table via le plancher métallique de la plateforme. Wellber entra dans le vif du sujet.

— Pouvez-vous vous présenter ?

— Je m'appelle Malek Brahmi. J'ai vingt-cinq ans. Je finis ma thèse sur les oscillations de neutrinos. Ma directrice de thèse était Bianca Lorco. Mme Corbal m'a demandé de venir hier. Alors, euh… me voilà. C'est dingue, cette histoire ! Un peu flippant même, je dois avouer.

À l'évidence, l'homme était stressé. Il avait débité ces quelques phrases à toute vitesse et sa jambe tressautait à une fréquence de plus en plus élevée. Il portait un collier de barbe aux poils duveteux, sans la moustache. Ses yeux étaient sombres mais brillants.

— Depuis combien de temps connaissiez-vous Bianca Lorco ?

— Trois ans.

— Vous travailliez avec elle ?

— Oui et non. Je travaille au LAPP sur l'expérience STEREO, vous connaissez ?

C'était demandé avec une telle candeur que les deux officiers ne purent s'empêcher de sourire.

— J'ai dit une connerie ?

— Le LAPP est le laboratoire d'Annecy-le-Vieux de physique des particules, si je ne me trompe pas, mais pouvez-vous nous préciser ce que vous entendez par STEREO ? demanda Wellber.

— C'est un détecteur qui traque les neutrinos stériles.

Bertrand Carbonnier leva les yeux au ciel. Cette enquête menaçait de lui faire perdre le contrôle : il ne devait pas se laisser embarquer dans les étoiles, mais rester focalisé sur ce putain de meurtre. La boue et le sang. La vraie vie. Même si, il le savait, la boue, le sang et les étoiles étaient faits des mêmes particules. De celles qui fascinaient le gamin assis en face de lui.

— Pourquoi êtes-vous ici si vous travaillez à Annecy ? lança-t-il.

— J'étais là pour Bianca Lorco. On se voyait toutes les semaines, parfois plus pour faire le point sur mes recherches. C'est une sommité, vous savez. Quand elle a accepté d'être ma directrice de thèse, j'étais tellement heureux !

— Aucun problème entre vous ?

Le jeune homme fronça les sourcils.

— Des problèmes ? Quels problèmes ?

— Pas de tension ou de brouille ?

— Euh… Non… Enfin, il nous arrive de ne pas être d'accord mais, la plupart du temps, je finis par me ranger de son côté. Elle est si compétente.

— C'est quoi, ces neutrinos stériles ?

Wellber en remettait une couche. À croire que cela l'intéressait plus que la recherche de l'assassin de cette femme. Malek Brahmi sourit, visiblement ravi de revenir, lui aussi, à sa partie.

— Une possible quatrième saveur des neutrinos, expliqua-t-il. Nous savons qu'il existe les neutrinos électroniques, muoniques et les tauiques, qui sont trois des vingt-quatre particules élémentaires du modèle standard. La particularité des neutrinos réside dans leur capacité à passer d'une saveur à l'autre. On appelle cela l'oscillation. L'expérience OPERA, sur laquelle j'ai un peu travaillé au début de ma thèse, a montré de façon formelle qu'un neutrino muonique, produit au CERN, avait oscillé pendant son voyage de sept cent trente-deux kilomètres à travers la croûte terrestre jusqu'au détecteur de Gran Sasso en Italie pour devenir un neutrino tauique.

— Un seul ? Sur combien ?

— Le CNGS[1] a envoyé deux cents milliards de milliards de neutrinos pendant ses cinq ans de fonctionnement. Environ vingt mille ont été détectés en Italie.

— Vingt mille sur cent milliards de milliards, c'est peu.

— Ce n'est pas si mal quand on sait que le neutrino n'interagit presque pas avec la matière… On a coutume de dire qu'il faudrait un mur de plomb de dix

1. CERN Neutrinos to Gran Sasso.

mille milliards de kilomètres d'épaisseur pour stopper un neutrino sur deux !

L'image était parlante et Carbonnier eut soudain la réponse à la question qu'il s'était posée une demi-heure plus tôt. Une simple feuille de plomb arrêtait les photons puisqu'une ombre apparaissait derrière. Ainsi, les neutrinos fabriqués au centre du soleil en sortaient aussi aisément que s'il n'avait pas été là, tandis que les photons, eux, bataillaient pour en atteindre la surface, avant de se lancer dans le vide en direction de la Terre. Bien sûr, le soleil n'était pas en plomb mais il était quand même composé d'atomes. Une vague de satisfaction le parcourut.

— Et le stérile alors ? renchérit Wellber, intrigué depuis le début par cette particule incapable de se reproduire.

— C'est une piste de recherche très récente. Les détecteurs placés à côté des réacteurs nucléaires, gros producteurs de neutrinos, ont noté qu'il manquait environ sept pour cent des neutrinos attendus. STEREO se propose donc de vérifier si ces neutrinos manquants ne seraient pas stériles. Autrement dit d'une saveur pour le moment indétectable. Si c'est le cas, le modèle standard serait à revoir. Vous vous rendez compte ?

Malek Brahmi, emporté par son enthousiasme, s'était levé. Il constata que son euphorie n'était guère partagée et se rassit aussitôt.

— On fait une pause, décréta Carbonnier sans attendre l'aval de Wellber.

Chapitre 12

Mardi 18 octobre – 8 h 42

Après avoir fait signer son PV d'audition à Malek Brahmi, ils repassèrent à l'avant de la gigantesque cuve. Cinq personnes étaient regroupées autour de Jeanne Corbal, elle-même assise devant l'un des ordinateurs. Personne ne prêta attention à eux.

— Qu'en pensez-vous ? demanda Carbonnier à Wellber.

— Rien.

— Comment ça rien ?

— Je n'en pense rien. Ou si ! Je pense que c'est fascinant comme l'étude de si petites choses fait appel à de si grands nombres, à de si grandes machines.

Le Suisse l'agaçait. Un mirtazapine. Il lui fallait un mirtazapine et il y pensait depuis déjà un quart d'heure. Il glissa la main dans sa poche, caressa le plastique et l'aluminium de la plaquette. Cela lui fit du bien. Provisoirement.

— Et pour l'enquête ? Parce que c'est pour ça qu'on est là, insista Bertrand Carbonnier.

— Rien, je vous l'ai dit.

Jacques Aubert se détacha alors du groupe et s'approcha des deux officiers.

— Excusez-moi, messieurs. Nous allons reprendre la phase de refroidissement. Il va y avoir un peu de bruit. Ceci étant, là-bas derrière, vous ne devriez pas être trop gênés... Jeanne vous fait savoir que Stéphane Jablowski est là. C'est le troisième sur la liste, si jamais...

Le lieutenant saisit son téléphone et appela son adjoint.

— Tu es où ?

— Ils m'ont foutu dehors, ces cons. Genre ils avaient besoin des ordis... Bon, en même temps, tous les gars de ma liste sont des techniciens. Ils sont dans le 191 en train de souder des trucs de malade ! C'est gros comme des camions mais tout en alu !

— Et ?

— Ben, ils sont plusieurs dessus et, techniquement, c'est particulier : ils doivent réaliser les soudures à l'horizontale, alors ils font tourner...

— Les dépositions, Clément ! Qu'ont donné les dépositions ?

— Ah ! Écoute, les gars m'ont l'air honnêtes mais bon. Je continue. Et toi, de ton côté ?

— Pareil. On n'a pas encore entendu tout le monde.

— Et le Suisse ? Pas trop chiant ?

Carbonnier leva la tête vers l'inspecteur helvète, toujours planté devant lui.

— Non. Ça va. Le premier qui a fini rejoint l'autre, OK ?

— OK.

Wellber attendit que le lieutenant ait rangé son *natel* avant de proposer :

— On enchaîne ?

— Oui… Monsieur Jablowski ! lança Carbonnier à l'attention du groupe de physiciens.

Un homme d'une quarantaine d'années se tourna vers eux. Il avait le crâne rasé et portait un jean plutôt près du corps, une chemise blanche sous un pull rayé bleu. Avec sa barbe de deux jours, Bertrand lui trouva un petit air de Zidane, en un peu plus gras.

— C'est moi !

— Vous nous suivez, s'il vous plaît.

— J'arrive !

Carbonnier posa sa main sur l'épaule de Wellber qui, déjà, partait en direction de la plateforme. Le Suisse s'arrêta pour le regarder.

— On reste concentrés sur l'enquête et Bianca Lorco. Les neutrinos ne vont pas nous aider sur ce coup.

— Qui sait ? rétorqua Wellber.

Quand ils furent installés autour de la table, à l'arrière de la cuve, un bourdonnement grave emplit le hangar, tel un essaim de frelons géant tapi dans un coin.

— C'est parti ! lâcha Jablowski.

— Quoi donc ?

— Jeanne Corbal ne vous a pas dit ce qu'on faisait ici ?

— Non car on n'est pas là pour ça, répliqua Carbonnier avec acrimonie.

— C'est dommage. Que voulez-vous savoir alors ?

— Où étiez-vous avant-hier soir ?

— Dimanche ? J'étais chez moi.
— Quels sont vos liens avec Bianca Lorco ?
— Professionnels. Je travaillais avec elle.
— C'est tout ? Pas de liens amicaux ?
— Disons que c'était une excellente expérimentatrice, mais qu'elle ne brillait pas par sa sociabilité.
— Depuis combien de temps la connaissiez-vous ?
— Près de dix ans. J'ai toujours travaillé avec elle.
— Sur quoi ? s'enquit Wellber.

Le lieutenant se crispa. Il plongea dans sa poche. Du pouce, il fit sauter un comprimé de mirtazapine, le glissa dans le creux de sa main pour le remonter jusqu'à sa bouche. Il l'avala discrètement.

— Actuellement, nous sommes tous concentrés sur ce projet.

Le physicien désigna la cuve.

— Ce prototype est très important. DUNE accueillera quatre détecteurs similaires mais beaucoup plus grands. Cinquante fois plus grands qu'ICARUS… Jeanne vous a parlé d'ICARUS ?
— Non.
— C'est le détecteur qui était à Gran Sasso.
— L'oscillation des neutrinos ? récita Wellber.
— Oui. Malek vous a expliqué ?

Le lieutenant décida de crever l'abcès. Tout tournait autour de cette putain de cuve et il lui sembla soudain qu'ils devaient savoir de quoi elle retournait. La connaître pour ne plus en parler, pour se concentrer sur l'enquête. Il tendit le bras vers le cube.

— C'est quoi, ce truc ?
— Ce truc ? s'offusqua Jablowski. Ce truc comme vous dites est une chambre à projection temporelle de

vingt-cinq tonnes. Elle est remplie d'argon double phase auquel les neutrinos, traversant la cuve, arrachent des électrons qui sont ensuite dirigés vers la zone gazeuse, à l'aide d'un champ électrique… Alors, bien sûr, il faut refroidir tout ça pour que l'argon soit liquide et, surtout, d'une pureté extrême. Cette cryogénisation empêche la contamination à partir des matériaux constituant les parois… C'est ça, le bruit que vous entendez.

Carbonnier n'avait pas compris la moitié de ce qu'il venait d'entendre. Il s'en foutait royalement. Il voulait juste passer à autre chose. Reprendre la main. La mirtazapine n'agissait pas. Le sang se mit à tambouriner au niveau de ses tempes. Il lui sembla que le vrombissement était devenu plus aigu. Agressif même.

— Vous avez fini ? demanda-t-il sèchement.

— Oui.

— Qui a tué Bianca Lorco ?

Jablowski le regarda, ses yeux s'écarquillèrent. Wellber se tourna vers lui, il l'ignora. Surpris lui aussi par cette dernière question, le gendarme-secrétaire suspendit sa prise de notes.

— Je répète : qui a tué Bianca Lorco ?

— Je… je n'en ai aucune idée. Vous m'accusez ?

— Peut-être.

— Vous n'avez pas le droit, vous…

Avec violence, le lieutenant tapa du plat de la main sur la table. Le physicien se tassa dans sa chaise.

— J'ai tous les droits ! Répondez à ma question !

— Je n'en sais rien. Je vous l'ai dit.

— Et je pense que vous mentez ! cria Carbonnier. On parle du meurtre d'une femme ici, pas de foutues particules invisibles. Répondez !

Jablowski jeta un regard apeuré à Wellber. Celui-ci pivota face au gendarme français. Bertrand Carbonnier était d'une pâleur extrême. Sur la table, son poing s'était refermé et tremblait. Des gouttes de sueur s'étaient formées au sommet de son front, sous la ligne des cheveux.

— Tout va bien, lieutenant ? s'inquiéta-t-il de sa voix traînante.

— Non.

— Vous pouvez disposer, dit Wellber. Nous vous rappellerons.

Stéphane Jablowski se leva brusquement, renversa sa chaise. Partit.

— Lieutenant ? Vous voulez un verre d'eau ? Prendre l'air peut-être ?

Carbonnier ne répondit pas. La vague était passée aussi vite qu'elle était montée. Incontrôlable. Violente. Mais il la sentait refluer maintenant. Il expira longuement, par le nez. Ferma les yeux. Il se revit, sur le sol de l'hôpital. Des images brèves, des flashs qui revenaient à intervalles plus ou moins réguliers. La camisole ; sa salive qui coulait, se frayant un chemin visqueux de la commissure de ses lèvres jusqu'à son menton ; la petite flaque, brillante, sur le lino qui sentait la Javel ; les cris des autres qui perforaient son tympan. C'était gravé en lui. Il ne guérirait jamais.

— Ça va, dit-il en ouvrant les yeux.

— Il ne faut pas s'énerver. On n'arrivera à rien comme cela.

— Je vous ai dit de rester concentré sur la raison de notre présence ici.

— Et je vous ai entendu. Mais tout ça fait partie de l'enquête. Que vous le vouliez ou non !

Carbonnier partageait évidemment cette analyse. Il l'avait comprise avant le Suisse, d'ailleurs. Pourtant il avait craqué. Parce que son corps prenait parfois le contrôle. Encore. Plus de dix ans après. Et qu'il devait faire avec. Il serra les dents et grogna :

— Concentrés. On doit rester concentrés.

Alors, seulement, il s'alluma une Marlboro.

Chapitre 13

Mardi 18 octobre – 17 h 43

La journée avait été longue. Les dépositions s'étaient enchaînées, n'apportant pas un début de piste sérieux. Même le dénommé Alexis Mann qui, la veille, s'était frotté avec Pailhès, avait coopéré sans poser de problème.

Aucune inimitié à l'égard de la victime n'avait affleuré. Au contraire, cette dernière inspirait le plus grand respect ; tous avaient vanté son professionnalisme et son engagement dans ses recherches. Engagement total à les entendre car ils avaient aussi, à la quasi-unanimité, évoqué l'absence de liens plus intimes avec Bianca Lorco. Cette femme semblait n'avoir que la science pour amie.

De son côté, Pailhès n'avait pas tiré grand-chose des interrogatoires des techniciens. Il fallait juste vérifier l'alibi d'un mécano qu'il avait trouvé un peu louche. Cependant, et il l'avait expliqué à Carbonnier, son expérience du terrain lui soufflait que les hésitations du jeune homme s'expliquaient sûrement par sa participation à un petit trafic de marijuana.

Vers 14 heures, le lieutenant Carbonnier avait reçu sur sa boîte mail les infos concernant Bianca Lorco, demandées la veille à la BR de Bourg-en-Bresse. La physicienne n'apparaissait dans aucun fichier de la maison. Rien dans le TAJ[1]. Rien dans le FPR[2] : Bianca Lorco était argentine, n'avait jamais demandé la nationalité française mais possédait tous les papiers nécessaires, en règle à la date de sa mort. Bulletins du casier judiciaire vierges. Aussi incroyable que cela put paraître à notre époque, Bianca Lorco n'avait pas de téléphone portable et il faudrait se passer de l'étude des fadettes qui faisait souvent, dans les enquêtes plus classiques, la lumière sur des connexions secrètes. L'examen des comptes bancaires n'avait rien donné non plus. La physicienne n'avait que peu de liquidités. Quelque mille euros sur un livret A, quelques centaines sur son compte courant, pas d'assurance-vie, ni de PEL. La piste du champagne millésimé avait fait pschitt. Enfin, l'adjudant-chef Rigaud avait pris sur lui de demander l'aide de la SR, à Lyon, pour essayer de mettre la main sur un membre de sa famille, qu'il supposait argentine, mais les recherches n'avaient pas encore donné de résultats.

Une certaine lassitude avait gagné les officiers, même si personne ne le disait. L'enquête s'annonçait

1. Traitement d'antécédent judiciaire. Né en 2012 de la fusion du fichier de la police (STIC) et de celui de la gendarmerie (JUDEX), il recense les données personnelles des personnes impliquées dans des délits, qu'elles en soient victime ou partie prenante.

2. Fichier des personnes recherchées.

ardue. D'un commun accord, ils avaient décidé de clore la journée en recueillant la déposition de la dernière personne sur la liste Corbal. Marjolaine Rey, retenue par des problèmes techniques sur le détecteur ATLAS, était la seule à n'avoir pu se rendre à leur convocation officieuse. Néanmoins, elle avait appelé pour s'excuser et leur avait proposé de la rejoindre directement dans la salle de contrôle, bâtiment 3162, où elle pourrait répondre à toutes les questions qu'ils souhaitaient lui poser.

Carbonnier, Wellber, Pailhès et De Haas y arrivèrent donc au moment même où le soleil, qui avait finalement réussi à percer le brouillard en fin de matinée, disparaissait derrière les montagnes du Jura. Il jeta sur le CERN, en guise d'adieu, une lumière jaune très intense qui orna les bâtiments d'or pendant quelques minutes. Celui dans lequel travaillait Marjolaine Rey avait les murs recouverts d'une fresque étrange aux couleurs chatoyantes, passées au filtre sépia des derniers rayons solaires.

— C'est une vue en coupe, expliqua Wellber. On voit les deux faisceaux qui se télescopent dans le cylindre rouge et la gerbe de particules qui naît du choc. Sur le pignon, les rectangles bleus sont des détecteurs à muons et ceux en violet représentent les bobines qui créent le champ magnétique.

Les deux officiers français se tournèrent vers lui, surpris par la précision de cette description. Wellber se justifia :

— Je suis venu le visiter, l'année dernière. Avec ma fille… Je joue au tennis avec un ingénieur qui y travaille… C'est là.

À l'aide du badge passe-partout qu'ils avaient obtenu (non sans mal car le directeur du CERN ne voyait pas cela d'un bon œil), il déverrouilla une petite porte qui leur permit de se présenter devant le 3162. Double porte automatique. Carbonnier jeta sa cigarette et l'écrasa du pied. Ils entrèrent dans le hall et découvrirent, derrière une large vitre, le centre de contrôle du détecteur ATLAS. Carbonnier détailla les lieux et ses habitants comme s'il avait été dans un zoo, devant l'enclos des grands singes. C'était l'impression qu'il avait.

Il y avait plusieurs rangées de bureaux en hêtre clair, disposées en arcs de cercle, sur lesquels abondaient les écrans d'ordinateurs, à raison de trois voire quatre pour un seul clavier. Au plafond, six vidéoprojecteurs diffusaient sur le mur qui leur faisait face des images du détecteur. Vues du dessus, du dessous, des côtés. Seules deux personnes travaillaient, les yeux rivés sur leurs moniteurs, parmi la multitude de chaises vides laissées en vrac. Dans le dos des officiers, une télévision rappelait aux visiteurs que le collisionneur était à l'arrêt : « *Shutdown : no beam*[1] ». Les voyants étaient au rouge.

Wellber prit l'initiative de cogner sur la vitre. Un homme tourna la tête. L'inspecteur suisse lui montra sa carte. L'ingénieur sortit à leur rencontre par la porte qui s'ouvrait à l'extrême gauche de la vitrine.

— Oui ?

— Nous souhaitons nous entretenir avec Marjolaine Rey.

1. « Fermé. Pas de faisceau. »

— Ah ? Je… je vais la prévenir.

— Nous vous suivons.

— Euh non ! s'exclama l'homme, un brin de panique dans la voix. L'accès à cette salle est très réglementé. Je vais avoir des ennuis si je vous laisse entrer. Tout est vérifié ici.

Il montra aux officiers la caméra qui les filmait.

— Attendez-moi, je vais la chercher.

Il entra dans la salle de contrôle, en refermant soigneusement derrière lui, puis la traversa pour disparaître par la porte qui se trouvait à l'opposé. Une minute plus tard, une femme en sortait. Pailhès ne put s'empêcher de siffler :

— Hou, ça change des physiciens barbus au physique de hobbit…

La femme hâta le pas jusqu'aux officiers. Elle n'était pas très grande. Ses yeux verts éclairaient son visage fin, constellé de minuscules taches de rousseur. Ses cheveux frisés formaient comme une boule blonde autour de sa tête. C'était une jolie femme qui pouvait avoir quarante-cinq ans, peut-être moins. Pailhès, les yeux brillants, afficha ce sourire que Carbonnier lui connaissait bien : celui du prédateur. L'espace d'un instant, il eut honte de son partenaire.

— Marjolaine Rey, se présenta-t-elle quand elle fut dans le hall. Je suis désolée de ne pas avoir pu…

— Ce n'est rien, la coupa Carbonnier. Nous avons quelques questions à vous poser.

— Je vous écoute.

— Nous entendons toutes les personnes qui travaillaient avec Bianca Lorco. Vous n'ignorez pas que son corps a été retrouvé hier matin, tout près d'ici.

— Oui. C'est horrible !

— Pouvez-vous nous préciser quels étaient vos liens avec elle ?

— Eh bien, je suis physicienne des particules. Je travaille actuellement ici, au grand collisionneur, mais comme celui-ci est à l'arrêt…

— Pourquoi ? demanda Wellber.

— Tous les hivers, nous faisons une pause. Le LHC est très gourmand en électricité et, en hiver, elle coûte trop cher. C'est une pause forcée, si vous voulez… Il était donc prévu que j'intègre son équipe sur la plateforme Neutrino. Cet axe de recherche tend à prendre de plus en plus de place au CERN… Bianca Lorco est venue m'en parler l'été dernier. C'était une femme volontaire, désireuse d'aller toujours plus loin dans la compréhension des neutrinos.

Carbonnier se renfrogna. À croire que tous les chercheurs du site s'étaient passé le mot : le neutrino était dans toutes les bouches. C'était la drogue du coin, aussi incroyable que cela puisse paraître.

— Pourquoi ça vous intéresse tant ? Qu'est-ce qui est en jeu ?

Marjolaine Rey lui jeta un regard surpris.

— Je ne comprends pas votre question, avoua-t-elle.

— Je vais être franc avec vous. Nos premières investigations tendent à montrer que Bianca Lorco était assez solitaire, qu'elle avait beaucoup de collègues mais pas d'amis. Ni de famille en France. Aucune histoire amoureuse connue. La piste du crime passionnel s'éloigne. Tout comme celle du crime crapuleux. Mme Lorco avait un train de vie modeste et aucune économie. Non, tout tourne autour de ce neutrino, il revient dans toutes les discussions. Alors ma question est la suivante : peut-on l'avoir tuée pour ce qu'elle savait ?

L'interrogation du lieutenant flotta dans l'air un instant. Wellber regardait Carbonnier d'un œil admiratif.

— Avez-vous déjà entendu parler de la matière noire, messieurs ?

— Dans *Star Wars* ? tenta Clément.

Rey esquissa un sourire.

— Son existence a été postulée dans les années 30 par un physicien suisse du nom de Zwicky, qui avait constaté que la masse de l'amas de la Chevelure de Bérénice différait de la masse dite lumineuse déduite de la lumière qu'il émettait. Il a soumis ses résultats à ses pairs mais personne ne l'a écouté.

Marjolaine Rey suspendit son récit pour reprendre, presque aussitôt, un ton en dessous.

— C'est un peu comme si Kate Moss montait sur un pèse-personne… Kate Moss, vous voyez, la mannequin anglaise ultrafine ?

— Pour sûr, confirma le major.

— Eh bien, si la balance indique quatre cents kilos, on se dit que, petit un, la balance est cassée, ou que, petit deux, Kate Moss porte un sac à dos invisible, super lourd, qui appuie sur la balance. Logique, non ?

— Hyper logique, acquiesça Clément.

— Au grand dam de Zwicky, qui avait un caractère de cochon soit dit en passant et n'était donc pas très apprécié, ses collègues se sont accordés sur la solution numéro un !… Et sa théorie farfelue d'une masse transparente, donc non observable, a sombré dans l'oubli jusqu'en 1970. À cette époque, Vera Rubin s'est aperçue que la vitesse des étoiles contenues dans une galaxie ne diminue pas à mesure que l'on s'éloigne de son centre. Cela va à l'encontre des lois de Kepler et les scientifiques, sûrs cette fois de leurs observations et de leurs instruments, sont donc revenus à l'hypothèse d'une masse supplémentaire, indétectable, qui entoure les galaxies. Les calculs estiment la proportion de cette matière noire à plus de six fois celle de la matière ordinaire.

— Et le neutrino dans tout ça ? relança Carbonnier.

— J'y viens. L'existence de la matière noire ne fait plus débat. Elle existe. Reste maintenant à savoir de quoi elle est constituée. Les thèses sont multiples. Je fais partie de ceux qui pensent qu'elle pourrait être faite de neutrinos. Mais pas n'importe lesquels ! Pendant longtemps, on a cru qu'ils n'avaient pas de masse. Et puis, on a découvert qu'ils oscillaient, passant d'une saveur à l'autre, donc qu'ils *avaient* une masse. Ils sont alors devenus des prétendants crédibles. Hélas, ces masses sont trop faibles et ne peuvent expliquer celle de la matière noire. Sauf…

— Sauf ? souffla Pailhès qui buvait la scientifique des yeux.

— Sauf s'il existe des neutrinos lourds ! Une quatrième saveur…

— Les neutrinos stériles ! s'exclama Wellber.

— Ceux-là mêmes. Si leur existence venait à être mise en évidence, ils feraient des candidats parfaits.

La scientifique se tut. Les trois hommes la regardaient. Wellber et Carbonnier étaient hagards, enivrés par son discours. Pailhès avait décroché dès la première phrase, préférant se concentrer sur le mouvement de ses lèvres, chargé d'un érotisme à lui seul connu et qu'il avait apprécié en expert.

— Voilà résumé ce que je sais sur les neutrinos... Je pense que les connaissances de Bianca Lorco devaient être à peu près les mêmes, mais cela m'ennuierait de paraître prétentieuse tant il est vrai qu'elle travaillait sur le sujet depuis bien plus longtemps que moi ! Alors, à mon tour de vous poser une question : si on l'a tuée pour ce qu'elle savait, pourquoi suis-je toujours en vie ?

*

Il faisait nuit noire quand les quatre officiers de police judiciaire sortirent du bâtiment 3162.

— Bilan des courses, on n'est pas plus avancés que ce matin ! lança Pailhès.

— Je ne suis pas d'accord, le contredit Wellber.

— Ah ?

— Nous évoluons dans le temple de la physique, au sommet des recherches actuelles. Bianca Lorco semblait y occuper une place importante... La jalousie fait parfois faire des folies.

Le Suisse leva la tête vers le ciel. Il était dégagé et les étoiles y brillaient avec intensité. Les deux gendarmes français l'imitèrent.

— Vous y croyez, vous, à cette matière noire ? demanda Wellber avec sincérité.

— Connerie, trancha Pailhès.

— Avez-vous reçu la date de l'autopsie ? s'inquiéta Carbonnier.

— Demain. 11 heures. Mais nous ne sommes pas obligés d'y assister, précisa Wellber.

Drôle de fantaisie suisse que Carbonnier ne goûta guère. En France, la présence d'un OPJ était obligatoire. Il en avait l'habitude et n'était pas décidé à en changer.

— Si, j'y tiens, dit-il sèchement. On se retrouve là-bas ?

— Très bien. Bonne nuit, messieurs.

Les Français s'éloignèrent. Bruit de briquet. Un relent de fumée vint aux narines de l'inspecteur suisse qui gardait la tête en l'air, se concentrant sur l'espace vide entre deux étoiles pour y déceler cette énigmatique matière noire. Un courant d'air lécha sa nuque. Il baissa la tête et la secoua pour détendre son cou endolori. Il passa sa main dans ses cheveux.

— De bleu ! s'écria-t-il. Mon chapeau !

Il se rappela l'avoir enlevé pendant l'exposé de la scientifique pour le poser sur une petite table derrière lui. Tourneboulé par ses explications, il l'avait oublié en partant. Il revint sur ses pas, débloqua la double porte avec son badge. Son Borsalino l'attendait gentiment là où il l'avait laissé, tache blanche dans la pénombre ambiante. Il s'en approcha lentement. Alors qu'il le récupérait, une ombre glissant sur le sol attira son attention. Il leva les yeux. Dans le fond de la salle de contrôle, Rey était de dos et faisait face à un homme. S'il ne pouvait entendre ce qu'ils se disaient, Wellber constata que la discussion paraissait animée. Près de quinze mètres le séparaient du couple, pourtant les traits de l'homme lui étaient familiers. Il se concentra sur son visage et reconnut Stéphane Jablowski, le physicien qu'ils avaient interrogé ce matin, derrière la cuve d'argon. Celui qu'il avait congédié quand le Français avait fondu un plomb.

Jablowski plaça soudain ses mains sur les épaules de Rey puis les remonta sur ses joues dans un geste tendre. Alors, il se baissa et posa un long baiser sur ses lèvres avant de disparaître par la porte derrière lui. La physicienne resta seule au milieu des ordinateurs.

À reculons, Wellber sortit du bâtiment. Dehors, il remit son chapeau, un large sourire aux lèvres.

Chapitre 14

Mardi 18 octobre – 19 h 03

— Bonne journée, mon lieutenant ? demanda l'adjudant Bahiya quand Carbonnier et Pailhès franchirent les portes de la caserne.

Le chef de la brigade de proximité de Thoiry, qu'ils avaient croisé brièvement en partant ce matin, était un grand et svelte métis qui portait beau, avec sa fine moustache. Ses yeux clairs aux cils fournis semblaient maquillés d'un trait de khôl noir.

— Bof, commenta le major. Et vous ?

— Tranquille. J'allais partir. J'attends juste le maréchal des logis-chef Daudon qui est de permanence cette nuit. Il est en retard, comme d'hab ! Normal, quand on fait tout à vélo… Et vous, vous avez fini votre service ?

— Si l'on veut…

— Ah ! Que diriez-vous d'une petite bière ? s'enquit Bahiya en surveillant du coin de l'œil la réaction de l'officier subalterne.

— Je dirais que c'est la meilleure nouvelle de la journée !

— Venez, on se met derrière… S'agirait quand même pas qu'un plaignant qui débarque nous voie en train de picoler !

— Qui parle de picoler ! On sirote dans la gendarmerie, se marra Clément.

Les deux OPJ firent le tour de la banque d'accueil et suivirent Bahiya dans la salle de repos à l'arrière. Ce dernier sortit trois bières d'un petit frigo et les décapsula.

— On peut fumer ? demanda Bertrand.

— Euh… Non, mon lieutenant. En revanche, on peut trinquer ! À votre enquête, messieurs ! Du reste, ça se passe comment ?

— Que dalle. Juste un mec un peu louche, Matthieu Fourmentin. Ça vous parle ?

— Vous rigolez ou quoi ? Il habite à Mornex et il passe la nuit dans nos locaux toutes les trois semaines.

Bertrand Carbonnier posa sa bière et tendit l'oreille.

— C'est pas l'mauvais bougre mais il a une sérieuse tendance à jouer des poings dès qu'il a un coup dans le nez. Et il a souvent un coup dans le nez !

— Cannabis aussi, non ?

— Non, j'pense pas. J'dis pas qu'il fume pas un p'tit joint de temps en temps mais lui, c'est vraiment avec l'alcool qu'il a un problème.

— Un casier ?

— Ah ben oui, forcément ! Un soir à Challex, avec un tesson de bouteille, il a salement amoché un gars qui lui avait cherché des noises. Il a pris dix mois ferme.

L'adjudant Bahiya lampa une grande gorgée de Chimay.

— Mais c'est pas l'mauvais bougre, j'vous dis.

— Son alibi pour la nuit d'avant-hier n'est pas convaincant. Il dit avoir fait la fermeture d'un bar... La Dégust à Saint-Genis-Pouilly, puis être rentré chez lui. Mais j'sais pas, ça sonnait un peu faux...

— J'peux passer l'voir si vous voulez. On va creuser.

— Très bonne idée, le conforta Carbonnier. Vous me faites ça dès demain. Et vous y mettez les formes : vous allez le chercher chez lui, vous le ramenez ici et vous le cuisinez un peu.

— Euh... D'accord. Sous quel prétexte ?

— Vous trouverez.

Le portable du lieutenant se mit à sonner. Il regarda l'écran. La DO. Il se leva et sortit. Pas question que la colonelle entende les expressions fleuries de Clément, qui venait de finir sa bière et n'allait pas tarder à en demander une autre. Et puis, il avait envie d'une cigarette. Sur le parking devant la brigade, il alluma une Marlboro avant de décrocher.

Quand il lui eut fait un résumé de la journée, la colonelle lança :

— La suite des opérations ?

— Demain nous nous rendons à Genève pour l'autopsie. J'espère que ça nous apportera un début de piste parce que, pour être franc avec vous, on n'a pas grand-chose.

La voix de son supérieur se durcit :

— Il faut trouver, mon lieutenant, il faut trouver ! Pour ma première affaire, je veux des résultats.

— Je m'en doute, colonelle. Fournissez-moi des hommes et…

— Cessez avec votre ironie ! Pas avec moi. J'ai étudié votre dossier, vous êtes un très bon élément, vous pouvez vous débrouiller seul.

Un petit silence. Son dossier… Y était consigné tout ce qui ne le définissait pas. La partie émergée de l'iceberg Carbonnier quand, sous la surface, se cachaient ses démons, tenus en laisse par les molécules chimiques.

— N'est-ce pas, mon lieutenant ?

— Oui. Bonne soirée, colonelle.

— Bonne soirée. On refait le point demain.

— Très bien.

Il raccrocha et appela l'adjudant-chef Rigaud. Il tomba sur son répondeur, laissa un bref message :

— Demain, j'ai besoin que vous alliez interroger les voisins autour du domicile de Bianca Lorco. Vous me contactez à la moindre information. Sinon, merci pour la gamme, bon travail.

Il revint dans la salle de repos. Les deux hommes avaient attaqué leur deuxième Chimay. Il but une gorgée de la sienne mais la trouva trop amère.

— Et si on allait dîner, Clément ? suggéra Carbonnier, soudain désireux de quitter les lieux.

*

Assis devant un plat de nouilles chinoises, le lieutenant les triturait du bout de sa baguette.

— Et si c'était une vieille histoire ? réfléchissait-il à voix haute. Une vengeance, dix ans, vingt ans après ?

— Ouais, approuva mollement Pailhès.

— Il faut fouiller dans son passé !

— Ça va être coton !

Clément goba sa dernière crevette aigre-douce.

— Elle a toujours habité ici, renchérit-il la bouche pleine. C'est pas quelque chose qu'elle traînerait et qui aurait surgi du passé comme ça. Avec quelqu'un qui l'aurait retrouvée et serait venu la dézinguer ici, dans l'Ain. Ou alors depuis l'Argentine mais, alors, ça se complique grave. Non… Moi j'te dis qu'on va pas tarder à mettre la main sur un clodo qui traîne dans le coin. Il sera tombé sur Bianca Lorco par hasard et lui aura fracassé le crâne pour le liquide qu'elle avait sur elle.

Le lieutenant resta silencieux. Et si Clément avait raison ? S'il ne s'agissait que d'un homicide d'opportunisme ? Hélas, il n'avait pas ce sentiment-là. Un petit truc confus lui disait que c'était plus compliqué. Mais il ne parvenait pas à imaginer le début du commencement d'un scénario.

— Tu veux pas tes pâtes ?

— Non. Je n'ai plus faim.

— Je peux ?

Pailhès attrapa le plat de nouilles.

— Et ton régime ?

— Ah ouais, merde. T'as raison.

Le major hésita quelques secondes.

— J'en prends qu'la moitié, trancha-t-il.

*

Ils sortaient du Palais de Saïgon. Le portable de Carbonnier vibra dans sa poche alors qu'il s'allumait une cigarette. Il suspendit son geste, attrapa son téléphone. Numéro inconnu. Il décrocha.

— Bonsoir… monsieur…

— Oui ?

— Je suis Simon Olivier. Vous êtes passé me voir au centre sécurité hier.

— Ah oui ! Vous avez pu regarder les vidéos ?

— C'est pour ça que je vous appelle. Mon petit stagiaire pense avoir trouvé quelque chose qui vous intéresserait… Sur la caméra du bâtiment 2165.

— Où est-ce ?

— C'est la partie du site de Meyrin qui est de l'autre côté de la nationale. Près des terrains de tennis.

La main sur la poignée de la portière de la Kangoo, le lieutenant se figea.

— Qu'a-t-il vu ?

— Ben… Ce n'est pas clair… Il faudrait que vous veniez voir par vous-même… Peut-être que ça vous intéressera, peut-être pas.

— Vous pourriez être plus précis ?

— On voit passer une voiture. Elle stoppe sur le parking, en face de la travée dans la forêt.

— À quelle heure ?

— Le timecode indique 3 h 12.

— Combien de temps reste-t-elle ?

— Onze minutes.

— On voit de quel modèle il s'agit ?

— Ben… pas trop. C'est pour ça que je ne sais pas si vous pourrez en tirer quelque chose. On ne distingue pas grand-chose, c'est plus une ombre…

Carbonnier consulta sa montre. Il était 21 heures passées de quelques minutes.

— Vous êtes au poste de sécurité ?

— Euh… non… chez moi.

— Et pourquoi vous ne m'appelez que maintenant ? s'énerva brusquement l'officier.

Pailhès se tourna vers son supérieur. Il avait l'habitude de ses soudaines bouffées de violence mais elles le surprenaient toujours : la plupart du temps, rien ne les annonçait.

— Eh bien… je voulais le faire plus tôt mais… on avait beaucoup de travail et… j'ai oublié. Pardon…

— Demain, vous serez là ?

— Oui, oui… Promis…

— On passera vous voir. Préparez les bandes.

— D'accord… Encore désolé…

— Avez-vous appelé mon collègue ? Celui avec le chapeau ?

— Non. Il ne m'a pas laissé son numéro de téléphone.

— N'en parlez à personne d'autre. À demain.

Le lieutenant raccrocha sans clore la conversation par une formule de politesse. Il monta dans la Kangoo et embrasa sa Marlboro.

*

Wellber s'essuya le coin de la bouche avec sa serviette avant de la rouler sur elle-même pour la glisser dans son rond. La bague en bois était usée, patinée par les années. « Papa » y avait été pyrogravé près de vingt-cinq ans plus tôt par Martine, sa fille aînée. Il la regarda avec émotion. Le temps passait si vite.

— C'était excellent, dit-il à son épouse. Vraiment excellent.

— Merci. Dis, tu as réfléchi à ce que je t'ai demandé avant-hier ?

Non. Mark n'avait pas réfléchi. Envoyer sa cadette aux États-Unis pour parfaire son anglais, était-ce une bonne idée ? À vrai dire, il s'en moquait un peu. Jeanne était assez grande pour décider seule. Mais il ne pouvait pas dire cela à sa femme, sous peine de déclencher une engueulade. Toujours distordre la vérité. Trente ans de mariage le lui avaient appris. Ainsi fonctionnait son couple.

— Non. Cette enquête m'occupe pas mal l'esprit. Je ne pense même qu'à ça, pour ne rien te cacher.

— Je comprends. Mais le dossier est à renvoyer avant la fin de semaine…

— Et Jeanne ? Qu'en dit-elle ?

— Elle nous fait confiance. C'est pour ça que ton avis compte.

— Je vais y réfléchir, je te promets.

— Bien. Tu travailles ce soir ?

— Oui. Ça ne te dérange pas ?

— Non, non. Je suis dans un excellent polar.

— C'est quoi ? fit mine de s'intéresser Wellber.

— Un flic d'une brigade de PJ, tu sais, le fameux 36 quai des Orfèvres, qui raconte ses enquêtes. Le commissaire Nils Kuhn.

Sans surprise, le nom ne lui disait rien. Et puis, les flics français, il en avait sa dose en ce moment.

— Tu pourrais essayer aussi ?

— Quoi donc ?

— D'écrire ! Avec tout ce que tu as vu pendant ta carrière.

— Mouais… Tu veux que je t'aide à débarrasser ?

— Non, non. Va travailler.

Mark ne se fit pas prier. Il monta dans son bureau, l'ancienne chambre de Martine, et s'installa derrière son Mac. Cette journée d'interrogatoire lui avait donné un coup de vieux. Ses notions de science, quoique lointaines, étaient claires et… complètement obsolètes ! Dans ses souvenirs, l'atome était un petit système solaire miniature constitué d'un noyau renfermant des protons et des neutrons, autour duquel tournaient des électrons. Les particules élémentaires étaient au nombre de trois. Et voilà qu'aujourd'hui, il avait appris qu'elles étaient beaucoup plus nombreuses. Il décida de se mettre à jour.

— Update ! lança-t-il tout haut en tapant « modèle standard » dans la barre de recherche.

Il dut s'aider d'une feuille et d'un stylo pour ne pas se perdre tant les ensembles et les sous-ensembles étaient nombreux. Avec opiniâtreté il mit à jour son nouveau *firmware* scientifique, à l'aide de vidéos YouTube et d'un blog de vulgarisation très bien conçu. Deux heures lui furent nécessaires.

*

Dans la petite salle de bains de la gendarmerie, Carbonnier fit rouler dans sa main le comprimé de quétiapine et celui d'escitalopram. Il fallait qu'il passe au plus vite à la pharmacie. Vraiment. C'était vital.

Chapitre 15

Année 1931. Dirac postule l'existence du positron, l'antiparticule de l'électron. Il voit cette deuxième solution de son équation quantique relativiste comme un trou dans une mer d'électrons.

D'une écriture fine et serrée, Ettore écrivit le titre de son article sur la première page. *Atomi orientati in campo magnetico variabile*[1]. La théorie et rien d'autre. Rien d'empirique là-dedans. D'autres se chargeraient, s'ils en ressentaient le besoin, de vérifier par l'expérience[2] ce dont Ettore était sûr et qu'il avait consigné dans cette courte publication : les raies des spectres atomiques se dédoublaient sous l'effet d'un champ magnétique. Pietr Zeeman avait obtenu le prix Nobel en 1902 pour cette découverte, demeurée un mystère jusqu'à ce que les bases de la mécanique quantique fussent jetées. Depuis, on parlait d'effet Zeeman

1. « Atomes orientés dans un champ magnétique variable. »
2. Ce que fit Jean Brossel dans les années 50. On parle depuis d'effet Majorana-Brossel.

normal ou anormal dans un champ magnétique... statique. Ettore s'était attelé, lui, aux effets dus à un champ variable. Avec succès, il en était sûr.

Il attrapa les feuilles, tapa le paquet sur la table pour qu'il soit bien aligné et le glissa dans une chemise en carton. Fermi serait content, lui qui le pressait de façon parfois vulgaire de publier. Toujours publier. C'était d'ailleurs l'une des manies déplaisantes de l'Institut : faire connaître le moindre résultat, la moindre broutille dont on était le premier observateur. Ettore se demandait qui ces bribes, ces fragments imparfaits, pouvaient intéresser. Pour sa part, il s'y refusait et, s'il avait accepté de publier ce travail-là, c'était parce qu'il ne souffrait aucune retouche. Il expliquait de façon exhaustive un phénomène. Les scientifiques pourraient s'appuyer sur ses conclusions comme on s'adossait jadis aux axiomes de la géométrie euclidienne pour démontrer qu'un triangle était rectangle ou que deux droites étaient parallèles.

Il posa la pochette sur un coin de sa table et l'oublia presque instantanément. Car un tout autre problème le chiffonnait depuis quelques semaines. Quelles équations pour décrire le comportement des particules de spin supérieur à un demi ? Il se savait capable d'établir cette théorie qui ferait appel à la relativité d'Einstein – car ces objets se déplaçaient à des vitesses vertigineuses – et à la physique quantique – car ils étaient minuscules. Sur l'étagère, il prit le livre de Dirac qu'il avait acheté à la *Librai Antiquari*, dans l'ombre de l'église Santissimo Crocifisso. Il relut la préface de ce qu'il considérait comme une bible, *The Principles of*

Quantum Mechanics[1]. Ettore avait la plus profonde admiration pour le physicien anglais. Il se retrouvait dans son économie de mots, cette manière simple et directe d'aller à l'essentiel et, par-dessus tout, il partageait avec cet homme qu'il ne connaissait pas son goût pour les symétries. Majorana savait, sans avoir encore dégagé les contours de ce futur travail intellectuel, qu'il lui faudrait des outils mathématiques neufs et la perspective de les créer l'excitait assez.

— Ettore ! Ettore !

La voix de Dorina résonnait dans l'appartement.

— Oui ?

— Le repas est prêt, mon chéri.

— Je n'ai pas faim, soupira-t-il.

Pas de réponse. Toutefois, Ettore savait que sa mère ne s'en tiendrait pas là. Et il avait raison. On toqua à la porte de sa chambre.

— Ettore ? Tu te sens bien ?

— Oui.

— Il faut manger alors. Tu ne manges pas assez…

— Je dois sortir, Mère. On m'attend à l'Institut… Je dois…

Son regard tomba sur la pochette cartonnée.

— Je dois remettre un article à M. Fermi.

— Un dimanche ?

Ettore se leva, enfila sa veste, prit son papier. Il ouvrit sa porte, embrassa sa mère sur le front et se rua dehors pour ne pas avoir à parler davantage. Il étouffait subitement.

---

1. P.A.M. Dirac, *Les Principes de la mécanique quantique*, Oxford Université Press, 1930.

L'air de la rue lui fit du bien. Il marcha dans la capitale romaine, l'air concentré et les sourcils froncés, suivant les papillons qui, déjà, voltigeaient devant lui. Mais, comme toujours quand l'idée, la théorie ou le calcul n'était pas encore cristallisé, les lépidoptères semblaient fuir de façon désordonnée. Toutefois, et Ettore le savait, ils allaient *piano ma sano* vers la solution. Alors Ettore les suivait. Ils longèrent le parc de la Villa Borghese, puis celui de la Villa Médicis, poussèrent jusqu'au Tibre qu'ils traversèrent par le ponte Cavour. Sur la piazza del Fico, Ettore s'assit à la terrasse de l'Antico Caffe' Della Pace et commanda un expresso. Alors qu'il sortait une Macedonia de son paquet, une voix féminine avec un accent sud-américain, espagnol peut-être, s'éleva :

— *Signore* ?

Ettore ne répondit rien. Ce n'était pas pour lui.

— *Signore* ? Auriez-vous l'amabilité de me donner une cigarette, s'il vous plaît ?

C'était pour lui. Ettore se tourna. Une jeune fille. Son âge sûrement, peut-être plus jeune. Elle avait de longs cheveux bruns bouclés, un regard clair aux iris moirés, les pupilles tels deux galets noirs posés au fond d'une rivière à l'eau translucide. Ses mains étaient fines et élancées, très claires. Elle portait un bustier blanc droit, assez simple, découvrant ses épaules. Malgré le châle ajouré qui les voilait, on devinait leur courbe harmonieuse, on discernait presque le grain velouté de leur peau.

Majorana se figea.

À l'exception de sa sœur ou de sa mère, ses échanges avec les femmes avaient toujours été réduits au minimum. Il allait avoir vingt-cinq ans, était toujours puceau et n'avait jamais songé à y remédier. Le sexe faible ne l'intéressait pas, le sexe non plus d'ailleurs. Il avait décrété que les satisfactions apportées par les plaisirs de la chair n'étaient rien en comparaison du sentiment de plénitude dû à une théorie physique correcte. Un pan du réel qui devenait équation valait mille orgasmes. Seules les courbes mathématiques méritaient d'être admirées.

— *Signore* ?

— Oui… Je…

— Puis-je vous demander une cigarette ?

— Oui… Évidemment…

Ettore poussa d'une main maladroite le paquet de Macedonia. La fille eut un petit rictus contrarié. Elle en prit une, la ficha sur un joli porte-cigarettes en métal brillant qu'elle sortit de son sac et porta l'ensemble à ses lèvres.

— Avez-vous de quoi l'allumer ?

— J'ai des allumettes.

— Pourriez-vous m'en prêter une, s'il vous plaît ?

Ettore cassa la première sur le grattoir ainsi que la suivante. Au troisième essai, il présenta entre ses mains jointes une flamme vacillante. La fille se pencha en avant, la flamme manqua s'éteindre, alors elle posa ses mains sur celles d'Ettore et le bout de la Macedonia sur l'allumette.

— *Grazie*, dit-elle après qu'elle eut expiré la première bouffée.

— Je… *Prego*…

— Vous êtes savant ?

— Je vous demande pardon ?

— Êtes-vous un savant ?

— Je suis… Pourquoi me demandez-vous cela ?

— Les chiffres et les formules… sur votre paquet…

De son bel index à l'ongle manucuré, elle pointait les cigarettes. Sans même qu'il en eût conscience, Ettore l'avait noirci des équations, des résultats des calculs qu'il avait faits en venant jusqu'ici. C'était une habitude. Il avait toujours un petit crayon dans l'une de ses poches pour ne pas laisser filer une intuition, une question ou une réponse. Il les notait dès qu'elles venaient, sur le premier morceau de papier à sa disposition. Et c'était souvent son paquet de Macedonia.

— Je suis physicien.

— Aaaah, s'exclama-t-elle. J'adore la physique !

Ettore la regarda avec les yeux d'une poule devant un couteau. Cette dernière phrase était la plus artificielle qu'il lui ait été donné d'entendre. Une femme et la physique ? Marie Curie était, à sa connaissance, l'une des rares dont le nom pouvait figurer au panthéon des physiciens, sous réserve cependant de considérer la chimie comme une science physique.

— Ce n'est pas l'inégalité d'Heisenberg ? Ici ? reprit-elle en fixant le paquet. Savez-vous qu'il a été arrêté dernièrement par un agent de police allemand, au volant de sa toute nouvelle voiture ? À l'agent qui, outré, lui demandait s'il savait à quelle vitesse il roulait, il aurait répondu : « Non, mais je sais où je suis ! »

Ses yeux se couvrirent d'un voile lumineux et elle rit. Son rire était cristallin, pur comme la note d'un diapason. Les clients des autres tables se tournèrent vers eux. Ettore en rougit.

— Vous avez compris, monsieur le savant ? Il ne sait pas à quelle vitesse il roulait mais il sait où il est… Son propre principe, il me semble…

Elle rit de nouveau et renversa la tête en arrière tout en fermant les yeux. Ettore se surprit à la dévisager. Et à la trouver belle.

— Je m'appelle Augustina Braggiotti, dit-elle soudain. Et vous ?

— Je… Majorana. Ettore Majorana.

— Je suis ravie de faire votre connaissance, M. Majorana.

Elle fit rouler le r d'une façon charmante.

— Peut-être pourriez-vous me donner des cours de physique. Je suis moi-même étudiante.

— Qu'étudiez-vous ?

— Vous me décevez, monsieur… J'étudie la physique bien sûr ! Mais pour l'instant j'ai soif, car votre cigarette est trop forte pour moi.

Et elle héla le garçon qui vint en sautillant.

Chapitre 16

Mercredi 19 octobre – 11 h 11

Wellber s'impatientait. L'autopsie était prévue à 11 heures. Si la célèbre ponctualité suisse était mise à mal par la nouvelle génération, peu encline à s'embarrasser d'une telle contrainte, elle revêtait encore une importance particulière pour leurs parents quinquagénaires, dont faisait partie l'inspecteur. Pour la dixième fois en dix minutes, il regarda sa Jaeger-Lecoutre. Il se dit soudain que posséder un tel objet à un tel prix n'était peut-être pas de très bon goût. La phrase fameuse de ce publiciste français lui trotta dans la tête. Avait-il réussi sa vie ? Cette montre en était-elle une preuve ? Décidé à ne pas trop gamberger sur le sens de l'existence et de la sienne en particulier, il sortit son *natel* pour appeler le lieutenant Carbonnier. Le numéro se composait quand il vit surgir dans la rue Lombard la Kangoo de la gendarmerie française. Il leva le bras en direction de ses occupants. L'horrible boîte à chaussures bleu marine vint stopper à ses pieds.

— On s'gare où ? éructa le major par sa vitre ouverte, de laquelle s'échappait une désagréable odeur de tabac froid.

— La place devant.

Dieu que ces Français étaient rustres, pensa Wellber.

— Vous êtes en retard, messieurs.

— Pardon, s'excusa le lieutenant dont le cerveau tournait au ralenti, encore englué dans la chimie médicamenteuse de la veille. On s'est trompés de route.

— Vous n'avez pas un GPS dans votre... euh... voiture ? ironisa Wellber.

— Si. Mais le major n'a pas entré la bonne adresse, lui confia Carbonnier en jetant un regard noir à son adjoint. Ne perdons pas plus de temps. On vous suit.

Mark ouvrit le chemin. Le CURML[1] occupait un étage de la faculté de médecine de Genève, face à l'imposant bâtiment des hôpitaux universitaires. Ils passèrent devant les hôtesses d'accueil sans s'arrêter, le Suisse se contentant de leur adresser un signe de la main. Ils empruntèrent l'ascenseur jusqu'à l'étage de la médecine légale. Là, ils se présentèrent devant une secrétaire en blouse blanche qui occupait un petit bureau, posé entre deux portes tambours. L'image était surprenante.

— Bonjour, nous venons assister à l'autopsie de Mme Bianca Lorco.

La femme, boulotte, cheveux blonds attachés en chignon, affichait un air acariâtre.

— Vous avez votre carte ? demanda-t-elle.

— Oui, bien sûr.

1. Centre universitaire romand de médecine légale.

— Et eux ?

Chacun présenta la sienne. La secrétaire se contorsionna pour voir l'heure à la pendule, accrochée sur le mur derrière elle.

— L'autopsie était prévue à 11 heures.

— Ces messieurs se sont perdus dans Genève.

— Pourquoi êtes-vous là ?

— Je vous l'ai dit. Nous venons assister à l'autopsie de Sa...

— Et j'ai bien entendu. Sauf que cette autopsie n'aura pas lieu ici.

— Je vous demande pardon ? s'inquiéta Wellber sans se départir de son flegme.

— Elle est prévue sur le site de Chalet-à-Gobet. Pour des raisons techniques.

— Et personne ne m'a prévenu ?

— Nous avons appelé vos services, quelqu'un a pris le message. On ne vous a rien dit ?

Mark réalisa que sa collègue Martha Müller l'avait appelé hier, quand il surfait sur Internet pour comprendre le modèle standard. Il n'avait pas décroché, trop concentré sur ce qu'il faisait. Il s'était promis d'écouter son message dès que ses recherches seraient finies. Et il avait oublié.

— Non, mentit-il. Pouvez-vous appeler pour demander au médecin de nous attendre ? Nous partons tout de suite et nous y serons dans une heure.

*

Ils avaient traversé Genève à tombeau ouvert, gyrophare sur le toit, et filaient maintenant sur l'autoroute une, en direction de Lausanne. Parfois, sur leur droite, le lac apparaissait. Lointain. Comme le mirage d'une mer.

— Cette route marque la frontière entre le canton de Vaud et celui de Genève, lança Wellber pour rompre le silence.

Carbonnier se dit qu'ils étaient en train de sortir de la zone où ils étaient censés être compétents mais il ne dit rien et continua de contempler le paysage, les yeux dans le vide. À l'arrière, Pailhès, l'air rêveur lui aussi, passait sa main sur le cuir velouté de la banquette. Le Suisse avait une belle bagnole, c'était certain, et le major ressentait une forme d'injustice : pourquoi était-il si bien payé alors que son travail relevait d'un certain amateurisme ? Pas foutu de connaître le lieu de l'autopsie ! Et dire qu'il s'était permis de faire une remarque sur leur retard, il ne manquait pas de culot…

Chalet-à-Gobet ressemblait à une zone industrielle regroupant, sur une surface close, plusieurs bâtiments d'un seul étage. Les trois hommes durent montrer patte blanche au poste de sécurité. Puis, après avoir vérifié soigneusement leurs accréditations, le gardien les aiguilla jusqu'à l'unité romande de médecine forensique, où ils furent accueillis par le docteur Rolf Jeanmonneau – le badge épinglé sur la poche avant de sa blouse blanche indiquait en caractères gras son nom et sa fonction –, qui fumait une cigarette à l'extérieur. Carbonnier eut envie d'en griller une à son tour mais Jeanmonneau ne lui en laissa pas le temps.

— Ah… Enfin !, souffla-t-il en écrasant son mégot dans le cendrier accroché à côté de la porte d'entrée.

On y va, j'ai pas que votre cliente à faire dans la journée, moi !

Les trois officiers se glissèrent dans son sillage. Un dédale de couloirs plus loin, après avoir revêtu des blouses chirurgicales, des surchaussures, des charlottes et des gants, ils pénètrent dans la salle d'autopsie. C'était une grande pièce carrée aux murs blancs. Au centre, une impressionnante table de métal formant un angle droit, était éclairée par des néons puissants. Bianca Lorco était allongée sur le dos, nue. Ses cheveux avaient été rasés et le sang nettoyé. Des points de suture grossiers faisaient une couture qui partait du pubis et remontait jusqu'entre les deux seins pour se séparer en direction des épaules, dessinant un Y majuscule noir disgracieux. À la Frankenstein.

— Vous avez terminé ? Sans nous attendre ? s'énerva Carbonnier.

— Il est midi et demi, rétorqua Jeanmonneau du tac au tac. Le docteur Palmie a commencé à 11 heures, comme prévu. Il vient de terminer et est déjà parti sur un autre cas. Nous allons finir ensemble.

— On vous a appelé pour que vous nous attend…

— Et elle était déjà ouverte en deux quand on a reçu l'appel ! À 11 h 20 ! On n'allait pas la refermer en vous attendant !

Le lieutenant n'aimait pas le ton de son interlocuteur. Il expira pour ne pas perdre son calme.

— À quelles conclusions est arrivé votre collègue ? se borna-t-il à demander.

— Bon alors… Les lividités cadavériques ont parlé : cette femme a été déplacée. Elle n'est pas morte là où on l'a trouvée. Elle est restée allongée sur le dos pendant quatre heures avant d'être transportée puis abandonnée sur le ventre. Elle a été découverte à...

Jeanmonneau se dirigea vers la paillasse, métallique elle aussi, qui occupait toute la longueur du mur de droite. Il y attrapa une chemise cartonnée jaune qu'il ouvrit. Il fit glisser ses lunettes qu'il portait sur son front jusqu'au bout de son nez.

— À 6 h 23. Ce qui, après l'étude du bol alimentaire, situe l'heure de la mort aux alentours de minuit. À plus ou moins deux heures. Je peux aussi vous donner les analyses toxicologiques qui ont été réalisées dès que nous avons reçu le corps. Parce que, plus on attend, plus les concentrations sont faibles, se justifia-t-il. Alors... cette dame avait des traces de Rohypnol dans les veines.

— La drogue du viol ? s'étonna Carbonnier. Vous en êtes sûr ?

Le médecin planta ses yeux noirs dans ceux du lieutenant.

— Savez-vous, cher monsieur, que si vous jetiez un morceau de sucre dans une piscine olympique, nous serions capables d'en détecter les traces par une simple analyse ? Alors, quand je vous dis que cette femme a consommé du Rohypnol, c'est qu'elle a consommé du Rohypnol. Vous autres, Français, avez du mal à vous départir de cette suffisance qui vous fait croire supérieurs à tous les autres !

Le sang du lieutenant ne fit qu'un tour. Il fondit sur Jeanmonneau et attrapa les pans de sa blouse des deux mains. Son visage vint à quelques centimètres de celui du médecin. Sa voix était froide et tranchante :

— Pourquoi tu me parles comme ça ?

— Je…

— Tu rien du tout, cria-t-il. Tu surveilles tes paroles. Tu me reparles de cette façon et je t'allonge une droite !

Des postillons mouchetèrent les verres des lunettes du docteur. Wellber fit un pas un avant mais Pailhès s'interposa pour le stopper. Carbonnier lâcha le médecin, le propulsant vers l'arrière. Ce dernier heurta la paillasse au niveau du bas du dos et laissa échapper un petit cri de douleur. Les poings du lieutenant étaient encore serrés et blanchissaient ses phalanges.

— Connard !

Les deux hommes se toisèrent en silence. Une femme entra précipitamment dans la salle.

— Un problème ? demanda-t-elle. J'ai entendu…

— Aucun, la coupa Pailhès. Vous pouvez partir, merci.

Le major attendit qu'elle rebroussât chemin pour venir ramasser les papiers de la pochette jaune que le médecin avait lâchée et qui s'étaient éparpillés au sol. Il les réunit et les rangea dans la chemise.

— Bon, maintenant que nous avons fait connaissance, on peut reprendre, suggéra-t-il d'un ton badin. Du Rohypnol, vous avez dit ?

Rolf Jeanmonneau se tourna vers Wellber. Son regard mi-apeuré mi-effaré en disait long. Carbonnier, qui soufflait fort par le nez, goba un mirtazapine sans chercher à se cacher. Cela n'échappa pas à Wellber. En silence, le lieutenant quitta la salle d'autopsie, toujours vêtu de son déguisement de chirurgien. Il claqua la porte et le son résonna longtemps dans la pièce avant de mourir. L'inspecteur suisse hocha alors la tête pour inviter le docteur à continuer son exposé.

— Du Rohypnol. C'est… c'est en effet la drogue du viol. Un sédatif hypnotique. Mélangé à de l'alcool, ses effets sont bien connus : perte de la capacité de jugement, somnolence, désinhibition…

Il ouvrit de nouveau la pochette jaune.

— Les analyses n'ont pas révélé la présence d'alcool. Ce qui ne veut pas dire que la drogue n'a pas agi. Cependant, le docteur Palmie n'a constaté ni lésions vaginales ni lésions anales. Pas de trace de sperme. Elle n'a pas été violée.

Il marqua une pause.

— Palmie juge nécessaire de se pencher sur le coup qu'elle a reçu et qui a causé la mort à l'aide du scanner de surface. Je suis le seul habilité à utiliser ce matériel.

Jeanmonneau alla récupérer une valisette noire dans une armoire placée dans le coin gauche de la salle. Il prit aussi un ordinateur portable avant de revenir vers la table d'autopsie. Sur le plan de travail libre, à côté de l'évier, il ouvrit le *laptop* et le mit en route. De la mallette, il extirpa une drôle de caméra. Elle ressemblait à des jumelles surmontées d'un joystick au bout duquel se trouvait un troisième œil arrondi. Il la connecta en USB à l'ordinateur. Quelques clics sur le clavier pour lancer le logiciel idoine puis, empoignant la caméra, il appuya sur la gâchette située en haut du manche. Un rectangle de lumière bleutée apparut et des diodes vertes s'allumèrent à la périphérie des objectifs.

— J'ai besoin d'aide, dit le médecin. Il faut l'asseoir.

*

La vue brouillée par la colère, incapable de retrouver le chemin par lequel il était venu, Carbonnier se perdit. Au détour d'un couloir, il aperçut une porte incendie donnant sur l'extérieur. Il se jeta sur la barre d'ouverture, poussa le battant en verre avec une violence inouïe, goûta l'air frais comme un dessert. Trois, quatre grandes inspirations voraces. Dans son dos, une voix masculine le morigéna :

— Eh ! Faut pas sortir par là, c'est…

— Gendarmerie ! lâcha le Français sans prendre la peine de se retourner.

— Ouais, mais quand même…

— Ta gueule ! Ta gueule ! Dégage ! Laisse-moi !

Le bruit de la porte qui se refermait. La main tremblante, Carbonnier alla chercher son paquet de cigarettes dans la poche de sa parka et il sentit le renflement de son Sig Sauer. Cet objet inutile qu'il gardait pourtant sur lui depuis si longtemps. Déchargé. Car, dans les cas comme celui-là, posséder une arme en état de marche aurait été dangereux pour son interlocuteur.

Et qu'aurait-il fait, les jours sombres où sa tête voulait en finir, s'il avait eu un semi-automatique ?

Protéger les autres. Se protéger soi-même.

Ne jamais prendre les balles. Jamais.

*

Wellber et Pailhès obéirent, plièrent le corps pour que le torse fût à la verticale et le maintinrent dans cette position. Le Suisse s'étonna de la facilité avec laquelle ils le firent. Il s'était attendu à rencontrer une résistance due à la rigidité cadavérique. Jeanmonneau tourna autour de la tête de Bianca Lorco et, en moins de deux minutes, l'image numérique du crâne cabossé de la physicienne apparut sur l'écran du portable. Pailhès fut assez impressionné mais s'interrogea sur l'utilité d'un tel gadget.

— C'est bon. Vous pouvez la reposer, ordonna le médecin.

Après l'avoir débranchée, il replaça la caméra dans l'empreinte en mousse de la mallette, puis ses doigts glissèrent sur le *trackpad* avec dextérité. La tête tournait sur l'écran. Il l'observa longuement.

— Alors… je peux affirmer que deux coups ont été portés. Regardez comme l'os pariétal a été enfoncé en deux endroits. La suture lambdoïdale a cédé sous la violence du choc. L'os occipital est aussi fracturé. Les coups ont été assez rapprochés. Ils venaient d'en haut et la victime devait être penchée vers le sol. Peut-être ramassait-elle quelque chose par terre quand elle a été frappée ?

*

Le lieutenant tirait sur sa clope quand Wellber et Pailhès le retrouvèrent à l'extérieur. À ses pieds, l'inspecteur suisse dénombra neuf mégots. Carbonnier avait l'air calme.

— Alors ? demanda-t-il.

— Elle a été droguée mais pas violée, résuma Pailhès. Deux coups avec un objet en métal, recouvert de peinture rouge. Ce con a réussi à trouver des éclats de peinture coincés dans le crâne. Faut bien avouer qu'ils ont un matos de fou !

— C'est possible de savoir de quelle marque est la peinture ?

— Ça risque d'être chaud mais ils vont essayer.

— L'adjudant-chef Rigaud m'a appelé. Un voisin lui a raconté que Bianca Lorco avait été cambriolée deux fois. Par le même monte-en-l'air, un certain Joël Legendre. Il s'est fait pincer la deuxième fois, il y a quelques mois, et a écopé de trois semaines de trou en comparution immédiate. Il est dehors maintenant. Rigaud m'a donné son adresse, j'aimerais passer lui dire bonjour… D'autre part, Lorco se rendait au cinéma tous les mercredis soir, à Genève. Le voisin affirme qu'elle y rejoignait une amie. Il faut vérifier. On pourrait se répartir les tâches… Qu'en pensez-vous, Wellber ?

— OK pour moi. Je vous ramène à Genève et je vais me faire une toile. C'était quel cinéma ?

— Les Scala.

— Je vois.

Ils montèrent dans l'Audi. Wellber afficha une moue contrariée : ses sièges allaient sentir le tabac.

*

Au bout de dix minutes, n'y tenant plus, Mark demanda au lieutenant :

— Les médicaments, c'est pour quoi ?

Carbonnier le fixa mais il n'y avait aucune agressivité dans son regard. Il mentit par omission, comme il le faisait toujours.

— Je suis cyclothymique, dit-il.

— Je ne vois pas trop ce que c'est, avoua Wellber, surpris par la réponse simple de l'officier.

— Si je ne prends pas mes médicaments, j'oscille continuellement entre des phases maniaques, dans lesquelles je suis très excité et hyper enthousiaste, parfois trop, et des phases dépressives. Ça, je suis sûr que vous connaissez.

— Oui… je crois…

— Les médicaments me permettent de maintenir une humeur constante et d'avoir une vie sociale et professionnelle à peu près normale, au prix de quelques effets secondaires, comme ces accès de colère.

— Ah…

Carbonnier tourna la tête vers l'extérieur. Il revit l'HP Corentin-Celton où il s'était présenté quand il avait vingt ans, trop las pour continuer, des brûlures de cigarettes plein les avant-bras. Il revit son séjour parmi les déchets de l'Assistance publique, les pédophiles, les alcooliques, les mamies Alzheimer, les SDF schizophrènes. Il revit la juriste, allongée au sol, qui s'agrippait à sa jambe quand il passait à côté d'elle, sa frayeur la première fois qu'elle avait saisi son mollet, puis les autres où il attendait sagement qu'elle desserrât son étreinte pour continuer sa route. Il revit le chariot, les médicaments dans le petit verre en plastique transparent, « Tirez la langue », et il tirait la langue pour que l'infirmier pût vérifier, puis ne pas traîner, juste le temps de ramper contre les murs jusqu'à son lit pour s'y effondrer. Il revit la douche, cette épreuve qui pouvait lui prendre jusqu'à deux heures. Et enfin, le diagnostic qui était tombé, vacillant, hésitant, le jour de ses vingt et un ans. Bipolaire cyclothymique. Alors encore des médicaments, d'autres médicaments. Cinq, parfois dix cachets par jour. Vomir. Se vider. Dormir. Ne plus sentir ses jambes, ses bras, sa tête. Changer de molécules. Encore et encore. Jusqu'à ce que son oncle trouvât le bon principe actif, le bon dosage. La bonne camisole. Mentir alors. Minimiser, ne pas faire peur. S'adapter. Laisser les balles mais prendre l'arme, pour donner le change. Jouer la comédie. N'avouer que le nécessaire.

— Il faut que je passe dans une pharmacie. Ça vous embêterait de m'arrêter, dit-il de la voix la plus neutre possible.

— Non, non, pas de problème.

Ils roulèrent encore une demi-heure dans un silence total. Ils longèrent le lac, puis le Jardin botanique qui jouxtait l'ONU. Rue de Lausanne, Wellber s'arrêta devant la pharmacie de la Trinité.

— Merci, dit Carbonnier en sortant de la voiture.

Il entra dans l'officine. En ressortit cinq minutes plus tard. À son pas saccadé, à sa mine contrariée, Wellber comprit qu'il y avait eu un souci.

— Ils n'ont rien voulu savoir ! lâcha Carbonnier en s'asseyant.

— Vous avez vos médicaments ? demanda Mark.

— Non. Je n'ai pas l'ordonnance avec moi. À Lyon, ça ne pose pas de problème. Ici… c'est différent.

— Je peux vous arrêter dans une autre…

— Non, ça ne changera rien. Roulez.

Wellber démarra. Il y avait un petit peu de circulation en cette fin d'après-midi et ils avançaient par à-coups dans les rues de la ville. Ils étaient bloqués place de Cornavin quand le Suisse se pencha du côté passager, ouvrit la boîte à gants.

— Prenez le gyrophare. Mettez-le, s'il vous plaît.

Le lieutenant s'empara du deux-tons qu'il brancha sur l'allume-cigare et aimanta sur le toit. En faisant crisser ses pneus, à grands coups de klaxon, Wellber s'extirpa de la place, faisant preuve d'une nervosité subite qui ne lui ressemblait pas. Il rejoignit la rue du Mont-Blanc jusqu'au pont du même nom, qui enjambait le lac devenu Rhône. Les cent quatre-vingt-dix chevaux parlèrent pour la première fois sur la ligne droite. Collé au dossier par l'accélération, le major Pailhès en eut la chair de poule. Le Suisse finit par piler devant un immeuble quelconque, dont la façade était cachée par des bouleaux montant jusqu'au troisième étage.

— Essayez là, dit Wellber.

Le lieutenant distingua alors, derrière les arbres, la pharmacie des Crêts. Il resta interdit.

— C'est gentil mais…

— Elle est tenue par ma fille aînée. Venez, je vous accompagne.

L'inspecteur enclencha les warnings, sortit de l'Audi, en fit le tour. Il éteignit le gyrophare et ouvrit la portière du lieutenant.

— Venez.

Carbonnier suivit son homologue jusque dans l'officine. Une clochette tinta quand ils y pénétrèrent. Elle était déserte. Une femme de vingt-cinq ou vingt-six ans, blouse blanche, cheveux relevés en chignon, lunettes aux montures carrées, sortit alors de la réserve. Un sourire illumina son joli visage quand elle aperçut Wellber.

— Ah ! Papa !

Elle fit le tour de la banque et vint l'embrasser.

— Tu ne travailles pas aujourd'hui ? Quoique… C'est pas ta sirène qu'on entendait il y a deux secondes ?

— Si. Ça va, toi ?

— Oui. C'est *rilax* comme tu peux le voir. Toujours, à cette heure-ci.

— Bien, bien… Dis-moi, je suis avec un collègue français, là…

La fille pencha la tête et aperçut le lieutenant que le chapeau paternel cachait.

— Il a besoin de médicaments mais… euh… Je vous laisse expliquer, lieutenant ? dit Wellber en s'effaçant.

— Oui. Je… j'ai besoin de… Je peux vous parler en privé ?

— Bien sûr. J'aurais dû vous le proposer. Venez, passons dans l'arrière-boutique.

Quand ils furent seuls, le lieutenant se sentit gêné. D'une petite voix, il demanda :

— J'aurais besoin de… quétiapine 50 milligrammes et d'escitalopram 20 milligrammes.

Les sourcils de la pharmacienne se soulevèrent, ses yeux s'agrandirent. Carbonnier se concentra sur son badge : Martine Hahn, pharmacienne. Elle était mariée et la fine alliance en or sur l'annulaire de sa main gauche le lui confirma.

— Oui… j'en ai, annonça-t-elle. Mais il me faut une ordonnance car il s'agit d'un traitement assez… conséquent…

— J'en ai bien conscience. Le problème, c'est que je n'ai pas d'ordonnance. Nous sommes venus enquêter depuis Lyon et je croyais avoir pris mes boîtes neuves mais… j'ai oublié.

Martine Hahn afficha un petit rictus contrarié.

— Peut-être pourriez-vous appeler mon médecin ? suggéra Carbonnier. Il vous confirmerait…

Comme elle hésitait encore, il ajouta :

— J'ai vraiment besoin de ces médicaments, madame.

— Je comprends… Quel est son nom ?

— Philippe Monteil. Vous voulez son numéro ?

Carbonnier attrapa son téléphone et en ouvrit le répertoire. Quand la communication fut établie, la jeune femme tourna le dos au lieutenant, échangea quelques phrases, puis se dirigea vers une immense armoire, dont elle ouvrit un tiroir sans hésiter. Elle en sortit une boîte blanche. Autre tiroir. Deuxième boîte.

— Les voici ! dit-elle en tendant les médicaments au gendarme. Votre médecin m'envoie l'ordonnance dans la journée.

Martine Hahn sourit. Cette femme lui plaisait et Carbonnier fut content d'avoir laissé son adjoint dans la voiture. Il n'aurait pas supporté la moindre blague graveleuse de sa part.

Les deux hommes quittèrent l'officine et remontèrent en voiture. Quinze minutes suffirent pour rejoindre leur Kangoo, toujours garée devant le

CURML. Il était presque 17 heures. Pailhès gicla hors du véhicule.

— Merci, dit Bertrand avec sincérité.

Mark Wellber se contenta d'un petit sourire.

Chapitre 17

Mercredi 19 octobre – 17 h 41

À croire qu'il guettait leur arrivée, Simon Olivier vint à leur rencontre dès qu'ils entrèrent dans le PC Sécurité.

— Ah messieurs, tout est prêt ! Installez-vous. Vous voulez un café ?

— Oui, répondirent de concert les gendarmes.

— Je vous apporte ça. Vous pouvez lancer la lecture en appuyant sur la barre espace. Je vous l'ai calée où c'était intéressant, dit-il avant de disparaître.

Clément s'exécuta. Ils mirent un petit temps pour comprendre ce qui apparaissait sur l'écran de l'ordinateur posé devant eux. C'était un plan fixe en noir et blanc enregistré par – c'était écrit dans un coin, au-dessus du timecode qui indiquait 3 h 11 – la caméra 2165. La scène était faiblement éclairée par une source lumineuse hors-champ : sur la droite, une tôle ondulée de couleur claire ; au milieu, deux pignons de hangar sans ouverture ; sur la gauche, des tuyaux empilés sur deux étages. À 3 h 12, des phares déchirèrent la pénombre ambiante. L'espace d'une seconde, un véhicule traversa l'image pour s'arrêter à l'extrême gauche. Seul l'arrière du coffre était resté dans le plan. Les feux stop dessinèrent un halo blanc sur le sol avant de s'éteindre.

— Et voilà votre café ! annonça Olivier en déposant deux mugs pleins devant les OPJ.

— Vous avez une carte pour que nous comprenions ce que filme cette caméra ? demanda le lieutenant.

— Euh… oui… Mais attendez, c'est maintenant le plus… Là !

Sur l'écran, une personne apparut. Ou plutôt l'ombre d'une personne dont la carrure s'apparentait à celle d'un homme. Il portait une capuche ou un bonnet, difficile de trancher. Il se plaça devant le coffre, l'ouvrit et batailla pour en sortir quelque chose. Le corps de Bianca Lorco, à n'en pas douter. Les mains sous les aisselles, l'homme l'extirpa, le traîna, fit le tour du véhicule et disparut avec.

— Après, vous avez intérêt à avancer parce qu'il ne se passe rien pendant dix minutes.

— Vous pouvez le faire ? demande Carbonnier.

— Pas de problème.

Olivier attrapa la souris et balaya l'écran. Un curseur apparut, qu'il glissa vers la droite.

— Là ! Il revient.

En effet, les feux arrière s'allumèrent, prouvant que le conducteur, qu'ils n'avaient pas vu rentrer dans son véhicule, redémarrait. La voiture disparut avant de réapparaître dix secondes plus tard, en marche avant, pour traverser l'écran de gauche à droite.

— Voilà, commenta Olivier. C'est fini.

Il regarda les deux gendarmes, inquiet.

— Je vous avais dit qu'on voyait pas grand-chose, hein ?

— La carte, vous l'avez ?

— Euh… oui.

Il ouvrit un large placard et hésita devant des ronds blancs numérotés qui s'y empilaient en quinconce et remplissaient tout l'espace. Il choisit finalement le numéro 124. Le tirant vers l'arrière, le cercle blanc se transforma en un tube cartonné d'un demi-mètre de longueur. Il en fit sauter l'opercule, le renversa pour récupérer la carte tout en longueur, qu'il déplia sur la table.

— Alors, la caméra est là. Au coin de ce bâtiment… Enfin, bâtiment, c'est un bien grand mot, en fait c'est un transformateur.

Il posa le doigt sur un petit carré rosé, flanqué du numéro 2165.

— La caméra filme donc le côté du 3153, l'arrière du 3156 et du 876 et les réservoirs 3187.

— Ça, c'est la frontière ? interrogea Carbonnier en glissant son index sur la ligne de croix qui coupait la carte de haut en bas.

— Exact.

— Et à droite, les tennis ?

— Oui.

— Le corps a donc été retrouvé, là, sous mon doigt ?

— Oui.

Le lieutenant resta pensif un instant.

— N'importe qui peut accéder à ces bâtiments ? Par le site du CERN, je veux dire.

— Sous réserve d'avoir un badge d'accès.

Carbonnier parut contrarié.

— Un problème ? demanda Pailhès.

— S'il accède en voiture par le site, c'est qu'il a un badge. S'il a un badge, c'est qu'il travaille ici. Alors pourquoi ne fait-il pas attention à la caméra ? Tu ne trouves pas ça bizarre, toi ?

— Ceci étant..., intervint Olivier, je ne veux pas vous contredire mais... euh... Il y en a tellement, des caméras, que les gens qui travaillent ici n'y prêtent plus grand intérêt. Et puis celle-ci a été mise il y a moins de deux mois, parce qu'on a eu des problèmes avec des gitans qui étaient venus chourer des barres en métal... Pas grand monde sait qu'elle existe et, en plus, elle ne se voit pas beaucoup.

— Vous pouvez nous y emmener ?

— Euh... maintenant ? Oui... Attendez. Patrick ! cria-t-il. Les policiers ont besoin de moi, je m'absente une demi-heure, ça ira ?

— *No soucy*, répondit une voix dont le propriétaire était invisible mais rigolo.

— Je suis à vous, messieurs. Vous avez une auto ?

*

Wellber laissa sa voiture sur un trottoir de la rue Zurlinden et finit à pied jusqu'à celle des Eaux-Vives où se situait *Les Scala*, un petit complexe de trois salles, aux antipodes des gigantesques usines à images qui fleurissaient à la sortie de la ville. Ici, il était clair qu'on cultivait le vintage et, bien sûr, l'art et essai. La devanture était jaune vif, au fond d'une esplanade étroite.

L'entrée se faisait par la droite des deux guichets centraux où les caissières attendaient, derrière une vitre percée d'hygiaphones circulaires. La sortie était à gauche, le long d'une vitrine dans laquelle étaient punaisés les affiches des films, les horaires et des critiques de journaux spécialisés, photocopiés en grand pour qu'on pût les lire sans quitter la file d'attente. Ça fleurait bon *La Dernière Séance* d'Eddy Mitchell, diffusée jadis sur France 3, la chaîne des voisins français que Wellber se rappelait avoir regardée.

Une queue s'était formée, qui débordait sur la chaussée. Mark s'approcha. La prochaine séance débutait à 18 h 15 et il était 17 h 53. Après s'être acquittés du prix du billet, les premiers spectateurs s'engouffrèrent dans la salle pour échapper au vent froid qui balayait la rue. Très vite, tout le monde fut à l'intérieur, à l'exception d'une femme. Vêtue d'un trench-coat en tissu ciré vert pomme, perchée sur des escarpins rouge vif, elle scrutait la rue, tantôt à droite, tantôt à gauche. Il vint vers elle.

— Bonsoir.

Elle sursauta.

— Vous attendez quelqu'un ?

L'inspecteur suisse comprit, en la prononçant, comme sa question était ambiguë. Pas sa question d'ailleurs, mais ce qu'elle sous-entendait. Trop tard, le mal était fait. La femme tourna les talons et se dirigea vers les caisses d'un pas pressé. Se penchant vers l'hygiaphone, elle demanda une place pour *La Fille inconnue*. Mark sortit son porte-cartes et la rejoignit alors qu'elle récupérait son ticket d'entrée.

— Pardon de vous avoir fait peur, madame. Mark Wellber, inspecteur principal de la police genevoise.

La femme observa la carte que Wellber lui présentait.

— Que voulez-vous ? répondit-elle d'une voix sèche.

— Vous attendez quelqu'un, n'est-ce pas ?

— Oui. Et ?

— Est-ce Bianca Lorco ?

— Comment le savez-vous ?

— Elle ne viendra pas.

C'était peut-être ce que Mark détestait le plus dans son métier. Chaque fois qu'il le pouvait, il déléguait cette tâche ingrate. De guerre lasse, n'ayant personne sous la main, il prit son temps pour ranger son porte-cartes. Gagner quelques secondes afin de différer cette annonce pénible.

— Elle est morte, madame.

*

Ils durent ressortir du site et traverser la nationale afin de rallier les bâtiments qui apparaissaient dans le champ de la caméra numéro 124. Ils se trouvaient sur une parcelle indépendante, à laquelle on accédait par une entrée propre.

— C'est récent ici ? demanda Carbonnier en découvrant les lieux qui lui apparurent en meilleur état.

— Oui. Tout ça a été construit dans les années 80, 90 même. Comme il n'y avait plus de place en face, ils se sont installés là.

— C'est quoi ?

— Euh… Alors là, vous me posez une colle… Mais attendez ! s'exclama Olivier en sortant de sa sacoche une tablette dernière génération.

Ses doigts virevoltèrent sur l'écran tactile.

— Voilà ! Liste des bâtiments et fonctionnalité… Alors… 3173… Là ! « LHC Magnet Cryostating Hall ».

— Eh ! J'ai trouvé quelqu'un qu'a un plus mauvais accent anglais que moi ! apprécia Pailhès.

— Le LHC, vous saviez que c'est l'endroit le plus froid de l'univers ? Pas de France, non, messieurs. Pas du monde. De l'univers ! C'est pour les courants, je crois… genre les superconducteurs…

— Les supraconducteurs, le corrigea le lieutenant, qui se rappelait des explications de M. Crôzet.

Pailhès stoppa. Les trois hommes sortirent de la voiture.

— Tenez… Vous la voyez, la caméra ? Elle est là.

Bertrand Carbonnier se plaça face au petit bâtiment que désignait Olivier. Il n'était pas plus haut que large. À ses côtés, trois cubes blancs étaient posés sur une structure métallique grillagée verte. Un bourdonnement sourd s'en échappait. « Des climatiseurs », pensa-t-il sans oser demander. Il s'approcha. La caméra était fixée sur l'angle gauche, sans protection particulière, à portée d'homme. Il vint se placer juste dessous et sortit la copie d'écran qu'il avait fait imprimer par Olivier avant de quitter le PC sécurité. À sa droite, il reconnut le hangar et sa tôle ondulée blanche. En face de lui, les deux gros bâtiments de couleur claire.

— Clément, va à droite, s'il te plaît.

Le major partit dans la direction par laquelle ils étaient arrivés.

— Non. Ma droite ! Donc, ta gauche ! précisa Carbonnier.

— Faut préciser, mon pote !

— Avance… Avance… Stop !

Le lieutenant rejoignit son adjoint.

— La voiture s'est arrêtée là ! affirma-t-il.

Ils regardèrent devant eux. La travée dans la forêt était nette. Au fond, ils aperçurent le chemin où le corps de la physicienne avait été trouvé. Plus loin encore, la bande herbeuse qui faisait la jonction avec les tennis.

Le meurtrier était bien venu ici pour larguer son paquet.

*

Ils avaient trouvé refuge dans un petit salon de thé, à deux pas du cinéma. Wellber avait pris un café. Elle, un thé qui refroidissait dans sa tasse. Ses yeux étaient rougis. Mark n'avait pas voulu commencer à poser ses questions avant d'avoir été servis ; pourtant il hésitait encore à se lancer. Une crise de larmes avait secoué Michelle Gaultier quand il lui avait appris la mort de Bianca Lorco. Cette réaction, spontanée et sincère, l'avait renseigné sur les liens forts qui unissaient les deux femmes. Il tâcha de faire abstraction de son empathie naturelle, sortit son carnet de notes, un stylo et se lança :

— Vous la connaissiez depuis longtemps ?

— Trente-huit ans, inspecteur… Nous nous sommes rencontrées dans un club de gym, près de la Jonction[1]. Nous avons vite sympathisé et aussi vite compris que le sport n'était pas trop pour nous. Même le yoga… Et pourtant nous étions jeunes !

Michelle esquissa un sourire, qui s'effaça presque aussitôt.

— Alors nous nous sommes tournées vers la culture qui s'est avérée un centre d'intérêt commun. C'est vital pour moi – je suis enseignante de littérature étrangère à la faculté des lettres – et très important pour Bianca. Elle en avait même un besoin viscéral. Elle disait que l'art la raccrochait à l'humanité. Elle qui évoluait dans des sphères théoriques, si distantes de la réalité de tous les jours, elle en venait à oublier que l'homme était aussi une belle réussite de cette Nature dont elle voulait percer le secret…

Michelle regarda Wellber.

— Je ne sais pas si j'ai été claire ?

— Si, si.

— J'ai souvent tendance à faire des grandes phrases… Bianca me coupait parfois… Elle me disait : « Mets un point, s'il te plaît. »

De nouveau, un sourire triste, éphémère.

— Donc vous vous retrouviez au cinéma tous les mercredis, c'est ça ?

— Oh… Les jours ont bien changé : il y a quelques années c'était le lundi, avant encore le mercredi, mais c'est vrai que nous avions décidé que cette sortie hebdomadaire passait avant tout le reste. C'était une

1. Quartier de Genève situé à la jonction du Rhône et de l'Arve.

priorité… Pendant toutes ces années, je crois que je n'ai manqué qu'un rendez-vous, pour la naissance de ma fille. Bianca a dû en rater deux, peut-être trois. C'est peu, quand on y songe, car ses expériences l'accaparaient beaucoup. Certaines semaines, lorsque nos emplois du temps nous le permettaient, nous prenions même le train pour aller à Paris, à Lyon, à Zurich… Nous y passions la journée entière. C'était si bien !… Une fois, nous sommes même allées à Milan avec ma voiture ! À la Scala, la vraie. Nous y avions vu *Don Giovanni*… C'était magique.

Michelle sembla alors découvrir sa tasse de thé. Elle attrapa sa petite cuillère, ouvrit le sucrier et sucra son earl grey. Elle le porta à ses lèvres avec prudence, comme s'il eut été bouillant, et fut surprise en s'apercevant qu'il était froid.

— Mais ces dernières années, elle avait plus de travail. C'était bizarre, plus elle vieillissait plus elle travaillait. « Je suis comme le bon vin », s'amusait-elle avant d'ajouter : « Que veux-tu, on monte en puissance, Michelle, on monte en puissance… ».

— Que voulait-elle dire par là ?

— Je ne l'ai jamais vraiment su… Enfin, si ! Je sais ce qu'elle m'a expliqué mais je suis convaincue de ne pas en avoir compris le sens caché.

— Et que vous a-t-elle expliqué ?

— Tout simplement que les machines qu'elle utilisait étaient de plus en plus puissantes… Vous savez, Bianca travaillait au CERN depuis 1976, si je ne me trompe, elle a vu se bâtir le LHC. Elle a même été partie prenante dans sa construction. Depuis, il ne cessait de monter en énergie et, l'année dernière, il est arrivé à sa puissance maximale, celle de « l'univers, un milliardième de seconde après sa naissance », disait-elle… Mais ce que cela impliquait dans ses recherches, je ne l'ai jamais su.

— Elle ne vous l'a pas dit.

— Non. Elle n'entrait pas trop dans les détails, je ne les aurais pas compris de toute façon. Elle utilisait des images, plus faciles pour moi. Tenez, elle comparait par exemple les chocs organisés par le collisionneur… car c'était ainsi qu'elle l'appelait, un collisionneur, elle ne disait jamais accélérateur…

— Pourquoi ? la coupa Wellber.

— Ah ça, je le sais ! Elle m'a expliqué que, dans les accélérateurs, les particules sont propulsées sur des cibles fixes, si bien qu'une partie de l'énergie des particules qui arrivent est perdue car elle ne sert qu'à pousser les atomes de la cible, à les mettre en mouvement. La grande trouvaille des collisionneurs est de lancer l'une contre l'autre des particules à pleine vitesse. Le choc est beaucoup plus violent. Plus efficace… Bref, elle comparait les paquets de particules à des oranges qu'on lancerait l'une contre l'autre, en précisant que seuls les chocs entre deux pépins étaient intéressants.

— Ils ne doivent pas être nombreux.

— Oh non ! Le résultat produit en revanche des litres de jus d'orange !

Michelle eut un petit rire et ses yeux brillèrent.

— C'est ce qu'elle disait…, ajouta-t-elle en se rembrunissant.

— Il faut donc beaucoup de chocs…

— Oui. Savez-vous que les faisceaux de particules qui s'entrechoquent ont des énergies comparables à celle d'un moustique en vol ?

— C'est peu.

— Sauf si on l'imagine dans un moustique mille milliards de fois plus petit. C'est la densité d'énergie qui est importante…

Wellber but son café. Il était froid.

— Pour quelqu'un qui enseigne les langues, vous semblez être calée. En science, j'entends.

— C'est Bianca qui m'en a donné le goût. Elle m'a conseillé des lectures, comme je lui en conseillais. Souvent, nous nous imposions de lire un livre dans la semaine et nous en parlions quand nous nous retrouvions… Si vous saviez les pensums qu'elle a tenté de me faire avaler ! Connaissez-vous Trinh Xuan Thuan ?

— Euh… Non.

— *Le Chaos et L'Harmonie.* C'est son bouquin le plus connu… Mais il est un peu chiant, si vous me passez l'expression.

Elle rit. Et Mark l'imita. Cette femme lui était sympathique. Michelle finit sa tasse de thé.

— Vous vous intéressez à la physique ?

— Depuis peu. Depuis la mo… depuis le début de l'enquête. Nous avons croisé des gens très intéressants qui m'ont ouvert les yeux sur des sujets dont j'ignorais tout. J'ai envie d'aller plus loin.

— Essayez Manjit Kumar. *Le Grand Roman de la physique quantique.* C'est très bon. Romancé et accessible.

— J'essaierai, dit-il en notant les références sur son carnet.

L'inspecteur s'égarait, il en était conscient mais la conversation était agréable. Il se fit toutefois violence pour revenir au sujet principal.

— Bianca Lorco ne vous avait rien confié d'inhabituel ces dernières semaines ?

— Comme ?

— Je ne sais pas… Des tensions à son travail, des engueulades avec ses collègues…

— Non, rien de tout ça. Je suis désolée.

— Il ne faut pas… Savez-vous si elle avait de la famille en France ?

— Pas en France, non. Elle était argentine.

— Oui.

— Elle a une sœur là-bas.

Mark se redressa sur sa chaise. Il griffonna « sœur Bianca = » dans ses notes.

— Vous la connaissiez ?

— Non. Oh, bien sûr, Bianca me disait qu'un jour on irait là-bas, dans son pays. Qu'elle me le ferait visiter… Mais c'étaient des promesses de Gascon, je le savais.

— Et son nom ? Le nom de sa sœur, le connaissez-vous ?

— Euh…

Michelle ferma les yeux. Les doigts de sa main droite tapèrent quelques petits coups sur la table, comme s'ils pouvaient faire redescendre l'information. Et cela fonctionna car elle s'exclama soudain :

— Gómez. C'est ça ! Elle s'appelle Alba Gómez.

*

Il faisait nuit quand ils revinrent au PC sécurité. Les trois hommes se penchèrent de nouveau sur la bande-vidéo. Carbonnier pensait possible de déterminer le modèle du véhicule. Hélas, l'absence de lumière, la rapidité du passage dans le champ ne leur permirent que d'émettre des hypothèses hasardeuses : c'était une petite voiture, de couleur sombre. Une Clio peut-être ou quelque chose d'avoisinant. Les connaissances de Clément ne furent pas non plus d'un grand secours. Le major suggéra qu'il pouvait s'agir d'une Peugeot 208 ou d'une Polo VW. Simon Olivier penchait, lui, pour une Ford Fiesta ou une Toyota Yaris.

— Pouvez-vous me copier le passage où on voit la voiture sur une clé USB, s'il vous plaît ? demanda Bertrand après une demi-heure de tergiversations.

— Ouais, pas de problème. Vous avez une clé ?

— Non.

— Pas grave, je dois avoir ça en réserve. Attendez…

Olivier ouvrit un tiroir et, après y avoir farfouillé quelques secondes, en sortit une clé floquée du logo du CERN. Il l'inséra dans le port d'un ordinateur, en vérifia le contenu.

— OK. Celle-ci devrait faire l'affaire, il y a un PDF de présentation du CERN et de ses activités. On les donne aux lycéens qui viennent visiter les installations. Vous voulez que je vous le laisse ou j'efface ?

— Laissez-le s'il y a la place.

— Vous pensez pouvoir en faire quelque chose ?

— Je ne sais pas. Je vais l'envoyer à Pontoise, on verra bien ce qu'ils peuvent en tirer.

*

L'adjudant Bahiya attendait le retour des deux OPJ dans la salle de repos de la brigade. Son service était terminé et il avait troqué l'uniforme contre sa tenue civile.

— Mon lieutenant ! Vous voulez savoir ce que nous a dit Fourmentin ?

— Bien sûr ! Ça s'est bien passé ?

— Il était sobre quand on est passés le chercher, donc y a pas eu d'esclandre… Bon, il a bien passé la soirée de dimanche à lundi au Dégust, à Saint-Genis. Le patron le confirme, ainsi que deux habitués. Il est reparti vers 2 heures du matin, rond comme une queue de pelle, et se rappelle même plus comment il est rentré.

L'alibi était suffisant, Bianca Lorco avait été tuée autour de minuit. Carbonnier décida de ne pas insister.

— J'vous avais dit que c'était pas un mauvais bougre, ajouta Bahiya.

— J'ai un dernier truc à vous demander…

— Oui ?

— Comment s'organise le trafic de drogue dans la région ?

— Le cannabis ?

— Non, je pensais plutôt aux drogues festives : amphéts, extas, acides, coke…

— Vous m'en demandez trop, mon lieutenant. On est une brigade de proximité. Nous, c'est plutôt excès de vitesse, conduite en état d'ivresse et, les jours où on a de la chance, une rixe de poivrots à la sortie d'un bistrot… La drogue, c'est pas trop notre truc. Et puis vous savez, y a encore pas mal de paysans dans l'coin.

Leur drogue à eux, c'est plus le pinard, si vous voyez c'qu'j'veux dire.

— Où vont les jeunes quand ils sortent en boîte ?

— Bourg-en-Bresse pour certains, Genève pour les autres. Le centre-ville est à moins de trente minutes.

— C'est plutôt par là-bas qu'il faudrait regarder alors ?

— Sûr.

— Je peux utiliser les ordis ? J'ai quelque chose à transmettre.

— Ne vous gênez pas, ils sont autant à vous qu'à moi. Prenez celui dans mon bureau, il est plus rapide. Le code c'est… roudoudou.

Du rose apparut sur ses joues café au lait.

— Comme ça se prononce. Vous pouvez y aller, je le ferme jamais.

Le lieutenant se leva et alla s'installer devant le PC de l'adjudant. Il téléchargea le film depuis la clé USB offerte par Olivier et l'envoya à l'un de ses contacts à l'IRCGN, département informatique-électronique. Il joignit un petit mot : « *Salut Franck, je cherche à savoir quelle est la marque de la voiture qui passe dans le champ. Pas sûr que ce soit possible. Le plus vite sera le mieux. Merci. Bertrand* » Touche Envoyer. L'envie d'une clope se faisait pressante. Il sortit et s'accorda la quarantième Marlboro de la journée. En rangeant son briquet dans sa poche, ses doigts rencontrèrent les deux boîtes de médicaments et il se décida à appeler Wellber. Il lui devait bien ça.

— Ah, fit traîner le Suisse. Quelles nouvelles ? Vous avez vu le cambrioleur ?

— Non, pas eu le temps. On est passés au PC sécurité et on a pu mettre la main sur un bout de film, tourné par une caméra de surveillance, sur laquelle on aperçoit la voiture de l'assassin quand il est venu déposer le corps derrière les tennis.

— Très bien, très bien. Bonne idée que vous avez eue là !

Carbonnier comprit instantanément que le Suisse n'avouerait pas être passé avant eux voir Simon Olivier. Peu lui importait après tout. Cette enquête devait avancer.

— J'ai transmis l'extrait à nos services informatiques car il y a une petite chance d'obtenir la marque de la voiture. Ça pourrait nous ouvrir des pistes.

— Bien. Vous aurez la réponse quand ?

— Je ne sais pas. Et de votre côté ? Le cinéma ?

— J'ai trouvé l'amie de Bianca Lorco. Elle l'attendait pour la séance et n'était pas informée de sa mort.

— Vous a-t-elle appris quelque chose ?

— Non… Rien que nous ne sachions déjà. Elles se faisaient une toile toutes les semaines, rien de plus.

Le lieutenant jeta son mégot et l'écrasa du talon. Un curieux sentiment l'étreignit. La désagréable sensation que Wellber en gardait sous le pied.

— Pourquoi ai-je l'impression que vous ne me dites pas tout ?

— Parce que vous vous trompez, répliqua le Suisse. Demain, on fait quoi ?

Chapitre 18

Année 1932. James Chadwick, dans son laboratoire de Cambridge, met en évidence le neutron, deuxième constituant du noyau atomique avec le proton.

Derrière les fenêtres de l'Institut, Ettore contemplait le ciel romain. Il était d'un bleu pur, couleur conforme à la diffusion de Rayleigh. Dans le coin droit de la grande verrière, il pouvait apercevoir la feuille d'un palmier, immobile dans le froid glacial de janvier.

Ces derniers jours, il avait la tête ailleurs. Augustina s'était glissée dans son crâne, subrepticement, par une petite porte dérobée dont il ignorait l'existence. Ils s'étaient revus. Elle avait insisté. Personne n'en savait rien, ni sa mère, ni les *ragazzi* de la via Panisperna. Ils avaient de longues discussions. Sur les Romains et leur histoire millénaire, sur la meilleure façon de cuisiner les pâtes, sur l'atome et son noyau, sur la physique en général. Venue d'Amérique latine pour étudier à l'université de Rome, la ville où ses parents étaient nés mais qu'ils avaient quittée avant sa naissance, elle avait soif de comprendre et lui posait beaucoup de questions. Elle le faisait rire. Et l'avant-veille, sur le seuil de l'appartement qu'elle louait via dei Taurini, à quelques pâtés de maisons de la faculté, elle l'avait embrassé. Très vite. Un baiser volé dont Ettore gardait la trace, en creux, sur ses lèvres. Et qui avait dispersé les papillons, absents depuis.

La porte de la bibliothèque s'ouvrit. Gastone Piqué entra, un exemplaire des *Comptes rendus de l'Académie des sciences* sous le bras, qu'il déposa devant Ettore.

— Page 273. Lis !

Majorana fit défiler les pages jusqu'à la note de Mme Irène Curie et M. Frédéric Joliot, présentée par M. Jean Perrin. « Émission de protons de grande vitesse par les substances hydrogénées sous l'influence de rayons gamma très pénétrants. » Les rudiments de langue française d'Ettore étaient suffisants pour entendre le texte d'une cinquantaine de lignes car les mots scientifiques ressemblaient beaucoup à leurs pendants italiens.

Il lut avec avidité : bombardés par des noyaux d'hélium, les éléments légers comme le béryllium émettaient un curieux rayonnement. Les Joliot-Curie affirmaient que ce rayonnement inconnu avait, à son tour, la faculté d'éjecter des particules d'un écran de paraffine placé sur son chemin. S'appuyant sur l'effet Compton, théorisé par Einstein au début du siècle, le couple concluait que :

> Il paraît donc établi par ces expériences qu'un rayonnement électromagnétique de haute fréquence

est capable de libérer, dans les corps hydrogénés, des protons animés d'une grande vitesse[1].

Ettore se leva d'un bond.

— *Stronzi* ! lâcha-t-il à l'encontre des deux physiciens français.

— Des abrutis ? Les Joliot-Curie ? s'exclama Gastone. Tu perds la raison, Ettore !

— Ce ne sont pas des protons mais des neutrons ! Ils ont découvert le neutron.

— Des neutrons ? C'est quoi ça ?

— Tiens ! dit Ettore en posant l'exemplaire des *Comptes rendus* dans les mains de son ami. J'ai à faire.

Il attrapa sa veste sur le dossier de sa chaise et sortit sans rien ajouter, courant derrière les papillons qui venaient de réapparaître, plus nombreux que jamais. Il rentra chez lui au pas de course, embrassa sa mère, s'enferma dans sa chambre au fond du long couloir. L'atome prenait forme sous ses yeux. Dans ce noyau, Ettore imagina deux particules et non plus une : le proton, chargé positivement, et le neutron, sans charge électrique. Une nouvelle particule à part entière.

Trois jours durant, sourd aux supplications de Dorina pour qu'il vienne se restaurer (il se contenta de litres de lait et de biscuits), Ettore noircit des feuilles et des feuilles, les papillons sagement posés sur ses épaules. Au quatrième jour, il transcrivit le résultat de son travail dans un carnet à la couverture

1. Note d'Irène et Frédéric Joliot-Curie aux *Comptes rendus de l'Académie des sciences* du 18 janvier 1932.

de cuir noir. *Urto fra neutroni e protoni*[1]. Il rangea le *volumetto* avec les quatre autres et décida d'aller exposer ses conclusions à Enrico Fermi.

*

— Chapeau, Ettore !

Fermi se laissa tomber dans son siège et demeura silencieux une grosse minute. Ce que venait de lui apprendre Majorana était tout simplement génial, révolutionnaire. Brillant.

— Donc... si je te suis bien, lors d'une désintégration bêta, le neutron se transforme en proton tout en éjectant un électron. L'électron ne préexiste pas, il est créé. *Ex nihilo.*

Il tapa du plat de la main sur son bureau.

— Il faut publier ! Il faut que la communauté scientifique prenne connaissance de tes travaux, il faut...

Ettore secouait la tête. Non, non et non. Toujours cette manie de publier. Cette désagréable habitude de partager des connaissances floues. Pourquoi ? Se faire voir, reconnaître, apprécier ? Construire sa réputation ? Impressionner ? Non. Il ne voulait pas retourner sous la table. Il n'était plus et ne serait jamais plus un chien savant qui donnait la patte quand son dresseur l'ordonnait.

— Ettore ! le supplia le Pape.

— Non. Et puis, je n'ai pas fini de travailler. C'est incomplet.

---

1. E. Majorana, *Collision entre neutrons et protons*, volumetto V.

— En juillet, à Paris[1], je pourrai…

— C'est non ! N'en parlons plus !

Ettore avait haussé le ton et son visage, rougi, s'était durci. Il ne plaisantait pas. Il tourna les talons et s'en alla.

Fâché, il marcha dans les rues romaines sans sembler être gêné par le froid intense. Ses pas le portèrent jusqu'au domicile d'Augustina. Il monta au deuxième étage, cogna sur la porte. Elle ouvrit presque instantanément.

— Je t'attendais, dit-elle.

Elle portait un déshabillé de soie. Dans l'échancrure, Ettore devina ses seins. Elle prit sa tête dans ses mains. Elles étaient brûlantes.

— Tu es gelé. Entre. Je vais te faire du café.

---

1. En juillet 1932 se tint à Paris une conférence internationale intitulée « L'état actuel de la physique du noyau atomique », à laquelle Fermi était invité.

Chapitre 19

Jeudi 20 octobre – 17 h 58

Le gendarme faisait hurler le moteur de la Kangoo dans la montée du Reculet, qui grimpait dans le parc naturel régional du Haut-Jura. Le brouillard était si épais que les vitres de la voiture semblaient en verre dépoli, comme celle d'une cabine de douche.

— Ralentis, on ne voit rien, ordonna Carbonnier qui prenait peur.

— Y a personne ! Et puis on entendra si quelqu'un arrive...

— Ralentis, je te dis. Discute pas.

— Tu fais chier, marmonna Pailhès en levant le pied.

Joël Legendre habitait une bicoque dans le coin, perdue dans la pente. Un petit chemin « qui part sur la droite en épingle à cheveux, après l'embranchement, quand Thoiry réapparaît dans la vallée », avait précisé l'adjudant-chef Rigaud. Avec cette mélasse, ces indications paraissaient fragiles. Pourtant, ils trouvèrent le sentier en question du premier coup car, sortant de la forêt, ils s'extirpèrent en même temps de la brume, comme par enchantement. Clément s'engagea dans l'allée et s'arrêta derrière une vieille Panda quatre-quatre stationnée au bout. D'un seul étage, moitié abri de jardin en bois, moitié hangar à vélo en tôle, le *home sweet home* de Legendre ressemblait plus à une décharge qu'au chalet d'Heidi. Traînaient devant, posés en vrac, des bidons d'huile rouillés, des palettes, de la ferraille à béton, des sacs de sable, des seaux en plastique, des carcasses d'engins agricoles.

Les deux gendarmes se présentèrent devant la porte. Carbonnier appuya à plusieurs reprises sur le bouton de la sonnette, peu convaincu qu'elle fût en état de fonctionner. Devant l'absence de résultat, il se décala vers la première fenêtre et jeta un œil à l'intérieur. Au milieu d'un fatras indescriptible de cartons éventrés, débordant de matériel informatique, Joël Legendre était debout, les yeux fermés, et improvisait un morceau d'*air guitar* avec ferveur.

Il avait tout du loubard des années 80 avec son débardeur noir, tendu par un ventre rebondi, d'où sortaient ses deux gros bras, gras et blancs, couverts de poils sombres et longs sur les épaules, tandis que ceux de ses aisselles, baignés de transpiration, ressemblaient à des cheveux de harpie sortant des flots. Il portait autour de chaque poignet des pièces de cuir noires, décorées par des pointes argentées pyramidales. Ce qui faisait écho à son étonnant pantalon, cuir noir lui aussi, agrémenté de multiples poches aux fermetures éclair dorées. Trop long, il s'avachissait sur des rangers. Une petite tête de mort en ivoire (était-ce de l'os ?) était attachée par une chaînette à l'un des passants de sa ceinture et pendouillait contre sa cuisse. D'une besace sur son flanc, cuir noir toujours, sortaient les câbles de son lecteur audio qui montaient jusqu'à un casque Sennheiser aux larges écouteurs argentés. Ses cheveux poivre et sel, pourtant coupés court, étaient collés par la sueur sur son front. Son nez pointu, ses sourcils droits lui donnaient un air sérieux, en contradiction avec le reste de son personnage. Il devait écouter un bon vieux punk bien rapide, à en croire la cadence élevée de ses mouvements de tête d'avant en arrière. Carbonnier tapa sur le carreau. Legendre tourna la tête, le vit et se carapata vers le fond.

— Il se barre ! gueula le lieutenant à son adjoint. Par-derrière !

Pailhès s'élança sur sa droite. Carbonnier partit du côté opposé mais se heurta, dès l'angle de la maison franchi, à un amoncellement de rouleaux de grillage, de moellons et de tuyaux en PVC. Il fit demi-tour pour contourner la bicoque. Quelle ne fut pas sa surprise de découvrir alors un panorama fantastique. La vallée avait disparu sous la nappe de brume blanche aussi loin que ses yeux se portaient. Un pré à la pente raide partait depuis la maison et plongeait, une cinquantaine de mètres plus bas, dans le duvet de ouate qui gardait Thoiry au chaud. Joël Legendre le dévalait à grandes enjambées, aspirant dans son sillage le major Pailhès. Le lieutenant stoppa. Il avait trop de retard et avait confiance en Clément. Depuis qu'il s'était débarrassé de ses kilos en trop, le major était un solide gaillard. Les deux hommes disparurent dans le brouillard. Une minute passa puis un cri :

— Chhhhhoooooopé !

Carbonnier s'alluma une clope. Il la finissait quand le fugitif, menotté, et son poursuivant derrière lui, s'arrachèrent au frimas pour remonter à petits pas dans sa direction. Quand ils furent à quelques mètres de lui, il constata que le visage de Legendre était couvert de terre. À n'en pas douter, Clément avait dû stopper sa course folle par une pichenette dans le dos bien dosée, qui avait envoyé l'autre mordre la poussière. Un peu de sang coulait d'ailleurs de sa narine droite.

— Joël Legendre ? interrogea le lieutenant.

— Ouais, et alors ?

*

Bahiya leur avait abandonné sans râler son bureau pour l'interrogatoire. Legendre était tendu. Carbonnier avait refusé qu'il se nettoyât la figure et de la terre lui tombait régulièrement dans la bouche, crissant sous ses dents et le faisant baver.

— Les cartons ? Tous à toi ?

— J'rends service, j'vous ai dit. Putain, vous écoutez rien !

— Je… rends… service… répéta l'autre, tout en écrivant le PV d'audition. À qui ?

— J'en ai ras le cul de vos questions. J'veux un avocat.

— Pour quoi faire ?

— Comment ça pour quoi faire ?

— Tu n'es pas en garde à vue, que je sache. Tu m'as entendu te stipuler tes droits ? Non. On discute, c'est tout.

— Et les menottes ? Et la boue dans la gueule ? C'est ça que vous appelez discuter ?

— Et pourquoi tu te barres quand on vient frapper chez toi ?

Legendre, beau joueur, accepta la touche et n'ajouta rien.

— Donc… À qui tu rends service ?

— Un gars. De Genève.

— Son nom ?

— J'suis pas une balance.

— Tu as bien raison. Et d'ailleurs, je m'en fous de ces cartons !

Surpris, Joël Legendre marqua le coup. Ses sourcils se froncèrent.

— Bianca Lorco, ça te dit quelque chose ?

— Non.

— Tu es pourtant allé deux fois chez elle. La dernière fois c'était en août, il y a un peu moins de trois mois.

— Pt'être.

— C'est sûr, fais-moi confiance.

— Si vous l'*disez* !

— Qu'est-ce que tu cherchais ?

— J'sais pas… comme d'hab : télé, bijoux, cash… enfin, comme d'hab : j'me suis rangé depuis !

— Depuis que tu es sorti de trou ? Il y a trois semaines ?

— Ouais. C'est ça.

— Et tu as trouvé ce que tu cherchais chez Bianca Lorco ?

— La première fois, ouais.

— Précise.

— J'ai pris une télé, un peu d'fric et des CD.
— Monsieur est mélomane…
— Non, j'aime bien la musique, c'est tout.
— Tu permets que je note ça ?
— Si ça vous fait kiffer.
Carbonnier fit semblant de consigner leur dernier échange. Ce PV n'intégrerait jamais le dossier, pas sous cette forme tout du moins et pas dans ces conditions.
— Et la seconde fois ?
— Que dalle.
— Pourquoi tu y es retourné alors ?
— Parce que…
L'hésitation n'échappa pas au lieutenant.
— Parce que je le fais souvent.
— Pourquoi ?
— Les gens y touchent l'assurance et y rachètent des trucs neufs.
— Parfois, ils mettent une alarme aussi. C'est risqué, ton truc.
— Ouais. Et j'me suis fait choper, j'vous rappelle.
— Moi, je crois que tu n'y es pas retourné pour ça, chez Mme Lorco.
— Vous croyez c'que vous voulez ! J'ai payé pour c'te connerie. J'suis clean maintenant.
— Mmm…
— Et puis z'avez qu'à lui d'mander. Si ça s'trouve, elle vous dira qu'elle allait racheter des trucs !
— Je vais avoir du mal, elle est morte.
L'espace d'un court instant, la stupeur figea les traits charbonneux de Legendre avant que sa physionomie ne trahisse la panique. Il fixait le lieutenant avec des

yeux hagards. Carbonnier supposa que ça devait tourner vite dans sa caboche de métalleux.

— C'est quoi, c'bordel ?

— Comme je te le dis. Morte. On a retrouvé son corps il y a quatre jours…

— J'ai rien à voir avec ça, moi !

— Ah ? Tu étais où il y a quatre jours ?

— Euh… chez moi… non…

— Tu étais chez toi ou pas ?

— Quand ? C'était quand exactement ?

— Du dimanche après-midi au lundi après-midi.

Aussitôt, Legendre parut se relâcher. Ses traits se détendirent, il s'affaissa un peu sur sa chaise.

— J'étais à Grenoble !

— Qu'est-ce que tu foutais à Grenoble ?

— J'ai pêché tout le week-end. J'suis revenu lundi soir.

— Lundi, c'est pas le week-end.

— Quand on bosse à son compte, le week-end c'est quand on veut.

Le malfrat avait repris de sa morgue. Ce mélange de désinvolture et d'arrogance propre à celui qui se sait intouchable. Il connaissait les flics et leurs combines. Carbonnier le comprit et, d'un petit signe de tête, passa le relais à son adjoint.

— Tu bosses à ton compte, Legendre ? gueula le major à quelques centimètres de son oreille. Avec le gars de Genève dont tu veux pas nous donner le nom ?… Te fous pas de notre gueule !

— J'me fous pas d'votre gueule, commenta Legendre peu impressionné.

— Moi, j'crois que si ! T'as raison, mon pote, tu vas avoir besoin d'un avocat.

— Si vous l'*disez* !

— Et t'as dormi où cette nuit-là, tête de nœud ?

— Au camping. Z'avez qu'à vérifier.

*

— Alors ? demanda Carbonnier.

— La nuit de dimanche à lundi, il a bien dormi au Camping des cinq pucelles, à Seyssins près de Grenoble. Le gérant confirme… Ouais, ouais, t'as bien entendu, le Camping des cinq pucelles ! Faut absolument que j'aille le visiter, çui-là…

Le major ne plaisantait pas et Bertrand aurait pu parier qu'il irait bien, lors de ses prochaines vacances.

— Désolé, mon pote, mais c'est pas lui.

— Le mec est louche.

— Les mecs louches, ça court les rues. Lui, c'est un p'tit tapin de rien du tout. Faut pas l'garder, on va s'attirer des emmerdes.

Carbonnier se rangea au bon sens de son adjoint et libéra Legendre.

Chapitre 20

Samedi 22 octobre – 23 h 57

En accord avec les gendarmes français, Wellber avait investigué de son côté sur les réseaux de deal autour de Genève. Mais il n'aimait pas le monde de la nuit. Ses fêtards, ses clubbeurs, ses toxicos, ses physionomistes, ses putes. Son court séjour aux stups, au milieu des années 90, l'avait dégoûté de cette faune aux acteurs souvent hébétés, puant l'alcool ou le cannabis. Lui qui avait toujours fait attention à sa santé, sport, régime végétarien, ne comprenait pas ce besoin de défonce, d'autodestruction, de musique assourdissante. Il avait donc confié cette enquête à Martha Müller et ils devaient en parler le lendemain matin.

Libéré de cette charge, Wellber n'avait pas chômé. Il lui avait fallu deux jours – prénom banal, nom de famille parmi les plus répandus en Argentine – pour remonter jusqu'à la sœur de Bianca Lorco, Alba Gómez. Son numéro, indicatif en + 54, était noté sur un post-it devant lui.

Il refit le calcul. Il y avait cinq heures de décalage avec Buenos Aires, il était 19 heures là-bas. Wellber estima que la journée de travail d'Alba Gómez devait prendre fin. Sans certitude toutefois, elle était procureure générale de PROCELAC[1], le parquet financier argentin. Une femme de pouvoir.

Stressé, Wellber composa le numéro sur son téléphone fixe. La connexion prit quelques secondes pour s'établir, deux sonneries retentirent dix mille kilomètres plus loin. Puis une voix ferme, habituée à trancher :

— *¿Sí?*

Une goutte de sueur perla instantanément sur le front de l'inspecteur principal. Appeler en Argentine et s'étonner que son interlocuteur répondît en espagnol. Langue dont il ne maîtrisait pas le moindre mot. « Quel *bobet* je fais ! » pensa-t-il.

— Alba Gómez ?

— *Sí. ¿Quién es?*

L'intonation trahissait déjà une certaine forme d'exaspération. D'évidence, le temps de cette femme était précieux.

— *Parlo* français ?

— Qui êtes-vous ?

L'accent était chantant, l'inflexion plus douce qu'en espagnol.

— Vous parlez français ?

— Oui, un peu. Qui êtes-vous, monsieur ?

— Je suis l'inspecteur principal Mark Wellber, police cantonale genevoise… En Suisse.

1. *Procuraduría de Criminalidad Económica y Lavado de Activos.*

— Pourquoi me joignez-vous ?

Pour la deuxième fois en quelques jours, il devrait délivrer la mauvaise nouvelle. Et ce n'était pas plus facile caché derrière le combiné.

— Vous êtes bien la sœur de Bianca Lorco, résidant en France, dans la ville de Thoiry ?

— *Sí. ¿Porqué?*

— Votre sœur est décédée, madame.

Le temps qui s'écoula fut si long que Wellber crut que la communication avait été coupée. Cependant, il n'osa pas parler. En tendant l'oreille, il perçut le souffle hoquetant d'une respiration.

— *¿Cuándo?*

— Pardon, je...

— Quand ? Quand a-t-elle morte ?

— Dimanche. Dans la nuit.

— Et vous me joignez que maintenant ?

Le reproche n'était pas voilé. Mark crut bon de se justifier.

— Nous avons eu beaucoup de mal à découvrir votre existence, madame. Votre sœur n'avait pas beaucoup de relations en France, pas de famille. C'est l'une de ses amies qui m'a appris que vous étiez sœurs et deux jours m'ont été nécessaires pour vous retrouver. Je suis sincèrement désolé.

— Comment a-t-elle morte ?

— Elle a été... assassinée, madame. La gendarmerie française et moi-même enquêtons sur son homicide.

— *Sí... Bianca está muerta... asesinada... Un momento, por favor...*

Wellber perçut une conversation en espagnol. La voix grave d'un homme.

— Je pouvais vous appeler à nouveau sur ce numéro ?

— Euh… Oui. Oui.

— Je vous appelle tout de suite. *Gracias.*

Alba Gómez raccrocha, laissant Mark perplexe. Certes, elle avait été affectée par cette douloureuse nouvelle, mais pas autant qu'il ne l'aurait cru. Les effusions de larmes auxquelles il s'était attendu n'avaient pas eu lieu. Plus embêtant, il n'avait pas pu poser une seule des questions qui le tarabustaient.

*

La sonnerie du téléphone réveilla Wellber qui s'était assoupi sur son bureau. La petite horloge devant lui indiquait 3 h 34. Il décrocha.

— Monsieur Zuckerberg ?

— Oui, répondit Mark, coutumier de ces noms exotiques.

— Alba Gómez. Le corps de ma sœur est toujours en France ?

— Oui.

— Je vais venir. Pour m'occuper de tous les derniers préparatifs.

— Ah ? D'accord. Vous…

— J'ai pris un avion pour lundi. L'avion sera posé à Francfort puis à Genève.

Comme il l'avait pressenti, cette femme savait se décider vite si la situation l'imposait. Il prit la balle au bond.

— À quelle heure arriverez-vous, madame ?
— *Un momentito.*
Chuintement de papier.
— À 14 h 15. À votre heure à vous.
— Sur quelle compagnie voyagerez-vous ?
— Lufthansa.
Mark griffonna ces précieux renseignements sur un bloc-notes.
— Je serai à l'aéroport pour vous accueillir.

Chapitre 21

Année 1932. En Californie, Carl Anderson observe le rayonnement cosmique et met en évidence le positron.

— Ettore, as-tu lu l'article de Werner Heisenberg ? demanda Fermi après avoir fermé la porte de son bureau.

— Oui.

— C'est toi qui aurais dû signer ce papier.

Le Pape pinça les lèvres. À peine plus vieux qu'Ettore, il le regardait pourtant comme un père regarde son fils. Lors de la conférence à Paris, Werner Heisenberg avait exposé une théorie audacieuse sur les liaisons nucléaires, qui ressemblait à s'y méprendre à celle développée par Ettore quelques mois plus tôt. Enrico Fermi, présent à cette présentation, n'avait pu s'empêcher de monter à la tribune pour évoquer, sans son aval, les travaux de son poulain. Mais il était trop tard. Chez les scientifiques aussi, les paroles s'envolaient et seuls les écrits restaient. Heisenberg avait publié. Heisenberg serait le père « biologique » de cette théorie. Et le prestige de cette avancée ne serait jamais imputé à l'institut de la via Panisperna. Intérieurement, Enrico Fermi pestait. Mais il était bien décidé à ne rien laisser paraître. Ainsi fonctionnait Majorana. Il fallait aller dans son sens pour en tirer le meilleur. Et, Fermi en était persuadé, il avait encore tant à donner.

— Ce devait être toi mais c'est lui, répéta-t-il comme à regret.

— C'est une bonne chose.

— Comment ça ?

— Il fallait que les autres le sachent. C'est fait et c'est tant mieux. Le travail d'Heisenberg est... plutôt bon.

Malgré la légère réserve induite par l'adverbe, Enrico Fermi perçut l'admiration d'Ettore qui pointait dans cette dernière réplique. C'était une occasion à saisir. Il ne la laissa pas passer :

— Tu as raison. Du coup, je me suis dit que... tu pourrais aller le voir. Passer quelques mois à ses côtés. À Leipzig. Tu sais tout le bien qu'on dit de son institut : il est presque aussi bon que le nôtre !

Enrico Fermi ponctua sa blague d'un petit rire faux. Si Majorana avait réagi, il aurait ajouté que, lui à Leipzig, cette comparaison tournerait hélas à l'avantage des Allemands. Mais le Sicilien resta de marbre. Alors il ajouta simplement, d'un ton badin :

— Et puis, cela te donnerait l'occasion de visiter l'Allemagne...

Ettore ne dit rien mais Fermi comprit que l'information n'était pas tombée dans l'oreille d'un sourd. Elle devait juste faire son chemin. L'envie de connaître Heisenberg, l'un des physiciens les plus en vue du moment, ferait le reste. Il écarta les éventuelles réserves financières, même s'il savait que la famille Majorana n'était pas dans le besoin :

— Je peux t'obtenir une bourse assez facilement.

*

— Dirac se trompe ! Et Dieu sait que je respecte son travail mais... il a tort ! Ces énergies négatives sont une monstruosité. Elles n'ont pas leur place dans la nature qui nous entoure.

Ettore se tut et remonta sa main jusqu'au sein gauche d'Augustina, étendue nue à ses côtés. Il joua un temps avec le mamelon qui se dressa. Il vint le titiller avec sa langue. La jeune fille gémit. Son corps était tendu sous les caresses d'Ettore, qui avait très vite compris comment les prodiguer pour qu'elles fissent le maximum d'effets. Augustina vibrait, entrait en résonance, absorbant le plaisir pour mieux le rayonner. Ettore ne pouvait s'empêcher de l'imaginer – mais il ne lui disait pas – comme un corps noir. Cet objet physique pour lequel Max Planck avait élaboré, presque malgré lui, son audacieuse théorie des quanta, éloignant le spectre de la catastrophe ultra-violette. À son tour, Majorana théorisait le corps d'Augustina, cherchait le pic d'intensité de ses orgasmes, leurs longueurs d'onde sur lesquelles il tentait de s'aligner. Mais le sexe n'était qu'une facette d'un phénomène nouveau qu'il découvrait avec bonheur. Le plaisir de la voir, de l'attendre, de l'embrasser, de discuter avec elle. Elle parlait peu, l'écoutait en le mangeant des yeux. Parfois, elle l'interrompait quand il n'avait pas été clair, posait une question fort à propos. Sans qu'elle s'en rendît compte, et il ne le lui disait pas non plus, elle orientait sa réflexion. Jamais les discussions avec les *ragazzi* n'avaient eu cet effet-là, aucun d'entre eux n'ayant les capacités d'infléchir sa progression intellectuelle sur tel ou tel sujet. Augustina, si. De façon subtile et continue, elle était le champ électrique dans lequel pénétraient ses intuitions chargées. Jamais il n'avait eu autant d'idées. Les concepts s'imposaient à lui comme des évidences. Et que cette maudite équation de Dirac fût fausse en était une. Cette mer d'électrons frisait le ridicule. Ces positrons sentaient le soufre.

Elle écarta les jambes, il se glissa en elle. Il jouit vite.

*

— Ce n'est pas contre toi, susurra Augustina dans son oreille.

— Si.

— Non. C'est la Nature. C'est ainsi. Dirac l'avait prédit, Anderson l'a montré.

— Ils se trompent et je le montrerai. Mais n'en parlons plus… Viendras-tu avec moi en Allemagne ?

— Je ne peux pas, mon chéri.

— Alors je n'irai pas.

— Si, tu dois y aller. Tu veux y aller, n'est-ce pas ?

Ettore tourna son visage vers celui de sa maîtresse. Cette séparation lui fendait le cœur mais l'appel muet d'Heisenberg était si fort.

— Je t'attendrai. Ce ne sera pas si long. Pour l'instant, tu dois te concentrer sur ta *Libera Docenza*[1].

*

Les papillons étaient de plus en plus beaux. Leurs ailes se teintaient de reflets vifs et colorés qui changeaient selon l'angle d'incidence de la lumière. Ettore les suivit jusqu'à ce jour du mois de décembre où il mit la touche finale à sa théorie des particules dotées d'un moment intrinsèque arbitraire. Il présenta ses résultats à Fermi. Ce dernier fronça les sourcils en découvrant les outils mathématiques nouveaux, et par conséquent abscons, que Majorana introduisait.

— Tu peux les publier, dit Ettore laconiquement.

— Non ? s'exclama Fermi, un large sourire aux lèvres. Excellente nouvelle. Je vais les étudier de plus…

— Et j'ai décidé de partir à Leipzig aussi.

1. Doctorat d'État. Ettore Majorana l'obtint en physique théorique, simple formalité, en novembre 1932.

Chapitre 22

Dimanche 23 octobre – 10 h 34

— Nanzer m'a vite fait comprendre que je le faisais chier. D'après lui, les ramifications de ce genre de trafic sont trop nombreuses. Il ne sera pas possible de remonter jusqu'à celui qui a fourgué le Rohypnol. Quant à celui ou celle qui l'a acheté… j'ai l'impression qu'il a raison, c'est mission impossible ! Et je te le dis après avoir passé deux nuits sur le terrain. Les ventes se font dans les clubs, souvent en plein milieu de la piste de danse. On n'y voit rien, les cachets passent d'une main à l'autre en un instant. Ajoute à ça que les clubbeurs ne sont pas bavards…

Wellber regarda Martha Müller. Elle était vraiment désolée, cela se lisait sur son visage.

— Tu as fait ce que tu as pu.

— Oui.

— Mais je n'ai pas envie de laisser tomber quand même ! Nanzer a bien un ou deux noms à nous glisser.

— Bonne chance, siffla Müller.

— Les pistes ne sont pas nombreuses : si on les abandonne sans creuser, on n'arrivera à rien.

Martha haussa les sourcils.

— Et les Français ? Ils en pensent quoi ?

— Les Français ?

Wellber hésita à balancer une crasse sur ses nouveaux collègues mais se retint. Après tout, ils étaient aussi avancés que lui dans l'enquête. Tout près du point zéro.

— Ils me font confiance. Je dois insister. Tu m'aides ?

— J'ai le choix ?

— Bien sûr ! Et puis, ce sera mieux pour ta carrière, s'amusa Mark.

La jeune femme sourit. Elle était mignonne, indéniablement. S'il avait eu vingt ans de moins, s'il n'avait pas été marié, si elle avait été célibataire, si elle avait été hétérosexuelle, Mark songea qu'ils auraient peut-être pu avoir une aventure tous les deux. Il rit.

— Quoi ? J'ai dit une connerie ?

— Non. Allez ! lança Mark en se levant, on retourne voir Nanzer.

Ils traversèrent l'hôtel de police en direction de l'aile où se terrait la section de la voie publique et des stupéfiants. Quand ils passèrent devant le bureau du major Broch, celui-ci en sortit.

— Ah ! Mark ! Tu viens me livrer un assassin ou bien ?

— Elle est là, s'amusa Wellber en désignant Martha.

— Bonjour, inspecteur, souffla Broch à l'attention de celle-ci. Bon, sérieusement, ça avance ton truc avec les *Frouzes* ?

— Franchement, non.
— Comment ça ? Une semaine déjà que tu es dessus ! Une telle absence de résultats ne te ressemble pas… Je veux bien que les Français te ralentissent, mais bon…
— On n'a rien. Enfin presque.
— L'autopsie ?
— Elle a été droguée puis on a lui fracassé le crâne. Le meurtrier l'a déplacée jusqu'à l'endroit où on l'a trouvée.
— Tu es passé voir les stupéfiants ?
— J'y vais. L'inspecteur Müller a défriché le terrain et ce qu'elle a trouvé mérite qu'on s'y penche.
— Ah. Très bien.
Le major consulta sa montre.
— Il faut que je vous laisse, j'ai rendez-vous avec le maire.
— Il bosse le dimanche, lui ? s'étonna Mark.
— Il ne se remet pas des graffitis sur la façade de la mairie. Il veut le coupable et cette connerie me prend tout mon temps. Il faut que je file ! J'attends ton rapport…
Broch tendit sa main à Wellber qui la serra. Le major décampa sans un mot pour Martha Müller.
— Quel connard, celui-là ! pesta-t-elle. Depuis que j'ai couché avec sa fille, il m'ignore.
— Tu as couché avec sa fille ?
— Oui.
— C'est ton beau-père alors ?
— Arrête ! C'était une fois, dans une soirée, je ne l'ai jamais revue.
— Bourreau des cœurs, va !

Ils trouvèrent Nanzer derrière son ordinateur, occupé à taper un rapport de ses plus beaux index. Le chef de groupe de la section stupéfiants de la police cantonale genevoise était la démonstration vivante de la théorie de l'évolution, telle que conçue par Darwin. Le maillon manquant, quelque part entre le singe et l'homme. La barbe noire qui rongeait ses joues, remontant haut sur ses pommettes, rejoignait les longs poils de son poitrail débordant de son col. Son front paraissait fuir la barre de ses sourcils, qui avançaient bien avant le plan de ses yeux.

— Ah ! Encore les cadors des infractions contre la personne ! Vous pouvez plus vous passer de moi... Qu'est-ce qui me vaut l'honneur de votre visite ? Si c'est pour votre affaire de Rohypnol, je n'ai visiblement pas été clair, dit-il en jetant un regard agacé à l'inspecteur Müller. Vous ne retrouverez pas celui ou celle qui...

— On a compris, Daniel, l'interrompit Mark.

— Ah ! Ben alors ?

— Je veux quand même des noms.

— Des noms ? De qui ?

— Tu as bien deux ou trois noms de gars qui fourguent à Genève. Les plus connus de vos services.

Daniel Nanzer regarda son collègue comme s'il avait eu des antennes sur la tête.

— J'veux bien te donner des noms mais tu vas en faire quoi ? Et puis quels noms ? Celui d'Andreas Barbey ? Quand bien même tu voudrais lui faire la causette, je te souhaite bien du courage pour franchir la cohorte d'avocats qui l'entoure.

Wellber n'ignorait pas qu'Andreas Barbey était à la tête de deux chaînes de radio, d'un quotidien national et de deux clubs de hockey évoluant en National League. Il n'ignorait pas non plus, comme la grande majorité des habitants de la Confédération, que les fondations de cet empire « légal » avaient été jetées grâce à l'argent de la drogue. Un « gros bonnet » était le terme consacré. Nanzer se foutait gentiment de sa poire et Mark eut envie de lui rentrer dans le lard. Mais il préféra revenir à la charge.

— Les caïds ne m'intéressent pas. C'est ton rayon… Je veux les noms des petits dealers les plus en vue. Ceux qui alimentent les soirées étudiantes. Ceux qui t'ont déjà lâché deux ou trois infos, si tu vois ce que je veux dire…

— Tu veux mes cousins ?

Wellber garda le silence. Les deux hommes se dévisagèrent à la Sergio Leone. Martha Müller, amatrice de western spaghetti, apprécia la scène tout en considérant qu'elle était peut-être un peu *too much*. À bien y réfléchir, ils lui faisaient plutôt penser à ces deux balourds de Terence Hill et Bud Spencer dans un western sauce spaghetti, dégoulinant de bêtise. Pas vraiment classe.

— Tu fais chier ! lâcha Nanzer après un temps.

Le chef de groupe inscrivit un nom sur un post-it, qu'il détacha pour le tendre à Wellber.

— Le plus en vogue en ce moment. On l'a à l'œil mais on ne parvient toujours pas à savoir où il s'approvisionne. Jamais de drogues dures. Coke, ecstas, LSD, champis… Tout ce qu'il faut pour faire la fête… Tu devrais le trouver aux Quatre Portes, rue de Zurich. Il prend toujours un verre là-bas avant de partir faire le tour des clubs des Pâquis, sur le coup de minuit.

*

Le délai de flagrance touchait à sa fin et le procureur de l'Ain voulait du neuf. Il s'était naturellement tourné vers la colonelle Louis qui, à son tour, avait demandé des comptes à son directeur d'enquête. Elle avait exigé un rapport complet… de vive voix. Pailhès et Carbonnier n'avaient eu d'autre choix que de revenir à Lyon. Ils étaient partis la veille au soir, étaient arrivés dans la capitale des Gaules peu avant minuit. Cette injonction avait au moins cela de bon : Carbonnier avait dormi dans son lit. Deux nitrazépam, ajoutés à son cocktail chimique journalier, lui avaient assuré une nuit noire, profonde, requinquante.

Avant de rejoindre la brigade, il était passé voir son oncle à Rillieux-la-Pape, qui l'avait pourtant trouvé harassé. Il avait tenté d'éluder en dénigrant la qualité de la literie sur laquelle il dormait à Thoiry. Mais il avait bien vu que son psychiatre d'oncle n'était pas dupe. Il lui avait recommandé de lever le pied. De prendre soin de lui. De ne pas tirer sur sa corde, déjà bien élimée. Il avait juré et était remonté en voiture, direction la section de recherches.

Cette dernière tournait au ralenti. Comme un dimanche. Les groupes de permanence erraient dans les couloirs, sans énergie. Ça ne sentait pas l'urgence. Carbonnier avait demandé à Pailhès de ne pas venir et se présenta donc seul devant le bureau de la colonelle. Il frappa trois petits coups sur la porte.

— Entrez, mon lieutenant !

La militaire était debout devant sa fenêtre et regardait la cour de la caserne, en contrebas. Elle ne se tourna pas vers lui.

— Le major Pailhès n'est pas là ?

— Non.

— J'avais pourtant requis votre présence commune.

— Je n'ai pas estimé la sienne nécessaire.

— Erreur de jugement. Je ne vous en tiendrai pas rigueur cette fois-ci, mais ce sera la dernière… Savez-vous pourquoi j'ai choisi la gendarmerie, mon lieutenant ?

— Non.

— Parce que j'aime l'ordre et la hiérarchie. Or, celle-ci repose sur la chaîne de commandement. C'est une notion qui a fait ses preuves et dont l'efficacité n'est plus à démontrer. Êtes-vous d'accord avec moi ?

Le genre de question qui n'attendait qu'une seule réponse. Carbonnier sourit. Il détailla la jeune femme qui, même de dos, restait séduisante. Ses cheveux blonds étaient relevés en chignon. Elle portait la tenue de cérémonie. Vareuse, jupe, chemise blanche et cravate noire, gants blancs. La ceinture et l'aiguillette blanches complétaient l'uniforme. La colonelle devait être attendue. Carbonnier s'attarda quelques secondes sur le galbe parfait de ses mollets avant de répondre.

— Oui, colonelle.

— Très bien. Asseyez-vous, je vous en prie.

Il prit place dans un fauteuil.

— Comme je vous le disais au téléphone hier, le procureur Billard est inquiet. À ce jour, vous n'avez aucune piste, lui semble-t-il. Il envisage donc de demander l'ouverture d'une information judiciaire.

La colonelle fit volte-face. Ses yeux bleus, glacials, se plantèrent dans ceux de son subordonné.

— J'ai toutefois réussi à obtenir une prolongation de l'enquête de flagrance. Savez-vous pourquoi ?

— Non.

— Parce que, dès que l'information judiciaire sera ouverte, quelque chose me dit qu'on va perdre le contrôle de cette enquête. Et ça… ça me fait chier ! Surtout pour ma première grosse affaire à la tête de ce service.

Elle n'avait pas haussé le ton, cependant cette locution grossière avait claqué. Elle le pensait vraiment.

— Je veux qu'on sorte cette affaire, mon lieutenant. Il va falloir se bouger !… Avez-vous besoin de renforts ? Le groupe Hernandez est dispo.

Bertrand prit le temps de réfléchir à cette proposition. Puis il répondit avec franchise.

— Non. Sauf pour l'Argentine.

— Ah, l'Argentine… Je ne vous cache pas qu'on n'avance pas. J'ai relancé à plusieurs reprises mais on n'a qu'un homme là-bas et j'ai cru comprendre que des problèmes plus graves l'accaparaient.

— Europol ?

— Je vais y réfléchir mais cela ne me semble pas capital. Ce meurtre a eu lieu en France, pas en Argentine… Donc, pas de renforts ? Vous êtes sûr ?

— Oui. Notre collaboration avec la police suisse est plutôt efficace, mentit Carbonnier.

— Bien, dit la colonelle en s'asseyant. Contente de l'entendre. Sachez que la presse est déjà sur le coup. Elle est étonnamment calme, pour l'instant, mais je ne serai pas étonnée de la voir débarquer sous peu devant la SR pour obtenir des infos.

Elle prit un stylo sur sa table qu'elle reposa aussitôt.

— Expliquez-moi alors la suite des événements.

— J'ai l'intention de me pencher sérieusement sur ce Joël Legendre. Il n'est pas net.

— Vous pensez que c'est lui qui…

— Non. Mais qu'il soit impliqué dans le meurtre de Bianca Lorco ne me paraît pas fantasque.

— Qu'est-ce qui vous fait dire ça ?

— L'intuition.

— C'est un peu léger…

— Je pourrais vous dresser une liste longue comme le bras d'affaires qui ont été résolues par ce biais…

*

Dans son bureau, Carbonnier compulsait le TAJ. Un nom revenait à plusieurs reprises dans les PV concernant Joël Legendre. Intrigué, il appela Billard, partant du principe que, pour ces hommes de loi, les dimanches étaient souvent des jours comme les autres. Le procureur de l'Ain décrocha à la cinquième sonnerie.

— Lieutenant Carbonnier à l'appareil. Je vous dérange ?

— Non. Que puis-je faire pour vous ?

— Je consulte le TAJ au sujet de Joël Legendre…
— Le cambrioleur ?
— Affirmatif. Un nom ressort : Bruno Okebiboué. J'aimerais mieux connaître ce monsieur. Quand vous aurez cinq minutes, pourriez-vous examiner son bulletin numéro un[1], s'il vous plaît ?
— Je suis au bureau. Donnez-moi quelques instants. Je mets le haut-parleur.
Les touches du clavier cliquetèrent et Carbonnier entendit comme une averse sur la vitre d'un velux.
— Voilà. Bruno Okebiboué… alors… condamné à huit reprises pour vol à la roulotte, effractions et cambriolages. Il a fait deux séjours dans la maison d'arrêt de Varces-Grenoble. Quatorze mois en 2006, vingt mois en 2011. Depuis, il semble s'être calmé… Pas grand-chose finalement.
Carbonnier ne cacha pas sa déception.
— Merci, monsieur le procureur.
— Une piste ?
— Je ne sais pas, peut-être. Encore merci.
Le lieutenant raccrocha et resta interdit quelques secondes, les yeux dans le vague, avant qu'un pressentiment curieux ne le poussât sur Internet. L'adresse figurant sur le dernier PV se situait à Seyssins, dans l'Isère. Ce lieu lui disait quelque chose mais impossible de se rappeler pourquoi. Google saurait. Bruno. Okebiboué. Rechercher. Vingt-sept mille liens. Les deux premiers étaient ses profils Facebook et Viadeo.

1. Le casier judiciaire comprend trois bulletins. Le premier comporte toutes les condamnations et décisions de justice de son propriétaire, y compris lorsqu'il était mineur. Ce bulletin n'est délivré qu'aux magistrats et aux établissements pénitentiaires.

Il hésita à cliquer sur celui du fameux réseau social quand la troisième URL lui sauta au visage. « Mentions légales, Les cinq pucelles, Camping Caravaning ». Sa description était sans équivoque : « Le site www.camping5pucelles.com est mis à jour régulièrement par Bruno Okebiboué. » Carbonnier se jeta sur son téléphone portable :

— Clément ?

— Ouaip.

— Prends la bagnole et viens me chercher à la caserne, les affaires reprennent !

*

Ils s'engagèrent dans la montée des Récollets peu après 16 heures. Carbonnier laissa Pailhès faire chauffer la Kangoo dont les pneus crissaient dans les virages. Toujours ce foutu brouillard qui floutait tout. Le lieutenant se sentait cotonneux. Les sons résonnaient dans sa tête de façon désagréable, sa bouche était sèche. Il réalisa soudain qu'il avait omis de prendre ses médicaments ce matin. Parti dans la précipitation après son rendez-vous avec la colonelle, il n'était pas repassé chez lui. S'il avait tout ce qu'il fallait dans sa trousse de toilette à la brigade de Thoiry, il frémit à l'idée qu'il lui faudrait attendre pour avaler quelque chose. Il descendit un peu sa vitre et l'air froid du Jura lui cingla le visage. Cela lui fit du bien.

Ils sortirent de la forêt et Pailhès bifurqua dans le chemin d'accès de la maison de Legendre. La Panda était toujours là. Il se gara. Les deux hommes avancèrent jusqu'à la porte d'entrée qu'ils trouvèrent entrouverte. Carbonnier porta la main sur la poignée de son Sig Sauer. Déjà, le major avait dégainé le sien et faisait tomber le cran de sécurité. Ils se postèrent de chaque côté de la porte. Du bout du canon, le lieutenant poussa le battant qui pivota en grinçant.

— Legendre ! gueula-t-il.

Aucune réponse.

— Legendre !

Les deux gendarmes échangèrent un regard tendu. Un frisson parcourut l'échine de Carbonnier. La situation n'était pas inédite mais nécessitait une concentration maximale. Or, il avait l'impression qu'un bref laps de temps s'écoulait entre chacune de ses pensées et leur réalisation. Il libéra le levier de désarmement de son semi-automatique, pour se convaincre qu'il était chargé, faire semblant et rassurer Clément, puis il lui fit un petit signe de tête pour qu'il entrât.

— À trois, murmura-t-il.

Un. Se reconnecter, absolument. Deux. L'adrénaline comme antidote. Trois. Clément se jeta dans la maison, Sig Sauer en avant, vers la droite. Bertrand entra dans son sillage, pointant son arme d'enfant vers la gauche. La grande pièce semblait vide. En face d'eux, ils apercevaient la cuisine. Ils se figèrent, dos à dos, à l'affût.

Un gargouillement humide rompit le silence.

À pas de loup, Carbonnier pointant toujours son arme en direction de la cuisine, ils se rapprochèrent de la montagne de cartons empilés d'où était sorti le borborygme. La contournèrent.

Legendre gisait à même le sol dans une mare de sang. Ses yeux étaient grands ouverts et fixaient le plafond. Sa bouche béait elle aussi ; un bouillon carmin la remplissait, d'où s'échappaient quelques bulles d'air. Il tenait sa gorge de ses deux mains mais son sang giclait entre ses doigts. Noir, tel du pétrole.

— Checke la maison ! cria Carbonnier en s'agenouillant près de lui.

Il glissa son Sig dans son holster et posa ses mains sur celles du blessé. Il dut forcer pour les écarter de son cou tant elles y étaient crispées. Un jet de sang lui aspergea le visage. Il secoua la tête, essuya ses yeux du revers de sa manche. La trachée était coupée net. La carotide aussi.

— Qui ? Qui est venu ?

Un râle comme unique réponse. Puis le corps de Legendre fut secoué de deux soubresauts, très rapprochés. Sa tête bascula sur le côté. Le sang dans sa bouche s'écoula en un mince filet jusqu'au sol.

— R.A.S. ! lâcha Pailhès qui revenait. Oh, putain ! Il est mort ?

Une image confuse glissa dans les pensées en vrac du lieutenant. Un flash. La route. Le bruit du moteur. Un phare. Un phare allumé alors qu'il faisait jour. Un seul phare allumé, le gauche. Le coup de fil, la veille, de son contact à l'ICRGN lui revint : « La voiture est une Clio. Troisième génération, la ligne du hayon arrière est caractéristique. En revanche, c'est plus dur pour la couleur. Sombre, c'est sûr, mais pas noire. Grise ou bleu marine. Bordeaux peut-être. Et, un détail, son phare avant gauche n'éclairait plus, on le voit très bien sur le film grâce au faisceau sur le sol. »

— La Clio !

— Quoi ?

— Quand on était dans le bois. La Clio grise qui descendait. C'était lui ! Fonce, Clément ! Fonce !

Le major décampa.

Chapitre 23

Dimanche 23 octobre – 18 h 14

Le procureur de la République Billard avait fait le déplacement depuis Bourg-en-Bresse. À l'extérieur de la maison, il observait les va-et-vient des TIC et les scellés qui s'amoncelaient dans une grande cantine en métal. Dans le gigantesque capharnaüm de Legendre, les indices pullulaient. Il faudrait faire le tri avec l'espoir d'en sortir quelque chose car, malgré ses talents de pilote, malgré les barrages routiers qu'il avait ordonnés, le major était revenu bredouille. La Clio lui avait échappé.

— J'ai émis un mandat de recherche à l'encontre de Bruno Okebiboué. Dès qu'il sera dans les locaux de la gendarmerie, vous le pressez comme un citron. Je veux savoir ce qu'il sait.

Carbonnier acquiesça en silence. Il regarda ses mains. Le sang de Legendre, qu'il avait pourtant frotté, avait laissé des traces rouille sous ses ongles. Il était bon pour un test de dépistage, on le lui avait déjà répété trois fois.

— On va aussi diffuser le signalement de cette voiture. Il faut la retrouver.

— Une Clio sombre, ça risque d'être coton…

— D'autres idées, mon lieutenant ? Je suis ouvert à toute proposition.

La voix du magistrat était cassante. Il toisa l'officier.

— Ce statu quo a assez duré. Il faut des résultats et nous allons y mettre les moyens !

Un bruit de moteur dans leur dos les fit se retourner. Une camionnette télé floquée du logo BFM s'arrêta derrière la longue file des véhicules déjà présents.

— Qui les a laissés passer ? s'énerva Billard. J'avais clairement stipulé d'interdire l'accès à toute personne non autorisée ! Faites-les-moi déguerpir !

Carbonnier se porta à l'avant des reporters et leur ordonna de faire demi-tour. Le cameraman, juché sur la portière passager, avait le buste à l'extérieur de l'habitacle et, caméra à l'épaule, filmait la maison. La journaliste, assise au milieu de la banquette trois places, se plia sur les genoux du chauffeur et tendit son micro par la fenêtre ouverte.

— Une déclaration ?

— Aucune ! Circulez !

Le lieutenant ponctua son injonction en frappant du plat de la main sur le capot du camion.

— Ce meurtre est-il lié à celui de Bianca Lorco ?

— Demi-tour !

— Deux meurtres en une semaine, c'est très inhabituel dans la région. Y a-t-il…

Carbonnier s'approcha du conducteur. D'un geste vif, il arracha le microphone des mains de sa propriétaire.

— Eh ! lâcha la journaliste, surprise.

Le gendarme tira sur le câble. Connecté à la caméra, il fit tomber le cadreur dans l'habitacle. Le lieutenant, qui avait maintenant assez de mou, brandit le micro, menaçant. Les traces de sang sur son visage et sur son cou faisaient un tatouage tribal effrayant. Ses narines palpitaient au rythme soutenu de sa respiration.

— Demi-tour !

Le chauffeur enclencha la marche arrière et recula brusquement. Bertrand lâcha le micro qui tomba au sol et y traîna jusqu'à ce que la camionnette ait disparu. Alors, le lieutenant héla un gendarme qui avait assisté à la scène, médusé.

— Brigadier ! Vous montez en haut de ce chemin et bloquez l'accès à quiconque n'est pas de la Maison.

L'homme ne bougeait pas. Au bout de ses doigts, sa cigarette libérait une colonne de fumée qui remontait le long de son bras puis de son torse pour se fracasser sur son menton.

— Oh ! cria Carbonnier.

Le gendarme sursauta.

— Action !

— Oui… oui… Tout de suite.

*

Les Quatre Portes était l'archétype des bars-restaurants à la mode dans le quartier des Pâquis. Bobo à mort. Meubles de récup disparates, grands miroirs à l'ancienne, tapis, canapés vintage et horloge de gare au-dessus du zinc, auquel on s'attablait sur de hauts tabourets seventies orange. Wellber n'aimait pas ces lieux créés de toutes pièces pour satisfaire une clientèle aisée qui, rassurée par les caméras de surveillance filmant ses rues jour et nuit, venait s'encanailler dans ce quartier populaire de Genève.

L'homme était assis au bar, devant un cocktail rose fluo. Le dos bien droit, il semblait surveiller la salle en faisant tourner négligemment dans son verre une olive piquée au bout d'un cure-dent. La description que lui en avait faite Nanzer était fidèle au personnage : jean près du corps, boots en nubuck, chemise blanche et gilet noir, lunettes aux montures noires assez épaisses, plutôt austères, qui lui donnaient un petit air de fonctionnaire à l'ONU. Ses tempes grisonnantes tranchaient avec le reste de sa chevelure frisée, d'un noir de jais. Mark ne tergiversa pas et traversa le restaurant pour venir s'asseoir à côté de lui. Il commanda un Coca Zero.

— Vous êtes Philippe Kempf ?

L'homme pivota sur son siège afin de se trouver face à l'inspecteur.

— Vous êtes de la police ?

— Oui.

— Le chapeau, c'est pour le travail ?

— Non. Je porte tout le temps un chapeau.

— Classe… Panama ?

— Borsalino.

— Comment puis-je vous aider, monsieur de la police ?

Wellber goûta son Coca. Les bulles lui mordirent la langue, il pinça les lèvres.

— Rohypnol, vous vendez ? demanda-t-il en reposant son verre sur le sous-bock.

Kempf porta l'olive à sa bouche, la fit rouler sur ses lèvres mais ne la mangea pas.

— Je ne vois pas de quoi vous voulez parler.

— Si, vous voyez.

— Non.

Wellber sourit.

— Je ne suis pas des stups...

— Je sais. Aux stups, c'est le gorille. Vous n'êtes pas un gorille.

— Merci. Je suis à la criminelle.

— Mes félicitations.

— J'ai un cadavre sur les bras. Du Rohypnol a été trouvé dans ses veines. J'ai besoin de savoir qui lui a fait ingérer.

— Bonne chance !

Mark sortit une carte de visite de son portefeuille et la posa à côté du verre de Philippe Kempf.

— Wellber ? Vous êtes de la même famille que le chef d'orchestre ?

— Non... Je cherche l'un de vos clients. Pas un habitué, je pense. Quelqu'un à qui vous auriez vendu du Rohypnol la semaine dernière, peut-être avant. Quelqu'un que vous n'auriez jamais vu et que vous n'avez pas revu... Un homme.

Mark finit son Coca, laissant quelques centilitres au fond du verre.

— Si jamais vous vous souveniez de quelque chose, laissez-moi un message... Bonne soirée.

— Bonne soirée, monsieur de la police.

*

Le procureur serra la main de Carbonnier avant de monter dans sa voiture. Il mit le contact, puis baissa sa vitre.

— Lieutenant, tout ce sang, sur votre visage… Il faut que vous passiez un test, absolument.

— Je vais y aller, répondit Bertrand. Promis.

Chapitre 24

Année 1933. Le premier congrès de la physique atomique a lieu à Leningrad, en URSS. Le congrès Solvay, à Bruxelles, entérine le nouveau modèle du noyau atomique.

La neige tombait en virevoltant sur Leipzig. Qu'il était doux de la regarder, au chaud, derrière la fenêtre de l'institut de physique… Ettore avança son cheval en F4.

— *Schach*, annonça-t-il à son hôte.

Werner Heisenberg était petit, mais bien charpenté. Malgré cette taille modeste, ses yeux clairs et ses cheveux tirant sur le blond faisaient de lui l'archétype de l'homme aryen, cher au tout nouveau chancelier allemand. Pourtant le physicien n'était pas bien vu des dirigeants nazis : il affichait trop ouvertement son admiration pour le « juif Einstein » et ne se cachait pas d'avoir obtenu son célèbre prix à la suite d'un travail commun avec le « juif Bohr »[1].

1. Les sentiments d'Heisenberg vis-à-vis du national-socialisme restent une énigme. Il fut l'un des rares physiciens allemands à ne pas

Heisenberg fronça les sourcils et se pencha davantage sur le plateau à damiers. Ettore esquissa un léger sourire car son adversaire aurait perdu dans cinq coups. Quoi qu'il fît. De nouveau, il regarda les flocons. Il revint au jeu lorsqu'il entendit le bruit sec du roi qui frappait l'échiquier en tombant. Le Nobel de physique 1932 venait de capituler.

— Majorana, vous êtes une plaie…

Ettore ne saisit pas le dernier mot. Son allemand s'était amélioré mais il était loin d'être parfait. Il le comprenait beaucoup mieux qu'il ne le parlait.

— Je n'ai rien dit pour votre article[1] mais là, troisième partie d'affilée… c'est trop ! Accordez-moi une revanche au ping-pong !

— *Ja.*

Ettore savait pertinemment qu'il allait perdre. Fumer était le seul sport qu'il pratiquait quand Heisenberg, féru d'alpinisme et sportif confirmé, écrasait tout le monde au tennis de table. Mais cela ne le dérangeait pas. Il aimait la présence d'Heisenberg, trouvait même sa compagnie irremplaçable. Il assistait avec bonheur aux débats animés par ce nouvel alter ego des sciences, qui se tenaient tous les après-midi. Son niveau d'allemand l'empêchait d'intervenir dans

---

quitter l'Allemagne pendant la guerre, où il travailla à l'élaboration d'un réacteur nucléaire. Toutefois, certains avancent qu'il fit tout pour ne pas y arriver, quand d'autres affirment qu'il n'avait pas les moyens d'y arriver.

1. « Über die Kerntheorie », écrit en janvier-février, publié sur les conseils d'Heisenberg dans *Zeitschrift für Physik*, en mars 1933. Majorana y reprenait les travaux d'Heisenberg sur la cohésion du noyau et les améliorait en introduisant les forces d'échange qui porteraient bientôt son nom.

ces discussions parfois houleuses, toujours enflammées, cependant il ne perdait pas une miette de ce qu'il s'y disait.

Deux mois qu'il était ici et il s'y sentait bien.

La rigueur allemande ne le dérangeait pas. L'arrivée de Hitler au pouvoir ne l'inquiétait pas car il ne ressentait aucune empathie pour le peuple juif. Les cafés et les cinémas étaient bruyants mais il s'y plaisait. Sur Pragerstraße, il avait déniché une petite pension, peu onéreuse, tenue par une grosse dame à la voix de fausset, dont les fenêtres donnaient sur le plus grand cimetière de la ville, le Südfriedhof. Ce n'était pas tout près de l'université mais la marche ne lui faisait pas peur et il trouvait cet endroit reposant. Il y écrivait de longues lettres à Augustina. Y relisait plusieurs fois ses réponses. Il rêvait souvent d'elle et il lui semblait qu'elle continuait, dans son sommeil, d'orienter ses réflexions.

Dans son dernier courrier, elle s'était permis une plaisanterie au sujet d'Heisenberg, à laquelle Ettore ne pouvait s'empêcher de penser chaque fois qu'il le voyait. Werner, écrivait-elle, avait toujours eu des problèmes sexuels car, dès qu'il avait la position, il lui manquait l'impulsion et, comble de malheur, quand il avait le temps, il n'avait pas l'énergie[1]. Ettore avait ri comme cela ne lui était jamais arrivé. Son ventre lui faisait mal quand il avait repris son souffle.

Seul au milieu de sa petite chambre, assis en tailleur sur son lit, une envie irrépressible de rentrer séance

1. Référence au fameux principe d'indétermination, énoncé par Heisenberg.

tenante à Rome pour serrer Augustina dans ses bras, l'envahit subitement puis le tenailla toute la matinée. Pour la faire passer, il se rendit à l'Institut où il ne parvint pas à se concentrer. En fin d'après-midi, Heisenberg vint le trouver pour lui annoncer que Niels Bohr l'attendait à Copenhague, pour la durée qu'il lui plairait. Werner insista pour qu'il s'y rendît. Ettore accepta.

Il prit la route de la capitale du Danemark début mars, avec un pincement au cœur : il ajoutait quelques centaines de kilomètres à l'espace déjà trop grand qui le séparait d'Augustina.

*

Københavns Hovedbanegård[1]. Comme le train ralentissait pour s'arrêter, Ettore, collé à la vitre, n'aperçut pas la célèbre silhouette de Niels Bohr l'attendant sur le quai. Il en conçut de l'amertume mais ce sentiment s'évanouit quand il constata que Georg Placzek avait été chargé de l'accueillir. Il avait sympathisé avec ce physicien tchèque qui avait travaillé une année au sein des *ragazzi*, via Panispera. Georg l'embrassa chaleureusement.

— Ettore ! *Il mio amico… Come stai ?*

Son italien était mâtiné d'un horrible accent aux origines incertaines, mais il restait compréhensible.

Ils sortirent de la gare.

— Voilà ma voiture ! s'exclama Georg en désignant… une bicyclette.

1. Gare centrale de Copenhague.

Placzek fixa le bagage d'Ettore sur le porte-bagages avant, tandis que ce dernier s'installait tant bien que mal sur celui de l'arrière. Ils manquèrent tomber à plusieurs reprises, chaque fois qu'Ettore tentait de s'allumer une cigarette, mais cela les amusa beaucoup. Ils longèrent le Søerne sur la rive est, les lacs du centre-ville autrefois bras de mer, et les traversèrent entre le quatrième et le cinquième pour rejoindre l'institut de physique théorique de l'université. C'était un bâtiment parallélépipédique de trois étages, insignifiant architecturalement mais où grouillait le gratin des jeunes physiciens européens, venus travailler avec enthousiasme sous la houlette du maître danois, prix Nobel en 1922. Ettore était frigorifié et tremblait.

*

Bien que le peuple danois n'eût pas trouvé grâce à ses yeux (il le jugea fade et inintéressant, ainsi que pouvaient l'être des vaches dans un pré), son séjour l'enchantait. Bohr n'avait certes plus l'acuité intellectuelle qui lui avait permis d'élaborer son célèbre modèle de l'atome, vingt ans auparavant, mais il restait captivant. Et puis, Majorana lui avait toujours été reconnaissant de s'être moqué de la mer d'électrons de Dirac[1].

1. Bohr affirmait que cette théorie était juste bonne à chasser les éléphants en Afrique. Il convenait pour cela de l'écrire sur un panneau, à planter à l'endroit où les pachydermes venaient boire. En le lisant, ces animaux intelligents auraient été si stupéfaits qu'il eut été facile de les capturer.

Ettore, qui ne lâchait pas Placzek d'une semelle, avait aussi sympathisé avec un physicien belge d'un an son aîné, Léon Rosenfeld, avec lequel il n'échangea pourtant pas plus de deux phrases en un mois. Mais, comme toujours, il écoutait et ce qu'il apprenait lui donnait la force d'attendre la prochaine lettre d'Augustina. Elle lui manquait tant. Ses cheveux, ses mains, ses seins, son odeur.

*

— Me diras-tu d'où vient cette cicatrice[1] ? demanda la jeune fille pour la dixième fois.

— Non, répondit Ettore en se serrant contre elle plus encore.

Il ne parvenait pas à se sevrer. Il restait des heures, le nez dans le creux de son cou, à se saouler de son parfum. Fruité et floral le jour, poivré, presque musqué après l'amour. Ettore passait sa langue sur les gouttes de sueur salées qui perlaient entre ses seins. Elle riait, disait « Arrête, vieux fou ! ». Alors il prenait une grosse voix et répondait « Je suis le vieux Niels Bohr, l'ogre danois… et je vais te manger ! ». Et il léchait son corps, partout, avec frénésie. Et ils refaisaient l'amour. Il était insatiable. Il voulait prendre le plus possible d'elle avant de repartir en Allemagne. Car il était prévu qu'il y restât jusqu'à la fin de l'été. Néanmoins, à son retour du Danemark, il avait

1. À l'âge de douze ans, Ettore monta dans la voiture familiale, réussit à la faire démarrer et alla l'encastrer dans un mur. Cet accident lui valut une longue estafilade sur la cuisse ainsi que sur le dos de la main.

demandé à Heisenberg s'il pouvait retourner à Rome quelques jours, pour voir sa famille. La permission lui avait été accordée.

Il était passé en coup de vent à l'Institut, prétextant des obligations familiales quand, dans le même temps, il avait dit à ses parents que Fermi exigeait des rapports longs et fastidieux à rédiger sur son travail en Allemagne. Tous l'imaginaient ailleurs et lui était dans les bras d'Augustina et il était bien. Comme il ne pouvait passer la nuit avec elle sans éveiller les soupçons de sa mère, ils restaient au lit toute la journée.

Il demeura cinq jours avec elle. Cinq jours en elle. Ils mangèrent peu, burent du chianti, fumèrent des Macedonia, discutèrent, s'embrassèrent, baisèrent. La physique le quitta. Peu lui importait l'origine des mondes et leurs arcanes à modéliser, seule comptait l'origine du monde. L'origine de son monde. Augustina.

Le retour à Leipzig fut douloureux. Il était las de l'Allemagne. Le pays ne le fascinait plus, Werner Heisenberg même ne l'intéressait plus, les discussions autour de son ancien mentor ne le captivaient plus. À Georg Placzek qui s'inquiétait de son apathie chronique, il affirma que sa lecture de Schopenhauer le rendait mélancolique. Il cita : « Il n'y a qu'une erreur innée, celle qui consiste à croire que nous existons pour être heureux[1]. » C'était pure provocation car Ettore ne le pensait pas. Il était quelqu'un d'heureux,

1. Arthur Schopenhauer, *Le monde comme volonté et comme représentation.*

provisoirement malheureux. Cet éloignement lui pesait. En conséquence de quoi, les Allemands, cause de cet exil, le répugnaient. Un autre aphorisme du philosophe prussien lui revint, qu'il garda toutefois pour lui car Friedrich Hund[1] passait près d'eux : « Il est de même bon pour l'Allemand d'avoir des mots longs ; comme il pense lentement, ils lui laissent du temps pour réfléchir. »

In petto, il se promit de revenir à son auteur de cœur, Luigi Pirandello, dont il connaissait l'œuvre entière et qui résonnait en lui tel l'orgue Tamburini en la basilique Saint-Pierre de Rome. « Les âmes ont une manière à elle de s'entendre, de se lier intimement jusqu'à se tutoyer, alors que nos personnes sont toujours empêtrées dans le commerce des paroles communes, dans l'esclavage des exigences sociales[2]. » À n'en pas douter, l'auteur sicilien avait écrit cette phrase pour lui. Pour eux. Pour Ettore et Augustina.

*

Une larme tomba sur le papier, dilua l'encre et y dessina un petit soleil noir au contour crénelé.

« Mon amour,

« Crois bien que cette lettre est la plus difficile qu'il m'ait été donné d'écrire. Sois assuré que j'aurais préféré ne jamais avoir à le faire. C'est si dur que

1. Physicien allemand qui a laissé son nom à la règle empirique de Hund : les électrons célibataires occupent les cases quantiques vides avant de s'apparier quand ils sont trop nombreux.
2. Luigi Pirandello, *Feu Mathias Pascal.*

je serai concise, inutile de faire durer ce supplice, pour toi comme pour moi. La tournure des événements politiques en Allemagne inquiète mes parents au plus haut point, ils craignent une contagion rapide dans toute l'Europe et en Italie, où le *Duce* semble l'attendre. Ils exigent que je revienne en Argentine immédiatement et sont sourds à mes arguments. Je ne veux pas leur désobéir et ne le pourrais pas, quand bien même je le déciderais : dès la semaine prochaine, mon père cessera de m'envoyer l'argent qui me permettait de vivre dans ton si joli pays.

Je m'en vais, Ettore. Je pars loin de toi, avec l'espoir secret que tu me rejoindras (je note l'adresse de la maison de mes parents à Buenos Aires au bas de ce message). J'espère que ton amour te fera traverser l'océan pour me retrouver. Je pars sans pouvoir te serrer dans mes bras mais j'emporte ton parfum, le son de ta voix, le velouté de ta peau avec moi. Au plus profond de moi.

Je t'aime, Ettore, n'en doute jamais.

Augustina »

Une boule de feu grossit dans le ventre d'Ettore, brûla ses entrailles en une microseconde. Malgré la douleur, la gorge serrée, il téléphona à la Sapienza, réussit à entrer en contact avec une étudiante de la classe d'Augustina, qui lui confirma son départ. Il pleura un jour entier avant de sombrer corps et âme dans une dépression gluante et noire comme de l'encre.

L'Allemagne lui était devenue insupportable. Les plaintes de la communauté juive injustifiées. En guise d'exutoire, il écrivit une lettre pleine de fiel à Segré (qu'il regretta, après l'avoir postée car il avait toujours considéré Emilio comme un ami). Il haïssait le monde entier.

Une semaine plus tard, il rentra à Rome.

Chapitre 25

Lundi 24 octobre – 14 h 47

Bruno Okebiboué avait un air contrit presque amusant. Carbonnier pensa qu'il était un excellent comédien. Il refusait de croire que l'homme assis en face de lui était encore impressionné par une garde à vue. Son avocat, appelé ailleurs pour une urgence, avait dû partir et Okebiboué, confiant, n'avait vu aucun mal à continuer sans lui. Une aubaine pour les deux gendarmes.

— Il est arrivé à quelle heure ?

— Vous me l'avez déjà demandé trois fois !

— On s'en souvient plus, mon pote, quelle heure ?

— Vers 18 heures.

— Sois plus précis.

— J'peux pas ! Si ça s'trouve, c'était 17 heures. J'me souviens plus.

Carbonnier sortit une clope de son paquet. Il s'approcha de la fenêtre, l'ouvrit. De larges barreaux métalliques étaient scellés dans le tablier. Il en agrippa un. Il était glacial et, au moment de desserrer les doigts, il se dit qu'ils allaient y rester coller. Et puis non. Il alluma sa cigarette.

— J'peux en avoir une ? demanda Okebiboué qui le regardait.

— Dans tes rêves, répondit Pailhès. Vas-y, on n'a pas qu'ça à faire, dis-le qu'il est jamais v'nu chez toi ! On l'sait d'toutes façons ! On nous l'a dit !

Okebiboué eut une moue surprise. Deux heures qu'il subissait le flot nourri de questions des deux gendarmes, sans qu'ils évoquent jamais cette autre source mystérieuse.

— Qui ?

— Qui quoi ?

— Qui vous l'a dit ?

— Mon p'tit doigt, tocard !

Okebiboué se détendit. Le flic, tout sourire, plaisantait. Toutefois, le doute s'installa quand ce dernier redevint aussitôt sérieux.

— À ton avis ? Avant de clamser, Legendre a tout craché ! Il n'a jamais été dormir chez toi la semaine dernière. Il n'a jamais été pêché… Alors, quand je t'entends baver que tu sais pas à quelle heure il est arrivé, je peux pas m'empêcher de penser que tu te fous de notre gueule !

Pailhès assena un impressionnant coup de poing sur la table. Les gobelets qui y étaient posés sautèrent. Celui du lieutenant, à moitié plein, se renversa sur la table. Le liquide brun emprunta une ligne de pente invisible et glissa sur le formica pour se jeter au sol. Carbonnier regarda la petite cascade, se forçant à ne pas sourire. Il adorait cette phase de l'interrogatoire. Celle où Clément, jusque-là poli et déférent, changeait subitement de registre pour faire monter la pression.

Rupture de rythme. Une GAV[1] comme un morceau de musique. *More than a feeling* de Boston. Après la longue intro à la guitare sèche, sa sœur électrique crachait soudain ses riffs apoplectiques.

— Et ça commence à me foutre les nerfs, Okayboué !

Pailhès leva les yeux vers Carbonnier, qui était dans le dos de l'autre. Le lieutenant l'encouragea d'un petit signe de tête.

— Alors je vais te dire comment je vois la suite : j'espère que tu tiens pas trop à ton camping d'échangistes parce qu'on va tellement le brasser que ça m'étonnerait pas que tu sois obligé de foutre la clé sous la porte fissa, après notre passage !

— Vous… Vous avez pas l'droit ! s'offusqua Okebiboué.

— Mais pas l'droit de quoi, mon pote ? Putain, on dirait un perdreau de la dernière heure. Genre tu découvres ce qu'on peut faire ou pas ! Te fous pas d'ma gueule, Okayboué. Tu le sais qu'on peut d'venir des chiens enragés quand on nous fait chier. Ceux qui gagnent à la fin, c'est toujours les mêmes… Crache le morceau, dernière sommation, après on quitte cette salle et les emmerdes vont te tomber dessus comme la virole sur le bas du marché !

Carbonnier goûtait les expressions imagées du major, sans cesse renouvelées. Il l'avait déjà entendu évoquer les méfaits de la girolle sur le maraîcher.

Okebiboué s'était tassé sur sa chaise. Le café avait taché ses chaussures de toile blanche. Le coup de bluff de Clément avait porté.

1. Garde à vue.

— J'me suis rangé… Vous pouvez pas faire ça.

— On fait c'qu'on veut ! Toi, tu fais c'qu'on te dit. Réponds !

Un long silence. Clément fit alors mine de partir. Lorsqu'il mit la main sur la poignée de la porte, Okebiboué le stoppa.

— Il est pas v'nu.

Pailhès se retourna vivement.

— Répète.

— Il est pas v'nu. C'est une combine de faire ça.

— De faire quoi ? Précise, bordel !

— De dire qu'il a dormi au camping.

— Pourquoi ?

Okebiboué ne répondit rien.

— T'es une bonne pomme, toi ! On te dit de faire un truc et tu le fais. Sans chercher à savoir.

— J'lui d'vais.

— La fidélité des truands. C'est trop beau, j'ai envie d'chialer.

Carbonnier projeta son mégot à travers les barreaux et expira sa dernière bouffée dans l'air gelé, avant de refermer la fenêtre.

— C'est bon, Clément. On a ce qu'on voulait.

— Comment ça ? s'écria Okebiboué. C'est quoi, cette connerie ?

— Ta gueule ! aboya Pailhès.

Les deux OPJ sortirent.

*

Wellber attendait les passagers du vol Lufthansa en provenance de Francfort-sur-le-Main. Il détailla une dernière fois le portrait d'Alba Gómez, qu'il avait téléchargé sur Internet puis imprimé. De mauvaise qualité, cette photo sombre, probablement prise à son insu, rendait plus durs encore les traits de la procureure. Elle était de trois quarts, les yeux vers le sol. La moitié de son visage dans l'ombre. Ses cheveux noirs, tirés en arrière et noués par un catogan rouge, rappelaient la teinte cerise écrasée de ses lèvres fines. Son nez était long, anguleux. Elle pouvait avoir cinquante ans sur ce cliché, mais Mark ne savait pas quand il avait été pris. Elle devait avoir dix ans de plus aujourd'hui.

— Monsieur Wieggel ?

Mark sursauta. Alba Gómez était devant lui. Il ne l'avait pas vue venir. Elle eut un regard mauvais en direction de son portrait. Wellber le fourra précipitamment dans la poche de son pardessus.

— Vous… vous avez fait bon voyage ?

— Où est ma sœur ? Je veux la voir.

— À Lausanne. J'ai ma voiture, je vais vous y emmener. Laissez-moi prendre votre bagage.

— Non, merci.

Ils partirent en direction du parking. Alba Gómez marchait à côté de lui, tirant sa petite valise à roulettes. Ils n'échangèrent pas un mot. Il rompit le silence après avoir récupéré sa carte bancaire qu'il avait glissée dans la borne de paiement, à la sortie du parking.

— Je suis sincèrement désolé pour votre sœur, madame.

— Comment a-t-elle mourru ?

Wellber pensa que cette enquête resterait comme celle où il aurait le plus donné de sa personne. Résigné, il décida quand même d'esquiver.

— Je préfère que le médecin vous l'explique. Nous y serons dans moins d'une heure.

Sa passagère ne laissa rien paraître. Elle tourna la tête du côté de la vitre.

— Votre sœur était-elle le seul membre de votre famille en France ?

— Oui. Mais notre famille n'est que moi, mon mari et ma sœur. Je n'ai pas d'enfant. Nos parents sont morts et… maintenant Bianca.

— Elle n'avait pas de conjoint ou d'ami ?

— *No*. Elle n'a jamais été mariée, je crois. Mais je ne suis pas sûre… Je n'ai pas vu ma sœur depuis vingt-quatre ans.

— Vingt-quatre ans ?

— Je ne l'ai vue que deux fois en cinquante ans.

Alba Gómez se tourna vers Mark.

— Bianca est partie d'Argentine en 1966, j'avais huit ans. Elle a d'abord allé aux USA puis a rejoint la France. En 1974, je crois… Elle n'est pas venue à l'enterrement de mon père trois ans plus tard et je ne l'ai revue qu'en 1983. Nous avons passé un après-midi ensemble. J'ai fait un tour de France avec deux amies, juste après la réussite de mon diplôme, pour des vacances. À l'époque, nous échangions encore quelques lettres et j'avais ses… *Contacto. ¿Cómo se dice?* Je ne trouve plus le mot français…

— Coordonnées ? proposa Wellber.

— *¡Sí!* J'avais ses coordonnées, alors je l'ai prévenue et nous nous sommes retrouvées à Lyon. C'était en été, je me mémore, il faisait très chaud. Nous avons mangé une glace, nous avons baladé sur une grande place rouge, je ne me souviens pas le nom, et puis elle est partie… Je l'ai revue à Paris, dix ans plus tard. J'étais invitée à conférence sur la justice, j'ai insisté pour qu'elle est venue, j'ai même payé son billet, je crois… Nous avons pris un café à la terrasse. Deux heures. Elle n'a parlé que de ses travaux, les particules étranges…

— Les neutrinos ?

— Oui, je crois que c'est ça. Elle ne m'a pas demandé des nouvelles. D'ailleurs, je n'ai presque pas parlé. C'est moi qui est partie la première. J'ai excusé par une conférence mais la vérité c'est que je réalisais que je n'avais plus rien à lui dire. Ma sœur était devenue une étrangère.

Alba Gómez fixa la route. Le ciel était sans un nuage et le soleil, déjà bas sur l'horizon, giflant la surface du lac Léman, lui arrachait des copeaux brillants.

— Maman est morte en 1997. J'ai essayé de prévenir Bianca mais je n'ai pas eu de nouvelles.

— Vous avez parlé de votre père, tiqua Wellber. Vous avez dit *mon* père. Pas *notre* père.

Alba Gómez se tourna de nouveau vers l'inspecteur.

— Vous êtes un bon policier, monsieur Wieggel ?

La question surprit Mark ; pourtant, il y répondit, le plus franchement possible, sans fausse modestie.

— Je le pense, oui. J'essaie en tous les cas de faire de mon mieux… Comme tout le monde, j'ai des hauts et j'ai des bas.

— Vous savez écouter les gens.

— C'est important dans notre métier.

— *Sí. Tienes razón.*

— Pardon ?

— C'est important dans nos métiers, inspecteur. Écouter. Les gens mentent souvent mais, en les écoutant bien, on entend le morceau de vérité. *¿Estás de acuerdo?*

— *Sí*, osa Wellber qui avait compris la question.

Elle sourit et ses yeux brillèrent.

— Oui, j'ai bien dit mon père, inspecteur. Nous sommes… nous étions demi-sœurs, Bianca et moi.

— Vous portez toutefois le même nom de jeune fille, insista Wellber

Il avait pu se constituer une petite gamme sur son invitée. Gómez était le nom de son deuxième mari, un homme d'affaires argentin ayant fait fortune dans l'import-export de viande de bœuf, en direction de la France notamment. Mais son patronyme de naissance était bel et bien Lorco.

— Mon père n'a jamais su qu'il n'était pas celui de Bianca… À sa mort, quand j'ai appelé Bianca pour lui annoncer son décès, elle me l'a appris… C'est pour cela qu'elle n'a pas venue assister à son funéraille.

— Qui était son père, alors ?

— Je l'ignore. Elle ne m'a pas dit et ne m'en a jamais reparlé. J'ai fouillé de mon côté et…

Elle se tut subitement. Mark lâcha la route des yeux pour l'interroger du regard.

— Je ne sais pas si cela est nécessaire pour votre enquête.

— Vous savez que si, madame.

— Vous avez raison, admit-elle. Ce que je vais vous dire, personne ou presque ne le sait. Je vais vous le confier. Mais, pour ma sœur…

— Oui ?

— Si cela ne vous servait pas, je vous saurais gré de garder cette information pour vous.

— Évidemment.

— J'ai découvert que mon père était… un oustachi.

— Je ne sais pas ce que c'est, avoua Mark.

— Les Oustachis étaient un groupe croate, fasciste et antisémite, qui a pris le pouvoir en 1941 en ex-Yougoslavie. À la fin de la guerre, la plupart a été tuée par les communistes mais ses dirigeants les plus haut placés ont réussi à partir en Amérique latine… Mon père en faisait partie. Il a cru pouvoir refaire sa vie, sous un faux nom, Eugenio Lorco…

— Il a cru ?

— Il est mort en 1977 dans un curieux accident de voiture. Enfin, l'enquête a rapidement conclu à un accident.

— Mais ce n'en était pas un ?

— *No sé, pero…* je ne crois pas. L'UDBA est plus crédible.

Alba Gómez comprit, à la tête de son chauffeur, qu'elle parlait chinois. Ou espagnol, ce qui revenait au même.

— L'UDBA, ce sont les services secrets yougoslaves[1]. Ils ont chassé les Oustachis partout sur la planète jusqu'à la chute du régime, en 1992.

— Vous pensez que c'est ce qui a décidé Bianca à quitter l'Argentine ? Ce beau-père… hum…

Mark chercha l'épithète la moins insultante.

— Embarrassant.

---

1. Administration de sécurité de l'État. En serbe : « *Uprava državne bezbednosti.* »

— Je ne sais pas. Peut-être.

Absorbé par les révélations d'Alba, Wellber manqua la sortie d'autoroute. Il se garda de le signaler à la procureure et bifurqua à la suivante.

— Vous savez… cet accident… je crois que c'est ça qui m'a décidé à devenir avocate puis procureure. J'aime la vérité et, plus que tout, j'aime la faire éclater. Vous aussi, inspecteur ?

— Oui. Moi aussi.

— Vous allez comprendre le meurtre de ma sœur ?

Mark n'aimait pas cette question. On la lui avait posée des dizaines de fois dans sa carrière. Jeune flic, il répondait avec force par l'affirmative. Il se rappelait même avoir promis. Et puis l'affaire Degat, ce gamin de sept ans retrouvé mort dans un parking, à la sortie de Genève ; l'assassin qui courait toujours malgré deux ans d'investigation, malgré les nuits blanches ; les pleurs silencieux de sa mère quand il lui avait annoncé qu'il devait refermer le dossier. Depuis, il restait sur la réserve.

— Je fais mon possible. Je ne peux rien vous…

— Et je ne vous le demande pas, inspecteur. Oubliez ma question. Je connais votre métier. Et ses difficultés.

Ils se regardèrent sans un mot. Mark se dit qu'il aurait aimé croiser cette femme dans d'autres circonstances.

— À mon tour de vous confier un secret, lança-t-il alors que la barrière d'entrée du CURLM se dressait devant eux. Je ne me m'appelle pas Wieggel…

— Ah ?

— Non. Je suis l'inspecteur Wellber.

*

Mark avait insisté mais Alba Gómez n'avait pas voulu qu'il l'attende. Elle se débrouillerait pour la suite, avait-elle affirmé. Il avait compris que sa présence était soudain devenue gênante. La distance et le temps n'avaient pas tué le lien du sang qui les unissait. Alba voulait être seule avec sa sœur. Une dernière fois. Il avait donc pris sans elle le chemin du retour vers Genève. Sur l'autoroute, il s'adressa à Siri.

— Appelle Michelle Gaultier.

L'IA obéissante se chargea de joindre la meilleure et unique amie de Bianca Lorco. La sonnerie résonna deux fois dans l'habitacle particulièrement bien insonorisé de l'Audi.

— Bonjour, madame, inspecteur Wellber.

— Ah, souffla Michelle comme si cela lui coûtait.

— J'ai une question concernant Bianca Lor...

— Je vous écoute.

— Vous avait-elle parlé de ses parents ?

Silence au bout du fil.

— Madame ? s'inquiéta Wellber.

— Oui. Je... peut-être... je ne sais plus...

— C'est important. Avait-elle évoqué son père devant vous ?

— Son père ?

— Oui.

— Pfff... Je ne crois pas, non...

— Vous en êtes sûre ?

— Oui. Elle m'a parlé de sa mère une ou deux fois. Elle était en Argentine et... je crois qu'elle lui manquait. Mais Bianca savait très bien cacher ses sentiments… Enfin, pour être juste, je dirais que son amour des sciences ne laissait pas ou peu de place au reste.

— Merci, madame.

Mark avança sa main jusqu'au bouton de l'autoradio afin de couper la conversation.

— Inspecteur ?

— Oui ?

— Savez-vous quand et où auront lieu les funérailles de Bianca ?

— Non. Pas encore. Mais elles ne devraient plus tarder, sa sœur est arrivée d'Argentine pour régler les problèmes administratifs et…

— Elle sera inhumée en Argentine ?

La voix de Michelle tremblait.

— Je l'ignore mais, dès que j'en sais un peu plus, je vous le fais savoir.

— Merci, inspecteur.

Il raccrocha et, notant soudain qu'il ne roulait qu'à soixante-dix kilomètres-heure, il pesa sur la pédale d'accélérateur pour prendre de la vitesse.

*

Genève était dix kilomètres devant lui quand la sonnerie de son téléphone retentit.

La voix de Michelle Gaultier :

— Inspecteur Wellber ?

— Oui.

— Je viens de réfléchir à votre question et quelque chose m'est revenu…

Mark donna un coup de volant et s'arrêta en catastrophe sur la bande d'arrêt d'urgence. Le conducteur derrière lui, surpris par la manœuvre, klaxonna.

— Je vous écoute.

— Bianca m'a parlé de son père, un jour. Cela vient de me revenir. C'était il y a une trentaine d'années, peut-être plus… Nous nous connaissions depuis quatre ou cinq ans mais nous étions déjà très proches. Intellectuellement j'entends, car vous aurez compris que Bianca était une solitaire. Bref, c'était dans une période très… créative pour elle. Ses recherches avançaient bien… Je ne veux pas dire de bêtise mais il me semble qu'elle venait de découvrir une particule… Le bason ou…

— Le boson peut-être ?

— Oui ! Je crois que c'est ça ! Elle m'avait pourtant expliqué mais, déjà à l'époque je n'avais pas compris grand-chose alors… trente ans après, vous pensez… Néanmoins, au milieu de ses explications, et c'est pour cela que je m'en suis rappelé car c'était assez incongru, elle avait évoqué son père. Cela lui aurait fait plaisir, avait-elle dit.

— Lui aurait fait plaisir ?

— Oui, c'est bien ça. Et puis, elle avait modéré ses propos en ajoutant qu'il en aurait cependant voulu plus. Que ce n'était qu'une étape… Voilà, inspecteur. C'est la seule et unique fois qu'elle m'a parlé de son père. Je ne sais pas si cela vous aidera.

— Je ne le sais pas non plus, avoua Wellber, un peu décontenancé par ce qu'il venait d'entendre.

— Vous n'oublierez pas de me prévenir… pour l'enterrement…

— Comptez sur moi, madame. Merci.

Les véhicules qui passaient sur sa gauche en rugissant, leur cri déformé par l'effet Doppler, faisaient vibrer l'Audi. Mark s'en foutait. Il hésita longtemps, presque cinq minutes pleines.

— Si la prochaine voiture est noire… dit-il en regardant dans le rétroviseur extérieur.

Il aimait que le destin tranchât pour lui. Il faisait souvent cela, quand il en avait le temps. Bien sûr, il ne s'en vantait jamais mais cette façon de fonctionner était pour lui un fusible de sécurité. D'une certaine manière, cela le dédouanait en cas de choix malheureux. Les phares d'une berline apparurent dans le petit miroir. Elle allait vite, très vite, et passa dans un souffle. BMW. Série 5. Noire.

— Appelle *Frouze* !

Le servile Siri s'exécuta sans moufter.

— Allô ?

— Lieutenant Carbonnier, inspecteur Wellber. On peut se voir ? J'ai à vous parler.

Chapitre 26

Lundi 24 octobre – 16 h 15

La scientifique avait fait son travail. Vite et bien : après l'opération de discrimination, deux empreintes digitales trouvées chez Legendre étaient similaires à celles relevées chez Bianca Lorco. Celle de Legendre et une autre qui, pourtant complète, ne sortait pas dans le FAED[1].

Carbonnier n'avait eu aucun mal à convaincre le procureur et son DO de se lancer dans un relevé d'empreintes de toutes les connaissances de la victime. « La totalité du CERN, s'il le faut ! » avait même fanfaronné la colonelle. Bertrand n'avait rien dit car il savait à quel point ce genre d'opération géante était compliqué à mener. Convoquer autant de personnes en si peu de temps – dès le lendemain matin, avait ordonné le procureur, qui voulait accélérer – relevait de la gageure. Carbonnier avait mis tous les hommes disponibles sur le coup, ceux de la BR de

1. Fichier automatisé des empreintes digitales.

l'adjudant-chef Rigaud, ainsi que les gendarmes de la brigade de proximité de Thoiry. Ils étaient partis en début d'après-midi distribuer en mains propres les convocations aux trente-trois noms de la liste Corbal.

Chargés des scientifiques travaillant sur le prototype de détecteur de neutrinos, Carbonnier et Pailhès se présentèrent devant le bâtiment 182. Le lieutenant s'alluma une cigarette. Son esprit était confus, il ressentait une grande lassitude. Ou peut-être était-ce la fatigue ? La journée de la veille avait été longue, la rédaction des PV l'avait occupé jusque tard dans la nuit, différant la prise de ses médicaments qu'il avalait d'habitude au moment du repas.

Le gendarme prit le temps de finir sa cigarette, puis il goba un mirtazapine. Il avait la désagréable sensation que cette enquête imposait un rythme qui n'était pas le sien. Il n'était pas aux manettes et il n'aimait pas ça. Ou plutôt si, il était aux commandes mais ne contrôlait rien. Un pilote dans un avion sans ailes.

Il monta au premier étage et trouva, dans la grande salle sombre, Jeanne Corbal, Stéphane Jablowski, Alexis Hamm et Gervaas Van Dongen. Ils étaient assis devant les ordinateurs sur lesquels défilaient des séquences de chiffres incompréhensibles. Focalisés sur leurs écrans, ils n'avaient pas entendu le gendarme. Il toussa pour indiquer sa présence.

— Ah ! Lieutenant ! s'exclama la responsable en se levant. Passons derrière la cuve…

Carbonnier voulut refuser l'invitation, il n'était là qu'en messager, mais la chercheuse était déjà partie. Il lui emboîta donc le pas. À la lumière des néons et comme, cette fois, elle ne portait pas de bleu de travail, l'officier apprécia le soin qu'elle avait apporté à sa tenue vestimentaire. L'ensemble était très féminin, très élégant.

— Votre visite, commença-t-elle, est-elle une bonne ou une mauvaise nouvelle ? Avez-vous remonté la piste du meurtrier de Bianca ?

— Non, pas encore. Nous avançons et c'est la raison de ma présence... Vous n'ignorez pas qu'une deuxième victime a été retrouvée hier.

— Oh non ! On ne parle que de ça. Deux morts en si peu de temps dans une région où il ne se passe jamais rien, c'est beaucoup !... Les deux affaires sont liées ?

— J'ai peur de ne pas pouvoir répondre à votre question, madame.

— Mmm, bien sûr... Remarquez, si vous êtes là, c'est que le lien est avéré, non ?

Le lieutenant trouva la force de sourire. La tronche bonhomme de l'inspecteur Colombo, qu'il regardait avec sa mère quand il était gamin, lui traversa l'esprit, un peu plus clair depuis la mirtazapine. Dans son souvenir, le détective fantasque évoluait toujours dans des sphères ouatées où il faisait le tri parmi des suspects tous mieux élevés les uns que les autres, au langage châtié et aux saillies subtiles et drôles. Finalement, ça collait pas mal : la Kangoo en lieu et place de la 403, la clope pour le cigare. Manquait juste l'imper.

— J'ai peur de ne pas non plus pouvoir répondre à cette question.

— Soit. Je vous écoute alors.

— Tous les noms figurant sur la liste que vous m'aviez dressée sont attendus demain, à la brigade de Thoiry.

Il tendit la convocation à Jeanne Corbal. Celle-ci prit le temps de la lire et, constatant qu'aucun motif n'y était porté, demanda :

— Pour quelle raison ? Vous nous avez déjà tous entendus.

— Relevé d'empreintes. Digitales et génétiques. Vous êtes sur la liste, donc…

— C'est légal ? le coupa-t-elle d'une voix agressive.

— Oui.

— Peut-on refuser ?

— Le fait de refuser de se soumettre à un prélèvement est puni d'un an d'emprisonnement et de quinze mille euros d'amende, madame.

À peine sa phrase terminée, Carbonnier la regretta. Elle était sèche comme un raisin de Corinthe, impersonnelle, technique. Insupportable. Ce n'était pas l'image qu'il voulait donner de la gendarmerie. Et de lui. Il tenta de se rattraper.

— Nous ne conservons pas les empreintes des personnes qui sont mises hors de cause…

— C'est ce que vous dites mais je ne vous crois pas.

— C'est pourtant vrai, répondit-il avec honnêteté. Vérifiez si vous le voulez.

— Je le ferai.

Jeanne Corbal découvrait soudain une autre facette de sa personnalité : autoritaire, combative et militante. C'était si subit qu'il en fut décontenancé.

— Et, quand bien même, vous pouvez demander que vos empreintes soient retirées des fichiers.

— Comment ?

Carbonnier fut surpris par la violence de cette requête. Les traits de son interlocutrice s'étaient encore durcis. Pourquoi avait-il ajouté cette dernière phrase ? Elle contredisait ce qu'il avait dit avant, laissant à entendre que les empreintes étaient retenues quoi qu'il advînt. Il bafouilla :

— Je... Il faut écrire au directeur central de la police judiciaire... je crois.

— Où ?

— Place Beauvau.

— Bien. Merci, lieutenant. À demain donc.

La chercheuse partit d'un pas précipité. Carbonnier ne la retrouva pas de l'autre côté de la cuve, où il distribua les autres convocations à ses collègues.

— C'est pour quoi ? demanda Jablowski.

— Je n'ai pas à vous le dire, monsieur. À demain.

Bertrand sortit et retrouva Clément, appuyé sur le capot de la voiture.

— Tu as pu tout donner ?

— Ouais. Du travail de pro ! Et maintenant ?

— Direction Genève, on a rendez-vous avec le Suisse.

*

Café des Augustins, place des Augustins, derrière les hôpitaux universitaires. Son éternel chapeau vissé sur le crâne, Wellber était attablé devant un soda et se leva quand les gendarmes se présentèrent en face de lui. Les trois hommes se serrèrent la main sans chaleur ni animosité.

— Vous voulez boire quelque chose ? demanda le Suisse en se tournant ostensiblement vers Carbonnier.

Le lieutenant prit les devants, de peur que le major ne craquât pour une bière.

— Deux cafés.

Wellber relaya à voix haute la commande au serveur qui, d'un léger mouvement de tête, signala qu'il avait compris.

— Du nouveau du côté du Rohypnol ? lança Bertrand.

— Non.

— Pourtant, la probabilité qu'il ait été acheté en Suisse est grande. Ce n'est plus commercialisé en France…

— … alors que ça l'est en Suisse. Normal, c'est fabriqué par un laboratoire suisse, termina Wellber. Mais, sans vouloir vous contrarier, les médicaments qu'on trouve à l'heure actuelle ont été modifiés : ils colorent les boissons en bleu.

— Ben ouais mais, dans un Coca, on voit rien ! fit remarquer le major.

— Si. Les nouveaux comprimés troublent les boissons opaques.

— Vous êtes trop forts !

Le serveur posa les deux cafés devant les gendarmes.

— Tout ça pour dire que les pilules qui circulent sur le marché sont souvent des anciens stocks. Qui sont peut-être français… C'est une piste à ne pas refermer mais il faut se concentrer ailleurs, je pense.

— Vous avez une idée ?

— Oui. C'est pour cela que je voulais vous voir.

Wellber but un peu de Pepsi Max puis claqua sa langue sur son palais pour chasser ce désagréable arrière-goût de caramel. Décidément, il préférait son concurrent historique.

— J'ai retrouvé la sœur de Bianca Lorco, annonça-t-il d'une voix blanche.

— Quoi ? s'écria Carbonnier. On la cherche depuis près d'une semaine sans résultat ! Comment avez-vous fait ?

— Grâce à la seule amie de Mme Lorco, une certaine Michelle Gaultier, qui connaissait son nom : Alba Gómez.

— Et c'est maintenant que vous nous en parlez ! Quand je vous ai demandé si…

— J'attendais de la voir. C'est chose faite et… je vous en parle.

— Vous l'avez vue ! s'étrangla le lieutenant. Où ? Quand ?

— Il y a trois heures. Je l'ai accompagnée de l'aéroport jusqu'au centre médico-légal. Elle est venue pour s'occuper de l'enterrement de sa sœur.

— Ben merde ! laissa échapper Pailhès.

Son supérieur caressa la plaquette de mirtazapine dans la poche de sa veste. Reprendre les commandes. À tout prix.

— C'est le genre d'infos que j'aurais aimé apprendre plus tôt, lâcha-t-il entre ses dents.

— Je vous comprends. Moi aussi, j'aurais aimé apprendre plus tôt qu'un cambrioleur vous avait claqué dans les doigts hier… Cambrioleur qui avait visité l'appartement de la victime. Comment s'appelle-t-il déjà ? Joël Legendre ?

Touché. Ce Suisse était beaucoup plus malin que le lieutenant ne l'avait d'abord jugé. Il était un partenaire précieux, un copilote à la hauteur. À condition de le considérer comme tel – ce qu'il n'avait pas encore fait. Carbonnier décida qu'il était temps de jouer cartes sur table.

— J'allais vous le dire.

— Il me semble que c'est moi qui vous ai appelé.

— Vous m'avez devancé.

— Les journalistes de *La Tribune de Genève*, eux, semblent avoir été prévenus avant moi.

Wellber attrapa le journal qu'il avait posé sur la chaise à côté de lui et le plaça sur la table, dans le sens de la lecture, face à l'officier. Pages locales. « DEUXIÈME MEURTRE AU CERN, LA POLICE FRANÇAISE PIÉTINE. » Carbonnier lut l'article dans son intégralité. Factuel et assez pauvre, il se contentait de donner les quelques infos qu'avaient glanées les reporters helvètes. Date, nom de la victime, heure. Le papier finissait sur une touche ironique quant à l'incapacité des forces de l'ordre françaises à créer du sens dans cet enchaînement d'homicides que tout semblait relier. Avec soulagement, il n'y trouva aucune allusion à son coup de sang à l'encontre des journalistes de BFM. Le lieutenant poussa le quotidien vers Pailhès, qui en attaqua à son tour la lecture.

— Je n'en sais pas plus qu'eux ! confia Carbonnier à son homologue. Hier matin, j'ai pu établir sans certitude que l'alibi de Joël Legendre n'était pas fiable. Nous avons décidé de lui rendre visite pour éclaircir ce point avec lui. Quand nous sommes arrivés, il agonisait. Je n'ai rien pu en tirer, il est mort devant moi.

— C'est tout ?

— C'est tout. Entre les PV à rédiger, la scène de crime à circonscrire, j'ai oublié de vous appeler.

Reprendre le contrôle, c'était aussi diffuser les informations à son rythme. Il ajouta, un ton en dessous :

— La voiture de l'assassin est une Clio sombre. Phare avant droit cassé. Nous l'avons croisée en montant chez Legendre mais nous n'avons pas pu la rattraper.

— Sûr ?

— Oui. La vidéosurveillance le confirme.

Les yeux de Wellber s'écarquillèrent. La surprise fit remonter ses sourcils qui disparurent sous le bord de son chapeau.

— C'est quoi, cette histoire ?

— Je vous l'ai dit la semaine dernière. Vous avez dû oublier.

Les deux hommes se jaugèrent quelques secondes. Carbonnier avait communiqué à Wellber cette information le jour même où ce dernier décidait de lui cacher le nom de la sœur de Bianca Lorco. Ce n'était pas correct. À sa grande satisfaction, il constata sur le visage du Suisse que le message était passé : l'ascenseur devait marcher dans les deux sens.

— La police française piétine pas tant que ça au final, piqua Pailhès. Le meurtrier a abandonné le corps sur la frontière exprès. Pour foutre le bordel… Pas d'chance, on s'entend bien, vous et nous !

Carbonnier regarda son adjoint. Cette analyse était plus que pertinente et ils n'en avaient jamais parlé. Il constata avec joie que le major, tout en faisant mine de ne pas s'intéresser plus que ça à l'enquête, y réfléchissait aussi de son côté. Correctement.

— Que vous a appris la sœur ? enchaîna le lieutenant.

— Lorco est partie d'Argentine en 1966 et n'y est jamais revenue, pas même pour l'enterrement de ses parents. Les deux sœurs se sont vues deux ou trois fois depuis.

— Pas énorme, commenta Pailhès.

— On arrive à ce qui me semble intéressant dans le cadre de notre enquête : les deux sœurs avaient la même mère mais pas le même père biologique. Or, celui d'Alba était un ancien nazi croate, qui avait fui l'Europe après la guerre. C'est, je crois, une piste à fouiller… Bianca a-t-elle appris que son beau-père avait un passé peu glorieux ? Alba Gómez pense savoir qu'il aurait été éliminé par les services secrets yougoslaves, est-ce une piste à creuser ? Et qui est alors le vrai père de Bianca Lorco ?

Wellber marqua une pause, essoufflé par sa tirade.

— Qu'en pensez-vous ?

— Qu'il faut s'y pencher sérieusement, admit Carbonnier.

— Pour ne rien vous cacher, j'ai déjà mis mon adjointe sur le coup. Si quelque chose sort, elle le trouvera.

— Bien.

Le lieutenant estima que Wellber avait enfin joué franc jeu. Ses recherches avaient fait avancer l'enquête. Une coopération totale devenait envisageable. Il eut même soudain le sentiment qu'elle était indispensable.

— À mon tour. Une empreinte digitale, trouvée chez Lorco, est ressortie chez Legendre. Elle n'apparaît pas dans nos fichiers. Dès ce soir, je demande qu'elle vous soit transmise pour vérification dans les vôtres. Toutefois, j'ai déjà convoqué tous les noms de la liste Corbal pour un relevé.

— Quand ?

— Demain. 7 h 30, à la brigade de Thoiry.

Carbonnier but son café froid.

— Nous comptons sur votre présence.

Chapitre 27

Année 1933. Werner Heisenberg reçoit le prix Nobel de physique pour son apport théorique à la physique quantique, notamment son principe d'indétermination.

Il s'enferma dans sa chambre, se laissa tomber sur son lit. Ferma les yeux et décida de ne plus jamais les ouvrir. La voix de sa mère derrière le battant de la porte semblait de plus en plus lointaine, comme si elle était restée au bord de l'abîme dans lequel il chutait.

— J'avais préparé un gâteau… pour ton anniversaire… Ettore… Ettore…

Son ventre le faisait atrocement souffrir. Il s'endormit.

À son réveil, vingt-quatre heures plus tard, il se jeta sur son bureau :

« Augustina, mon amour, ma beauté, ma vie.

Ton départ m'a plongé dans des affres inimaginables. Je suis rentré hier d'Allemagne, ce pays dégénéré, mais n'ai pris aucun plaisir à retrouver Rome. Cette ville n'est qu'une coquille vide en ton absence.

Tu la faisais vivre, tu lui donnais sens et, moi, qui en parcourais les rues, qui traversais ses places, communiais ainsi avec toi. Sans toi, ce ne sont que de simples formes géométriques taillées dans l'épaisseur des immeubles. Rome m'insupporte. Les Romains aussi.

Je ne veux plus vivre loin de toi.

Ma vie est devenue une simple équation quadratique. Elle ne possède, tu le sais, que deux solutions dans l'ensemble des réels : la première consiste à te rejoindre par-delà l'océan, la seconde… je préfère ne pas l'évoquer. Elle est trop sombre, elle t'effrayerait.

Aide-moi, mon amour. Guide mes pas jusqu'à toi. Donne-moi l'impulsion et alors, faisant fi des frottements, je viendrai jusqu'à toi par le plus court chemin.

Je t'aime plus que moi-même.

Ettore »

Il attrapa une enveloppe dans son tiroir, y glissa sa lettre et la cacheta. Il avait dormi habillé et sortit sans prendre la peine de changer ses vêtements froissés. Quand il croisa sa mère, il n'entendit pas ce qu'elle lui disait. Il quitta l'appartement familial, rallia l'*officio postale* le plus proche, via Arno, et posta sa lettre. Alors, d'un pas lourd, il revint jusque chez lui, but un grand verre de lait et se remit au lit. Il alluma une Macedonia, puis une deuxième.

Rejoindre Augustina. Il le voulait ardemment. Mais le voyage lui faisait peur. Il avait dû prendre sur lui pour se rendre en Allemagne et, de là-bas, à Copenhague. Augustina l'avait poussé, avait su étouffer ses craintes. Et il était parti.

Mais traverser l'océan était un tout autre défi. Abandonner sa famille, abandonner sa mère – qui en mourrait de chagrin, peut-être –, abandonner son père, malade. Tout le retenait ici, pourtant il sentait combien était réelle la force d'attraction entre Augustina et lui. Une interaction de portée infinie, gravitationnelle ou électrostatique, peu importait, se moquant de la distance, se gaussant des eaux de l'Atlantique, de ses vagues et de ses tempêtes.

Il était tiraillé entre ces deux sentiments contraires. En équilibre instable. Une bille sur le sommet d'un mamelon qui ne savait de quel côté dévaler. Il se résolut à attendre la pichenette qui choisirait pour lui.

Il fuma sans s'arrêter jusqu'à la nuit avant de sombrer dans un sommeil agité.

*

Ses parents voulaient qu'il les accompagnât à Abbazia, dans la demeure où la famille Majorana prenait traditionnellement ses vacances, sur la côte est du golfe de Trieste. Fabio Massimo était malade et l'air marin lui ferait le plus grand bien. Ettore déclina l'invitation, alléguant un travail important à l'Institut. Toutefois sa mère n'était pas dupe, il n'était pas retourné via Panisperna depuis son retour d'Allemagne, et elle insista.

— Cela te fera du bien. Pour ta gastrite.

Ettore dut promettre qu'il les rejoindrait dès qu'il le pourrait. Il n'en fit rien.

L'été s'acheva sans qu'aucune lettre d'Augustina lui parvînt. De son côté, il lui écrivit tous les jours.

*

Depuis que Werner Heisenberg avait vanté ses mérites au septième congrès Solvay à Paris, présidé par le français Paul Langevin, pas une semaine ne passait sans qu'il ne reçût un courrier d'une université étrangère lui proposant un poste d'enseignement. Chaque enveloppe le mettait dans un état d'excitation intense. Il la déchirait avec fébrilité, en arrachait le contenu qu'il froissait en boule dès qu'il constatait qu'il ne s'agissait pas de l'écriture d'Augustina.

Son image chérie, iconique, se floutait chaque jour davantage. Il avait oublié son parfum, il ne ressentait plus l'élasticité de ses lèvres, la chaleur de sa peau. Il se rongeait les sangs : elle lui manquait tant, comment cela ne pouvait-il pas être réciproque. L'avait-elle oublié ? Remplacé ? Avait-elle emmené les papillons avec elle, qui ne s'étaient pas montrés depuis Leipzig ?

Il vint jusqu'à la fenêtre de sa chambre et, restant en retrait pour qu'on ne le vît pas, il regarda la rue. Il sortit une cigarette de son paquet et l'alluma.

Chapitre 28

Mardi 25 octobre – 7 h 14

Wellber arriva devant la brigade de Thoiry à l'aube. Les montagnes du Jura faisaient, en arrière-plan, une bande noire horizontale qui tranchait avec le ciel plutôt clair et sans nuage. Une belle journée s'annonçait. Mark aperçut, stationnées derrière le portail interdisant l'accès au public, la camionnette de la scientifique et la Kangoo aux flancs crottés des *Frouzes*. De peur qu'un énergumène n'emboutît son Audi en manœuvrant pour sortir du cul-de-sac, il la gara à l'écart, au bout du parking, en prenant bien soin d'éviter les flaques de boue. Quand il pénétra dans le bâtiment, il trouva les deux OPJ occupés à préparer un bureau pour les prélèvements. Les TIC, eux, finissaient de s'équiper. Ils avaient investi une large table sur laquelle ils avaient étalé les écouvillons, les éprouvettes, les tampons encreurs et les fiches de signalisation vierges.

— Ah ! Wellber ! Bien dormi ? l'interpella Carbonnier qui, réveillé par un bruyant combat de chats vers 5 heures du matin, avait le cerveau clair et pleinement opérationnel.

L'inspecteur suisse, surpris par cette subite familiarité, prit son temps pour répondre.

— Oui. Merci, dit-il sobrement. Tout est prêt ?

— Yes, mon pote ! lui annonça Pailhès avec sa grossièreté habituelle.

Le major installa une dernière chaise puis consulta sa montre.

— On a même le temps pour un caoua !

Ils passèrent dans la salle de repos où l'adjudant Bahiya fixait, hagard, les yeux gonflés de sommeil, la cafetière qui crachait de la vapeur en sifflant. Les quatre hommes s'installèrent autour de la table. Bahiya se chargea du service et Wellber craignit qu'il ne s'endormît entre deux remplissages de mugs, tant il paraissait avoir du mal à rester éveillé. Il n'en fut rien et ils buvaient leur café en silence lorsque le maréchal des logis-chef Daudon fit son entrée en criant, surexcité :

— Les premiers sont là ! Qu'est-ce qu'on fait ?

— On arrive, le rassura Carbonnier.

Le lieutenant laissa la fin de son arabica et sortit. Devant la porte vitrée de la brigade, il aperçut une demi-douzaine de personnes. En arrière-plan, sur le chemin d'accès, trois voitures en file indienne avançaient. Quatre à cinq occupants descendirent de chacun des véhicules, prouvant que le covoiturage n'était pas une vue de l'esprit au CERN. Trois autres autos arrivèrent, puis deux autres, si bien qu'à 7 h 20, Carbonnier eut l'intime conviction que tous les convoqués étaient là. Il sortit à leur rencontre. Il reconnut Jeanne Corbal et certains de ses collègues ; néanmoins la grande majorité lui était inconnue. Il les compta à deux reprises. Trente-sept. Personne ne manquait à l'appel.

— S'il vous plaît !

À son grand étonnement, le silence se fit aussitôt. Tous se tournèrent vers lui.

— Afin de ne pas vous retenir trop longtemps, nous allons essayer d'être efficaces. Pour cela, je vous demanderais de suivre le protocole suivant : deux personnes entrent chaque fois que deux sortent... Je suis conscient que la température n'est pas très clémente mais, rassurez-vous, les prélèvements sont rapides, cela ne devrait pas prendre plus d'une heure.

Une clameur de mécontentement parcourut l'assistance.

— Pour vous tous, bien sûr, précisa Carbonnier. Je vais demander qu'on vous apporte du café pour patienter. Pas d'ordre précis, les deux premiers peuvent y aller.

Il fit demi-tour et rentra dans les locaux de la gendarmerie, suivi d'un homme et d'une femme. Clément les orienta vers le laboratoire de fortune où les attendaient les TIC. Wellber vint se poster à côté de Carbonnier. Sans un mot, ils observèrent la scène. Relevé du nom et du prénom, vérification sur une pièce d'identité. Empreintes digitales, en commençant par le pouce, et empreinte palmaire. Sopalin pour essuyer l'encre. Puis le grand coton-tige, roulé dans le creux de la joue avant d'être glissé dans une éprouvette plastique, immédiatement scellée et étiquetée. Signature et bye-bye. Moins de quatre minutes pour la totalité des opérations. À ce rythme, il faudrait environ deux heures pour faire passer tout le monde. Carbonnier avait un peu surestimé l'efficacité des TIC lors de son allocution d'introduction. Il s'en voulut car la température extérieure ne devait pas dépasser les dix degrés.

*

— Suivant !... SUIVANT ! cria quelqu'un.

Pailhès, Wellber et Carbonnier sortirent de la salle de repos. Le major Aubernon se tenait à l'entrée des locaux.

— Vous aviez pas dit qu'ils étaient trente-sept ?

— Si.

— Ben alors ?

Le militaire avait écarté les bras en signe d'incompréhension.

— Combien sont passés ? demanda Wellber.

— Vingt-neuf.

De concert, les deux enquêteurs se tournèrent vers l'extérieur. Du monde attendait devant la porte sans entrer. Ils les rejoignirent.

— Les deux personnes suivantes sont attendues, expliqua Carbonnier.

Jeanne Corbal s'avança d'un pas.

— Nous n'irons pas.

La voix de la chercheuse n'avait pas tremblé. Derrière elle, ses collègues se serrèrent pour former un groupe plus compact. Avec leurs vestes polaires et leurs chaussures de randonnée, ils ressemblaient à un cercle de marcheurs au départ d'une balade en forêt. Carbonnier fut contrarié par cette situation qu'il n'avait pas anticipée. La réaction assez vive de la physicienne, la veille, lui revint en mémoire. D'une certaine manière, elle avait annoncé cette mutinerie matinale et il ne l'avait pas compris.

— Vous n'avez pas le choix, madame.

— Si. Bien sûr.

Carbonnier se tourna vers son homologue suisse, décontenancé. Du regard, il quémanda son soutien.

— Vous faites, me semble-t-il, une grave erreur, attaqua Wellber.

— Ah ouais ! Et pourquoi ? lança Alexis Hamm qui paraissait avoir retrouvé l'arrogance affichée lors de leur première rencontre.

— Parce que vous entravez une action de justice, mais ce n'est pas le plus important. Votre refus retarde l'élucidation de cet homicide. J'avais cru comprendre que Bianca Lorco comptait pour vous et…

— Elle comptait pour nous, inspecteur, néanmoins nous ne sommes pas prêts à entrer dans vos fichiers pour une durée indéterminée.

Jeanne Corbal avait planté ses yeux dans ceux du lieutenant. Bleu clair, ils brillaient d'une lueur de détermination glaciale. Carbonnier comprit qu'elle irait jusqu'au bout, appuyée par ses collègues qu'elle avait dû convaincre la veille.

— La police outrepasse ses droits ! éructa Jacques Aubert.

— C'est une question de principe ! renchérit Gervaas Van Dongen.

— Vous avez pris nos alibis, reprit avec calme la chercheuse. Les avez-vous vérifiés ? Je pense que oui.

En conséquence, ce relevé d'empreinte est parfaitement superfétatoire.

— Non, madame. Rien n'est plus facile que de fabriquer un faux alibi, insista l'officier.

— Le mien est vrai, répondit-elle.

— Le mien aussi.

— Et le mien !

— Vous omettez aussi le fait que deux d'entre nous ne possèdent pas la nationalité française. Doivent-ils être soumis à ces prélèvements arbitraires ?

Le lieutenant souffla. Inutile de se faire pédagogue. Il tenta une dernière fois la manière forte :

— Vous risquez un an de prison et quinze mille euros d'amende. Persistez-vous dans votre décision ?

— Qu'en dites-vous ? demanda Corbal en se tournant vers ses collègues.

Stéphane Jablowski, Jacques Aubert, Malek Brahmi, Gervaas Van Dongen et Alexis Hamm répondirent en chœur par l'affirmative. Marjolaine Rey restée à l'arrière du groupe semblait hésiter. Elle jeta un regard à Jablowski. Celui-ci fit non de la tête, pourtant la femme, écartant ses collègues, s'avança au-devant des policiers. Elle se tourna vers la responsable.

— Vous ne nous l'aviez pas dit… pour l'amende et la prison.

— Si, Marjolaine. Je l'ai mentionné mais…

— Je n'ai rien à voir avec ces… ces meurtres.

À nouveau, elle planta ses yeux dans ceux de Jablowski, ce qui n'échappa pas à Wellber, qui se souvint de leur moment d'intimité, volé au détecteur ATLAS.

— Je vais donner mes empreintes.

Elle passa entre les deux enquêteurs.

— Marjolaine ! implora Jablowski sans le moindre effet sur sa collègue, qui pénétra dans la brigade sans se retourner.

— Le choix de la raison, interpréta le lieutenant.

— J'en doute ! siffla Corbal d'une voix acerbe. Le reste du groupe reste sur sa position. Nous ne participerons pas à ce fichage en règle.

— Pourquoi être venus alors ? s'étonna Wellber.

— Notre démarche n'est pas anti-police. Nous avons répondu à votre convocation, en guise de bonne foi, car nous souhaitons de tout cœur que le meurtrier de Bianca soit confondu… Mais pas à n'importe quel prix !

*

— Bordel de merde ! gueula Carbonnier en envoyant valdinguer une chaise d'un grand coup de pied. Cette enquête commence à me faire chier !

— Putain de gauchos ! enchaîna Pailhès.

— Ils bossent toute leur vie sur des particules à la con sorties de leur imagination et, quand on leur demande un truc concret pour retrouver l'enfoiré qui a massacré leur amie, ils s'accrochent aux grands principes !

Wellber, qui était resté sur le seuil de la salle de repos, se souvint du blog de vulgarisation qu'il avait tant apprécié. Il ne résista pas au plaisir de le faire partager.

— Barack Obama existe-t-il ?

Carbonnier, qui tournait en rond autour de la table, s'arrêta net.

— C'est quoi cette question à la mords-moi-le-nœud ? siffla son adjoint.

— Barack Obama existe-t-il ? Vous savez, le président des States, ironisa Mark à l'attention de l'insupportable major.

— Je sais, merci ! Bien sûr qu'il existe !

— Comment le savez-vous ?

— Que c'est le président des États-Unis ?

Pailhès s'était rapproché de l'inspecteur. Son ton était cassant. Si Wellber ne pouvait pas l'encadrer, la réciproque n'avait jamais cessé d'être vraie. Les deux hommes se détestaient depuis la première minute où ils s'étaient rencontrés.

— Comment savez-vous que Barack Obama existe ?

— Parce que je l'ai vu !

— Ah ? Et où ?

Pailhès se figea à son tour. À quoi jouait le Suisse ? Pourquoi ces devinettes stupides auxquelles un enfant de six ans n'aurait eu aucun mal à répondre ? Il prit quelques secondes de réflexion et, entrapercevant alors l'énigme sous les évidences, il voulut aller plus loin. Il se calma aussitôt.

— À la télé.

— Donc, vous ne l'avez pas vu. Et pourtant vous êtes persuadé qu'il existe.

— Tu n'as vu que son image, continua le lieutenant. Et pourtant, ça t'a suffi pour te convaincre qu'il existait… Ils font pareil.

— Qui ?

— Les chercheurs et leur foutu neutrino. Ils n'en voient que des traces dans leurs détecteurs mais elles sont suffisantes pour les persuader qu'il existe.

Carbonnier s'assit.

— Ils ne courent pas derrière un fantôme.

— Et nous non plus, enchaîna Wellber. Mais nous faisons fausse route. Il est là, sous nos yeux, mais nous ne le voyons pas.

*

Carbonnier n'avait pas pu faire autrement. Sous la pression de la colonelle Louis, il avait transmis les sept noms de ceux qui avaient refusé les prélèvements au procureur de l'Ain. Ce dernier avait profité de l'appel pour lui apprendre qu'il attendait encore quarante-huit heures avant d'ouvrir une information judiciaire. Pas un jour de plus. Le lieutenant avait pris note.

— C'est là ! annonça Wellber en désignant l'hôtel de police.

Les deux gendarmes français observèrent l'énorme bâtiment gris. Aussi moche que les casernes moches dont ils étaient coutumiers. Ils suivirent Wellber jusqu'à son bureau. Le Suisse posa son chapeau sur une tête sculptée que ni Clément ni Bertrand ne reconnurent, puis attrapa son téléphone. Ligne interne.

— Martha. Nous t'attendons.

Une jolie femme pénétra dans la pièce moins d'une minute plus tard. Cheveux coupés court, à la garçonne, décolorés en blond. Pantalon anthracite à la ceinture duquel étaient accrochés un semi-automatique dans sa housse, une paire de menottes, un gros talkie au design vieillot et une matraque. Polo à manches longues, bicolore, bleu roi en bas, bleu marine au-dessus d'une ligne blanche passant au niveau des seins. Deux écussons, un rond sur l'épaule aux armes de la police genevoise et un rectangulaire sur le torse, où le mot Gendarmerie était brodé de fil blanc sous une grenade stylisée. Que police et gendarmerie figurent sur une même personne étonna Carbonnier au plus haut point.

— Martha Müller, inspecteur principal adjoint. Mon binôme comme vous dites par chez vous, la présenta Wellber. Tu reviens du terrain ?

— Oui. Une altercation quai du Mont-Blanc avec un touriste. Ça a un peu dégénéré, des coups sont partis. Rien d'intéressant.

Il lui laissa sa place derrière la table de travail et vint s'asseoir à côté des deux militaires.

— Comme à l'école ! Nous t'écoutons.

Müller inspira. Les trois hommes la regardaient et elle se revit passer son examen de droit, sept ans plus tôt. Elle se convainquit qu'elle n'avait aucune raison d'être impressionnée. Pourtant, elle l'était. Le regard insistant du Français à gauche la gênait et elle décida de dérouler le résultat de ses recherches en ne s'adressant qu'à son supérieur.

— Alors je ne vais pas vous mentir, je n'ai fait que synthétiser les recherches de Vlad.

— Vlad ? Qui est-ce ? demanda Wellber.

— Vladimir O'Riley, l'hurluberlu des archives. Tu vois ou bien ?

— Le bonhomme tout pâle aux cheveux roux ?

— Lui-même. Aussi connu sous le surnom du vampire irlandais…

— Ah !

— Il ne sort jamais de ses archives, crut bon d'expliquer Martha aux deux autres. La rumeur court qu'il lit tout ce qu'il classe. Sa mémoire est encyclopédique et, surtout, il a des connexions incroyables. En trois coups de fil, il est capable de vous dire ce qu'a mangé la reine d'Angleterre au petit déjeuner.

Martha Müller ouvrit la pochette qui contenait ses notes.

— Donc. Les Oustachis prennent le pouvoir en 1941, appuyés par les Allemands et les Italiens. Ils créent l'état indépendant croate qui s'étend sur la Croatie et une bonne partie de la Bosnie-Herzégovine. Dès lors, ils massacrent à tour de bras tout ce qui ne leur paraît pas « ethniquement pur ». Une véritable purification raciale : ils rasent des villages entiers ou déportent dans des camps de concentration. En 1945, cinquante mille d'entre eux se rendent aux Anglais, qui les livrent aux communistes, qui les fusillent. Tito tente ensuite de faire le ménage dans les rangs, mais les principaux dirigeants oustachis prennent la poudre d'escampette et émigrent en Amérique latine. À l'époque, l'Argentine est peu regardante : néanmoins, tous les noms ont été consignés. Et Vladimir a réussi à mettre la main sur ces registres via un ami, bibliothécaire à Dublin qui a vécu en Argentine… Alors, en 1946, arrive sur le transatlantique en provenance de Gênes un dénommé Eugenio Lorco. Il aurait bénéficié de la filière dite de San Girolamo, où des prêtres croates auraient exfiltré des anciens Oustachis depuis l'Italie. Vlad a pu consulter la liste de ceux qui ont profité de cette porte de sortie et il y a aussi trouvé un Eugen Lorcóvic. Sinistre personnage que celui-là : chef de la sécurité intérieure, il aurait largement contribué à la répression contre les soulèvements des paysans serbes. Répression particulièrement sanglante. Bref, Eugenio Lorco, alias Eugen Lorcóvic, est mort le 13 mai 1962. Il a perdu le contrôle de sa voiture dans un virage et a été s'encastrer sous un camion.

La jeune femme marqua une pause. Elle arrivait au bout de ses notes.

— Et Bianca Lorco dans tout ça ? demanda Carbonnier.

— Les services de l'état civil argentin sont formels : elle est sa fille.

Martha referma la pochette pour signifier clairement qu'elle n'avait rien à ajouter. Les trois hommes restèrent un instant silencieux jusqu'à ce que Pailhès ose résumer tout haut ce que chacun pensait tout bas :

— On s'en fout, non ?

Chapitre 29

Année 1937. Albert Einstein reçoit Niels Bohr à l'université de Princeton. Les deux hommes poursuivent leur discussion sur l'interprétation de la physique quantique sans s'entendre.

Il avait maigri mais cela ne se voyait pas car une barbe sale et hirsute mangeait le bas de son visage, couvrant ses joues creusées. Avec ses longs cheveux gras, sa peau blanche et ses cernes noirs, il ressemblait à un homme des cavernes. Depuis combien de temps n'était-il pas sorti de sa chambre ? Il ne le savait même plus. Depuis la mort de son père d'un cancer du côlon, en mars 1934 ? Ou était-ce depuis cet article de Fermi, en mai de la même année, qui le citait sans le nommer ? Peu importait finalement, cela faisait trois ans, à plus ou moins six mois.

Il avait vécu la nuit, noircissant des pages et des pages. Les papillons étaient revenus mais ils ne lui avaient pas laissé de répit. Tournoyant en tous sens sans logique apparente, ils l'avaient mis à rude épreuve. Il avait tenté de faire le tri, d'organiser, de synthétiser mais les équations débordaient des cahiers sans qu'il pût les classer, les rendre cohérentes. Les concepts se bousculaient, clairs séparément, inintelligibles pris dans leur ensemble. Pourtant, et c'était pourquoi il avait travaillé sans relâche, Ettore avait compris qu'une fois de plus, les papillons aux ailes noir charbon délivraient un message qu'il était chargé, simple secrétaire, de consigner. Il s'était plongé dans cette tâche à corps perdu pour oublier le silence d'Augustina, ou finir par s'y résoudre sans vraiment y parvenir. Elle avait flotté dans sa chambre tel un spectre, avait hanté ses rêves et continué de troubler ses sens.

Jour après jour, lui qui avait été courtisé par la communauté scientifique mondiale, avait été oublié. Rayé des tablettes. Il n'avait pas remis les pieds à l'Institut depuis son retour d'Allemagne à l'été 1933, avait éconduit tous les *ragazzi* qui s'étaient présentés les premiers mois via Regina Marguerita pour s'enquérir de son état de santé. Il n'était même pas sorti de sa chambre quand Fermi était venu, laissant sa mère le remercier.

Il avait navigué dans des eaux troubles. Des marécages poisseux où personne n'était jamais allé, où seule sa correspondance avec son oncle Quirino l'avait empêché de disparaître. Parce que la physique l'avait maintenu en vie.

Elle avait été sa nourriture, son sang, son oxygène.

Et la physique lui avait fait traverser cette épreuve. Fin 1936, il avait recopié au propre sur son sixième carnet le message des papillons. Il était d'une beauté à couper le souffle. Une théorie harmonieuse et limpide qui jetait des ponts entre les îlots du savoir actuel, faisant ainsi la lumière sur des évidences jusqu'alors méconnues. Newton lui avait soufflé à l'oreille ce qu'il savait déjà et qui restait valable, à son sens, malgré la découverte de l'entropie au XIXe siècle :

> La perfection de l'œuvre de Dieu réside dans sa grande simplicité. Car il est le Dieu de l'ordre, et non du désordre[1].

Tout naturellement, et presque à l'instant où il avait refermé le *volumetto*, il avait entraperçu l'orée de la maremme dans laquelle il se débattait depuis si longtemps. Et il avait pris une décision : il allait rejoindre Augustina en Argentine.

Il se rapprocha de sa fenêtre. Derrière les persiennes, le soleil de janvier jetait sur Rome une lumière blanche et crue. Il écarta les rideaux, ouvrit la fenêtre, poussa les volets. Il dut fermer les yeux pour les rouvrir lentement afin de les habituer à cette clarté dont il avait perdu l'habitude. Il prit un grand bol d'air froid. Un deuxième. Alluma une cigarette. Un dernier papillon était resté sur son épaule. Il était petit. Ses ailes repliées étaient chacune ornées en leur centre d'un œil vert émeraude qui le regardait. Il sourit et son ventre gargouilla.

— *Mamma, ho fame !*

Et il sortit de sa chambre en direction de la cuisine.

1. Rudolf Clausius introduisit en 1855 la notion d'entropie. Plus l'entropie est grande, plus le système est désordonné. Or, le deuxième principe de la thermodynamique montre que l'entropie ne peut être que croissante. Ainsi, le désordre est l'ordre naturel des choses, n'en déplaise au Dieu d'Isaac Newton.

*

— J'ai préparé les plans de mon cours, veux-tu y jeter un œil ? lança Ettore à son ami Giovanni Gentile.

— Avec plaisir.

Ettore s'alluma une cigarette. Giovanni regarda distraitement les feuillets couverts de la petite écriture fine et racée de son ami. Il n'y comprenait rien et se demanda qui en serait capable. Mais cette question était sans importance. Du coin de l'œil, il observait Ettore. Il avait coupé ses cheveux, rasé sa barbe. Il avait repris du poids et un rythme plus normal, dormant la nuit pour vaquer à ses occupations la journée. Giovanni était très attaché à Ettore et, après s'être très inquiété au sujet de sa santé et, plus grave encore, de son équilibre mental (qu'avait-il voulu dire, ce jour de février 1934, en affirmant que « la physique se trompe de chemin. Nous sommes sur une mauvaise voie » ?), il était rassuré. Ettore était sorti d'affaire. Personne, pas même lui, son plus proche confident, n'avait la moindre idée de ce qu'il avait traversé mais il se contentait de constater que le Sicilien était revenu parmi eux. Parmi les vivants.

— Joli programme. Un peu compliqué peut-être, non ?

— Ah ? Tu trouves ?

— Non, tu as raison. C'est juste moi qui suis nul en physique !

Ils rirent.

— Savais-tu qu'un poste de professeur de physique théorique vient d'être ouvert à Palerme ?

— Non ?

— C'est Segré qui l'a créé. Je crois qu'il a pensé à toi.

— Ah…

— Bien sûr, il faudrait que tu publies quelque chose pour que ta candidature soit légitime…

— … a dit Fermi, rigola Ettore.

L'autre sourit. Son ami avait vu juste : cela lui avait été soufflé par le Pape.

Ils discutèrent encore pendant une heure puis Ettore congédia Giovanni. Ce poste était une aubaine. Il ne pouvait imaginer meilleur écran de fumée. Il s'installa à son bureau et sortit ses *volumetti*. Il les compulsa lentement, comme s'il les découvrait. Non, il ne pouvait publier ces derniers travaux, cela était inimaginable. Augustina était derrière chaque équation, chaque résultat. Cette théorie était la leur. Le monde n'avait pas à la connaître. Il décida donc de reprendre les idées inachevées qu'il avait jetées sur le papier à Leipzig.

Les papillons et lui travaillèrent trois jours sans s'arrêter.

Il rédigea une *teoria simmetrica dell'elettrone e del positrone*[1]. L'équation à laquelle il aboutit proposait enfin une alternative solide à celle de Paul Dirac qui, bien que bancale, avait valu au Britannique le prix Nobel en 1933. Ettore en éprouva un soulagement véritable. C'était une vieille épine qu'il s'enlevait du pied : cette absurde mer d'électrons, qui faisait honte à la physique, n'avait plus lieu d'être. D'autre part, les

1. « Théorie symétrique de l'électron et du positron », *Nuovo cimento 14*, 1937.

symétries qu'Ettore convoquait étaient si belles, et leurs brisures si magnifiques. Ses solutions faisaient naître des particules surprenantes qui flattaient son intelligence. Des particules qui étaient leurs propres antiparticules.

*

Le poste à Palerme lui avait échappé et avait été attribué à Gian Carlo Wick, avec qui il avait travaillé via Panisperna. Toutefois, il obtint la chaire spéciale de physique théorique à l'Università degli Studi di Napoli Federico II, pour le remercier de son travail exceptionnel. Il trouva la formulation amusante, lui qui n'avait publié que neuf articles dont huit de physique durant toute sa carrière, quand Fermi en avait sorti quatorze pour la seule année 1923 !

Son départ pour Naples approchait. Ce serait une première étape avant son grand voyage. Partir depuis la capitale de la Campanie serait moins difficile pour lui.

Et surtout pour sa mère.

Chapitre 30

Mercredi 26 octobre – 8 h 02

La veille, en fin de journée, Billard avait ouvert une information judiciaire. « La situation n'est plus tenable en l'état », avait-il expliqué à la colonelle Louis, qui avait fait suivre la nouvelle à son directeur d'enquête. La juge Bacon, siégeant au tribunal d'instance de Nantua, avait donc été saisie. Elle arrivait de la capitale, où elle officiait encore quelques mois plus tôt. Mutation familiale souhaitée affirmait la version officielle, mise au placard clamait l'officieuse. Quoi qu'il en fût, elle avait immédiatement demandé à réunir la cellule d'enquête et, surprenant tout le monde, avait choisi la sous-préfecture de Gex pour y installer le nouveau quartier général.

À 8 heures, Carbonnier, Pailhès, Wellber, le major Broch, Martha Müller, le procureur de la République Billard, la colonelle Louis, l'adjudant-chef Rigaud, les gendarmes Jedrecy et De Haas et l'adjudant Bahiya prirent place autour de la grande table de réunion ovale. Une secrétaire du sous-préfet se chargea de servir le café dans des gobelets en carton estampillé d'un petit logo représentant une part de fromage. Le bleu de Gex, c'était écrit en dessous. La juge d'instruction arriva la dernière. Elle poussa du pied avec une telle énergie la porte gigantesque que le battant alla taper le mur en claquant. Carbonnier regarda avec étonnement cette petite femme – elle ne devait pas dépasser le mètre cinquante – débouler comme une furie, des dossiers plein les bras, qu'elle jeta sur la table.

— Bonjour. Je suis Karine Bacon, pour ceux qui ne me connaissent pas. Le procureur de la République, ici présent, a eu la gentillesse de me saisir de cette affaire de double homicide, se présenta-t-elle en se débarrassant de sa doudoune molletonnée.

Inutile d'être grand clerc pour deviner l'ironie qui pointait dans cette phrase introductive.

— Je n'ai l'intention d'insulter personne ; toutefois, l'ouverture si tardive de cette information judiciaire me prouve que vous n'avez pas dû beaucoup avancer dans cette enquête, malgré l'aide de vos collègues suisses, que je remercie d'être venus. On va donc tout reprendre depuis le début. *Tabula rasa*... Alors, petit un, voici la commission rogatoire nécessaire à tous les actes d'instruction que vous allez être amenés à faire. J'en ai fait une copie pour tout le monde, sauf pour nos collègues suisses, cela va de soi. L'original est pour la directrice des opérations.

Elle se tourna vers la colonelle Louis.

— C'est bien comme ça qu'on dit dans la gendarmerie ?

— Oui... oui.

— On ne dit pas directeur ?

— Ah ! Euh… Comme vous voulez.

— Très bien. Je dirais donc directrice. *De gustibus et coloribus, non disputandum*[1].

Elle tendit une liasse de feuilles A4, à la militaire.

— Faites tourner. Merci… Petit deux, j'ai bien potassé le dossier mais j'ai besoin que quelqu'un me le résume à haute et intelligible voix. Qui est volontaire ?

— Le lieutenant Carbonnier est le mieux placé, décida Louis. Il est le directeur d'enquête.

— Soit. Lieutenant, je vous écoute. Nous vous écoutons.

Malgré une migraine carabinée, Carbonnier s'exécuta et retraça la chronologie de l'enquête sans fioriture ni oubli. La juge hocha la tête, satisfaite. Elle s'empara d'un stylo à bille et ouvrit un bloc Rhodia A4 noirci de son écriture. La colonelle découvrit une longue liste numérotée.

— Bien. J'ai des questions, dit Bacon en faisant sauter le bouchon du Bic. La peinture rouge retrouvée sur le crâne de la victime a-t-elle pu être identifiée ?

— Oui et non, souffla Louis, qui trouvait que cette séance de questions-réponses débutait bien mal. Non, parce que la composition de cette peinture est assez courante, oui, parce qu'il pourrait s'agir de celle d'un extincteur.

— « Pourrait »… Pourquoi le conditionnel ?

— Les deux peintures sont identiques mais, comme je le disais, on trouve la rouge un peu partout. Les

1. « Des goûts et des couleurs il ne faut pas discuter. »

techniciens ont pensé à un extincteur parce qu'il est établi que Bianca Lorco est décédée à la suite d'un coup porté sur son crâne avec un objet lourd. Un extincteur pourrait faire l'affaire. Au conditionnel, hélas.

La magistrate biffa quelque chose sur son carnet avec une moue contrariée.

— Qu'a donné l'analyse de l'ordinateur saisi à son domicile ?

— Rien de probant. Il ne contenait que peu de fichiers. Seul fait remarquable, il n'a été allumé qu'une fois depuis 2013…

— Quand ? s'exclama Bacon.

— Euh…

La colonelle ouvrit le dossier posé devant elle et farfouilla dans les papiers qu'il contenait avant de trouver la date demandée.

— Le 12 juillet 2016.

— À quoi correspond cette date ?

— Je ne sais pas.

— Comment ça ? Vous n'avez pas vérifié ? s'étonna la juge, du fiel dans la voix.

— Non, je pensais…

— *De non vigilantibus non curat prætor*[1]… Le dénommé Legendre s'est introduit dans l'appartement de la victime à deux reprises. À quelles dates ?

Personne ne connaissait la réponse à cette légitime interrogation et personne n'avait pensé à le demander à Legendre. La juge scruta chacun des participants autour de la table.

1. « Des insouciants le préteur n'a cure. »

— *Felix qui potuit rerum cognoscere causas*[1]. Je comprends mieux l'impasse dans laquelle vous vous trouvez, siffla-t-elle. Vous me vérifierez cette date.

— Évidemment, fayota Louis.

— Et la Clio ? Vous l'avez cherchée ?

— Il y a cinq mille propriétaires d'une Clio dans le département de l'Ain, l'informa Carbonnier qui s'était penché sur le sujet. Si l'on écarte toutes celles de couleur claire, il en reste trois mille huit cents. Nous n'avons pas les effectifs pour leur rendre visite.

— Eh bien, on va mettre le paquet, lieutenant ! Cette voiture est au centre du deuxième homicide. Je la veux. Comme je veux, et là je m'adresse à nos collègues suisses, que tous les petits dealers de Genève soient cuisinés à la française, pour faire un mauvais jeu de mots, *felix culpa, vis comica*[2]... Vous pensez pouvoir faire cela, major ?

Broch sursauta. Il habitait Fribourg, capitale du bilinguisme, et venait en train à Genève chaque matin. Marié à une Suisse alémanique née à Zurich, il parlait allemand à la maison et le français n'était pas la langue avec laquelle il était le plus à l'aise. Aussi la vivacité et le débit de cette petite femme l'étourdissaient. Il avait un mal fou à suivre ce qu'elle disait.

— Oui, oui, marmonna-t-il sans vraiment savoir ce qu'elle lui avait demandé.

— Bien. Les alibis de l'entourage de la victime ?

— Ils ont été vérifiés dans les jours qui ont suivi le premier meurtre, affirma Louis.

---

1. « Heureux qui a pu pénétrer la raison des choses. »
2. « Heureuse faute, force comique. »

— On les revérifie. Un par un. Je ne veux pas qu'un seul doute plane sur l'un d'eux. *Qui rogat non errat*[1].

Pailhès se pencha vers Martha Müller, l'œil brillant. Peut-être parce qu'il sentait qu'il ne pourrait l'avoir, cette fille l'excitait au plus haut point. Il chuchota :

— Vous comprenez les trucs en italien, vous ?

— C'est du latin, répliqua-t-elle sans tourner la tête.

— C'est pas pareil ? Et pourquoi elle fait ça ?

— *Omnia dicta fortiora si dicta latina*[2], lâcha Müller, qui avait étudié la langue de César jusqu'en dernière année de l'école de culture générale.

— Alba Gómez est-elle toujours en France ? continua Bacon.

— Oui. L'enterrement de sa sœur est prévu ce week-end.

— Bien. Il faut l'entendre à nouveau.

— L'autopsie de Legendre maintenant. Qui s'en est chargé ?

— Moi ! lança Martha en levant la main comme à l'école.

— Nous vous écoutons.

— Legendre est décédé à la suite du coup qu'il a reçu à la carotide gauche. Un objet très tranchant de type cutter ou, plus probablement, un couteau bien aiguisé. L'artère a été sectionnée au niveau de la carotide primitive et il s'est vidé de son sang en moins d'une minute. L'analyse toxicologique a fait apparaître une alcoolémie d'un virgule deux gramme par litre de

1. « Qui pose des questions ne commet pas d'erreur. »
2. « Un propos prend plus de force lorsqu'il est dit en latin. »

sang. L'heure de la mort est bien celle donnée par le lieutenant Carbonnier.

— *Deo gratias*[1] ! s'exclama Bacon.

— Des traces ADN ont été relevées sur son corps car un cheveu, assez court et brun, s'était englué dans le sang. Cheveu qui n'était pas le sien. Le profil génétique n'apparaît dans aucun fichier, français ou suisse. Voilà.

— Merci.

La juge se leva et Carbonnier constata qu'elle n'était guère plus grande debout qu'assise. Elle posa ses deux mains à plat devant elle et se plia vers son auditoire.

— Nous avons des empreintes digitales et génétiques inconnues. Je suis prête à parier qu'elles appartiennent à la même personne. Et que cette personne est celle que nous cherchons.

— Peut-être l'un de ceux qui a refusé les prélèvements ? suggéra Clément en faisant un clin d'œil à Martha Müller.

— Bonne remarque, major… Je ne vous cache pas que cet interlude m'agace au plus haut point.

— Vous ne pouvez pas forcer les choses ? demanda Wellber.

— *Justicia omnibus*[2], cher monsieur, un témoin n'est pas obligé d'accepter un prélèvement biologique et je ne peux l'y contraindre. Je vais voir ce que je peux faire mais je ne suis pas omnipotente.

— Il y aurait bien une solution, proposa Carbonnier sans chercher à être mystérieux.

---

1. « Rendons grâce à Dieu. »
2. « Une même justice pour tous. »

— Ah ? Laquelle ?

— Vous ne voulez pas le savoir, madame la juge, mais, si une correspondance venait à sortir, nous pourrions envisager de le faire dans le cadre de la commission rogatoire que vous avez délivrée.

— Pour les sept ?

— Ça doit être jouable.

La juge regarda longuement Carbonnier puis, soudain, sa montre.

— Faites au mieux, lieutenant. Neuf heures. Il est plus que temps de se mettre au travail, je ne vous retiens pas davantage… Réunion dans deux jours à la même heure, au même endroit. Et ce, jusqu'à ce que nous tenions le coupable !… Pourquoi ici, vous demandez-vous d'ailleurs ? Parce que c'est neutre. *Nihil est sine ratione*[1].

La magistrate enfila sa doudoune et ramassa ses dossiers sur la table tandis que l'assemblée se levait.

— Ah, j'oubliais ! Une dernière chose…

Tous se rassirent précipitamment.

— *Cui prodest ?*

— À qui profite le crime ? traduit à voix haute Martha Müller.

Karine Bacon valida la version d'un hochement de tête.

— Nous venons de gloser sur ce double meurtre sans jamais avoir avancé une hypothèse sur leur mobile. Or, vingt années de magistrature m'ont appris qu'un meurtre n'est jamais fortuit. Qui a une idée ?

Carbonnier, comme les autres, garda le silence. La juge avait raison, ils travaillaient dans l'ombre depuis

---

1. « Rien n'est sans raison. »

le début. Un mobile éclairait les coupables aussi sûrement qu'une Maglite les cambrioleurs dans la nuit.

— Je vous demande de vous pencher là-dessus aussi. En tâche de fond comme disent les informaticiens, conclut-elle avant de quitter la salle aussi vite qu'elle y était entrée.

Tous se levèrent et sortirent, jetant au passage leurs gobelets vides dans la grande poubelle à côté de la porte. La colonelle Louis posa sa main sur l'épaule de Carbonnier pour le retenir dans la salle de réunion. Quand ils ne furent plus que tous les deux, elle l'interrogea.

— C'est quoi, votre méthode ? Pour les empreintes ?

— Vous ne voulez pas le savoir non plus, colonelle.

— Comment ça je ne veux pas le savoir ? s'emporta la militaire. Je veux savoir tout ce qui concerne cette enquête, mon lieutenant.

Bertrand ne put réprimer un petit sourire narquois. Bien que sa pause clope fût différée de quelques minutes, il se sentait de bonne humeur (ou d'humeur égale, disait-il quand la chimie fonctionnait au mieux). Cette juge l'avait ragaillardi en faisant souffler un vent nouveau sur cette affaire. Sa supérieure avait encore beaucoup à apprendre, alors il se fit pédagogue et lui expliqua, à voix basse, les ficelles du métier.

*

Carbonnier et Pailhès vinrent à la rencontre de Jeanne Corbal en début d'après-midi, mais ne la trouvèrent pas.

— Elle est à Prévessin, leur apprit Gervaas. Elle planifie le transfert du cryostat d'ICARUS.

— Où c'est, ça ? s'enquit le major.
— À cinq minutes en voiture, vers le nord.
— Merci.

Les deux OPJ tournèrent les talons. Mais le Néerlandais les rappela.

— Messieurs !

Le chercheur semblait gêné. Il surveillait du coin de l'œil son collègue, assis devant ses ordinateurs quelques mètres plus loin. Convaincu qu'il était absorbé par ce qu'il faisait, il demanda à voix basse :

— Pour la histoire de ces trucs d'ADN… Mmm…

Carbonnier le laissa venir, ravi de le voir confirmer ce qu'il pensait depuis le début : Jeanne Corbal, et elle seule, était à la manœuvre dans ce refus groupé des prélèvements biologiques. À l'évidence, certains avaient suivi sans être totalement convaincus. La chercheuse avait dû insister : plus ils étaient nombreux à refuser, moins ils auraient de problèmes. Carbonnier était d'ailleurs obligé d'admettre qu'elle n'avait pas eu tort. La juge n'aurait fait qu'une bouchée d'un seul contestataire. Multiplié par sept, elle s'était trouvée démunie et, pour l'instant, les sept mercenaires avaient eu gain de cause. Mais Gervaas, isolé du groupe, n'était plus si sûr de lui.

— Il va y avoir des problèmes pour nous ? Enfin… pour moi ?

— Ce n'est pas impossible, oui.

L'homme, stressé, passait d'un pied sur l'autre. On eût dit un peuplier tanguant dans les rafales de Monsieur de Port de l'Écluse[1].

1. Vent venant du sud qui souffle de Grenoble à Genève.

— Mais vous avez toujours la possibilité de revenir sur votre décision…

— Ah ?

— L'un de nos collègues doit passer vérifier une deuxième fois votre alibi pour la nuit du 16 octobre, n'hésitez pas à lui faire part de vos doutes. Un prélèvement est toujours possible… de façon discrète, si vous le souhaitez.

Gervaas Van Dongen laissa tomber ses épaules. Une tension s'évanouissait. Il esquissa un petit sourire gêné qui en disait long. L'adjudant Bahiya n'allait pas tarder à arriver et Carbonnier aurait pu parier qu'il repartirait avec les empreintes du Néerlandais.

*

Le major n'eut aucun mal à rallier le deuxième site du Conseil européen pour la recherche nucléaire. Après avoir franchi la barrière, ils roulèrent au pas sur la route Dirac, bordée du côté droit par la forêt. L'endroit était beaucoup plus vert que le site historique de Meyrin car, à l'évidence, toute la surface n'avait pas encore été utilisée. Ils arrivaient sur un rond-point lorsqu'ils aperçurent une harde de daims qui broutaient lascivement dans une grande étendue herbeuse entourée de grillages.

— P'tain, c't'un zoo ou quoi ? lâcha Pailhès en s'arrêtant en plein milieu du giratoire pour admirer les cervidés.

— Prends à droite.

— T'sais quoi ? Quand je les regarde comme ça, j'ai envie d'un rôti de biche… C'est ma belle-doche qu'a fait ça pour l'anniversaire de ma femme, ben, franchement, c'est presque aussi bon que l'bœuf ! Avec, elle avait fait une sauce au vin, j'te dis qu'ça...

— Prends à droite, répéta le lieutenant sans exaspération.

— Ça roule, ma biche ! ricana le major en passant la première.

Route Gentner, puis de Broglie, et ils se garèrent devant l'impressionnant hangar EHN1. Il était tout neuf et gigantesque. Carbonnier estima sa longueur comparable à celle de deux, voire trois terrains de football. Sur le flanc de ce monstre, réunis dans un bâtiment de plain-pied qui paraissait nain, les deux hommes trouvèrent les bureaux. Ils pénètrent dans un petit hall central, dont les murs de droite et de gauche étaient couverts de boîtes aux lettres. Deux couloirs en partaient, dans des directions opposées.

— Mate ! dit Pailhès.

Le major désignait un petit panneau doré, collé sur le mur qui leur faisait face, entre les deux corridors. Y était gravée une flèche surplombant le nom de Bianca Lorco. Dessous, son titre : directrice de la plateforme Neutrino. La curiosité les poussa à suivre le fléchage et ils parvinrent au bureau de la victime, qu'ils n'avaient jamais vu. La rubalise en interdisant l'accès avait disparu, mais les points de cire rouge qui l'avaient maintenue étaient toujours là. Carbonnier attrapa la poignée ronde. Elle n'offrit aucune résistance quand il la tourna. La porte s'ouvrit. Jeanne Corbal était assise derrière le bureau. Elle releva le nez des papiers dans lesquels elle était plongée et se rembrunit en découvrant les policiers.

— Bonjour, messieurs… Ça y est ? Vous venez m'arrêter ? dit-elle sans vraiment plaisanter.

— Pas encore. Nous pouvons entrer ?

— Je vous en prie. Asseyez-vous, même… Vous vous demandez ce que je fais ici ?

— C'est exact.

— J'assure l'intérim à la tête de la plateforme. Nous sommes dans une phase critique, le premier cryostat va être déplacé pour accueillir le détecteur ICARUS la semaine prochaine et nous…

Elle s'arrêta net et prit le temps de se redresser sur sa chaise. Elle jeta son crayon qui roula sur une petite distance avant de s'immobiliser.

— Allez-y, dites-le, lança-t-elle au lieutenant.

— Que je dise quoi ? feignit-il de ne pas comprendre.

— Vous n'êtes pas si stupide que cela, inspecteur.

Il sourit. L'image de Colombo, encore.

— Je peux fumer ? se permit-il en sortant une Marlboro.

— Non. Bien sûr que non !

— Ah. Dommage.

Il glissa avec soin la cigarette dans son paquet qu'il remit dans sa poche, à côté des médicaments.

— Ce bureau… cette responsabilité… on peut voir ça comme une promotion, non ?

À son tour, un rictus se dessina sur les lèvres de la chercheuse.

— Nous y voilà ! N'est-ce pas aller un peu vite en besogne, inspecteur ?

— Je ne sais pas, vous allez me le dire… Une empreinte digitale est retrouvée sur les deux scènes de crime. Deux homicides, deux personnes qui sont liées par d'étranges cambriolages. Cette empreinte ne sort dans aucun fichier. Je décide donc de vérifier si elle n'appartient pas à l'entourage de Bianca Lorco car, vous ne l'ignorez pas, la plupart des meurtriers évoluent dans la sphère proche de la victime. Hélas, quelqu'un refuse de donner ses empreintes. Et cette personne, c'est vous. Vous que je retrouve à la place de la victime à peine dix jours plus tard. Je vous le demande… Que dois-je en conclure ?

Comme Jeanne Corbal gardait le silence, il continua.

— Nos métiers se ressemblent après tout. Nous traquons tous les deux quelque chose. Vous, des particules. Et moi, des amas de particules, avec deux bras et deux jambes… Pour ce faire, nous utilisons des méthodes similaires, nous accumulons des indices. Quand un courant apparaît dans l'une de vos cuves, ne décrétez-vous pas qu'un neutrino l'a traversé ?

— Si, inspecteur. Mais vous faites erreur sur un point. Ma recherche et la vôtre diffèrent de façon fondamentale. Plus vous en savez, plus vous vous rapprochez de la vérité. Ici, c'est l'inverse, plus nous en savons, plus le mystère s'épaissit.

Carbonnier goûta cette dernière phrase avec délectation. Elle n'avait pas tort, pourtant il voulait jouer de son avantage.

— Me donnerez-vous vos empreintes pour me faire mentir ?

— Non.

Le lieutenant se leva et attrapa un stylo à bille dans le pot à crayons posé devant lui.

— Eh ! s'écria-t-elle. Que faites-vous ?

— Je vous l'emprunte. Je peux ?

— Jamais de la vie ! Vous me prenez pour une buse ?

Il s'éloigna en direction de la sortie. La chercheuse se leva à son tour et se rua sur la porte pour lui barrer le passage.

— Rendez-moi ce stylo !

— Enfin, madame… un simple stylo !

— Rendez-le-moi !

— Je vous le rapporte demain. Promis.

— Rendez-le-moi, cria-t-elle.

— Si vous y tenez tant que ça… le voici.

Carbonnier lui présenta le stylo qu'elle arracha d'un geste vif. Elle respirait par le nez, vite, et son visage s'était empourpré.

— Je pense que nous serons amenés à nous revoir très vite, madame.

— J'assure l'intérim. L'intérim ! Vous savez ce que cela signifie ? grinça-t-elle. C'est provisoire !

— Si vous le dites… Clément ! On va y aller.

— Tout de suite.

Pailhès rejoignit son supérieur et Jeanne Corbal s'écarta pour les laisser passer. Ils s'éloignèrent à petits pas. Dans leur dos, la scientifique ne les lâcha pas du regard jusqu'à ce qu'ils aient disparu au bout du couloir.

Assis dans la voiture, Carbonnier se tourna vers Pailhès.

— C'est bon ?

Le major se fendit d'un large sourire. Il sortit sa main droite de la poche de sa parka. Elle était curieusement gantée d'un petit sac plastique transparent, de ceux dont on se servait au supermarché pour prendre des légumes. Il serrait entre ses doigts un crayon à papier.

— C'est bon.

Chapitre 31

Lundi 31 octobre – 12 h 21

Wellber avait du mal à cacher sa joie. Il observait Philippe Kempf derrière la vitre sans tain. Ce dernier se tortillait sur sa chaise, en proie à une furieuse envie d'uriner. Rien d'étonnant, les collègues l'avaient abandonné dans cette petite salle d'interrogatoire trois heures plus tôt et personne n'était passé le voir depuis.

Au fait des astuces policières, Kempf savait qu'on le scrutait derrière le miroir et s'était adressé plusieurs fois à son invisible interlocuteur, collant son visage au plus près de la glace. Tout d'abord cool, puis narquoise, son attitude s'était progressivement transformée jusqu'à prendre la forme d'une exaspération palpable. Wellber estima qu'il était mûr. Il entra dans la pièce.

— Putain ! C'est pas trop tôt ! J'ai envie de pisser ! l'informa Kempf.

— Ah, se contenta de répondre l'autre.

— Quoi ah ? Je peux y aller ou bien ?

— Pas tout de suite, hélas.

— J'm'en fous, je vais pisser dans un coin de la pièce, vous aurez gagné.

— Dommage à la propriété, article 144 du CPS[1]. Trois ans.

— Vous rigolez ?

— En ai-je l'air ?

L'inspecteur s'assit, ôta son chapeau et entreprit d'en lisser le bord avec méticulosité. Il s'y adonna pendant une grosse minute avant que Kempf ne demande :

— Vous voulez quoi ?

— Je vous l'ai déjà dit la semaine dernière.

— J'ai oublié.

— Rohypnol. Vous vendez ?

— Ouais, souffla Kempf. Mais je demande l'ordonnance. Votre copain gorille le sait bien.

Wellber ne put s'empêcher de rire. Autant pour le surnom de Nanzer que pour l'énormité assenée.

— Je cherche un acheteur occasionnel, un homme. Que vous n'aviez jamais vu. Il en aurait pris il y a quinze jours. Et vous ne l'auriez jamais revu.

— Putain, je peux pas me souvenir de tout le monde… Enfin, y a tellement de passage aux Quatre Portes…

— Sûr ?

Kempf était à deux doigts de se faire pipi dessus.

— Je vous laisse, un collègue va venir enregistrer votre déposition.

Wellber se leva, remit son chapeau et fit mine de quitter la salle.

— Y a bien un mec…

1. Code pénal suisse.

— Oui ?

— Un mec qui est venu… Un vendredi. Jamais vu avant, et puis… il avait pas la tronche de mes clients ordinaires.

— C'est-à-dire ?

— Trop vieux.

— Quel âge ?

— Y avait du monde, de la musique, il faisait sombre, c'est pas facile. Je dirais quarante, peut-être moins. Il avait pas beaucoup de cheveux.

— Chauve ?

— Peut-être, j'ai pas bien vu, j'vous dis. Les cheveux rasés, en tout cas.

Mark en voulait plus et la vessie de Kempf était sa meilleure alliée.

— Couleur des yeux ?

— Je m'souviens pas.

— Habillé comment ?

— Je m'souviens pas.

— Couleur de peau ?

— Blanc. Il était blanc.

— Que lui avez-vous vendu ?

— Du Rohypnol. Une plaquette.

— C'est tout ? Un homme de quarante ans, type caucasien, avec les cheveux ras. Cette description est celle du quart des Genevois !

— Le mec ressemblait un peu à ce joueur de foot français… très connu…

C'était un sport que Wellber n'aimait pas, même s'il en appréciait les grandes compétitions internationales car elles libéraient des créneaux de réservation au TC Meyrin.

— Qui ?

— Zidane ! Celui qui a marqué en finale en 1998, contre le Brésil.

Mark n'avait pas regardé ce match mais la tête du meneur de jeu lui était vaguement familière.

— J'peux aller pisser maintenant ?

*

Carbonnier fixait les quatre objets enfermés dans les sachets cristal. Un verre de cantine avec l'âge gravé en dessous, un gobelet de café en plastique blanc, une petite bouteille d'eau minérale et le crayon à papier de Jeanne Corbal. Comme il s'en doutait, Gervaas avait spontanément donné ses empreintes biologiques quand Bahiya s'était présenté pour vérifier son alibi, le soir du premier meurtre. Seules manquaient les empreintes de Stéphane Jablowski et de Malek Brahmi. Le premier était en déplacement à Paris, le second randonnait quelque part dans le Jura, sa tente et son sac de couchage sur le dos. Or, le lieutenant avait donné des consignes strictes : le propriétaire de chaque objet récolté devait avoir été identifié de façon formelle. Pas question d'envoyer à l'analyse des empreintes qui, *in fine*, s'avéreraient ne pas appartenir au suspect. Il n'avait donc pas voulu que ses hommes s'introduisent dans le bureau des deux absents pour subtiliser un bidule supposé être à eux. Ils attendraient leur retour.

À trois cents euros le test ADN, Carbonnier avait décidé de se concentrer dans un premier temps sur les empreintes digitales. Aubernon connaissait quelqu'un à la division criminalistique d'identification humaine, département empreintes, à Pontoise. Un vieux camarade de promo qui pouvait comparer officieusement celles relevées à celle trouvée chez Legendre. Une bouteille de bon vin en guise de salaire. Si l'une d'elles matchait, il serait toujours temps de lancer une analyse génétique. Bertrand posa avec précaution les scellés « hors procédure » dans un petit carton vide de ramettes de papier. Il envoya un SMS au major pour qu'il vînt les récupérer. Il ne voulait pas attendre d'avoir les six. Le circuit d'identification risquait de prendre un peu plus de temps que d'ordinaire, il ne fallait pas traîner. Pailhès entra dans la salle de repos, un paquet de feuilles sous le bras.

— P'tain, j'en peux plus ! On va jamais y arriver avec ces Clio… J'arrête pas depuis trois jours. J'ai dû passer cinq cents coups de fil !

Carbonnier ne releva pas l'exagération patente de son adjoint.

— Fais une pause mais… faudra t'y remettre. Je vais t'aider.

— En plus, entre nous… si je tombe sur le propriétaire de la bagnole, tu crois qu'il va répondre à mes questions ?

— C'est justement ce qu'on attend, Clément. Le moindre gars qui te paraît louche ou hésitant, tu fonces lui rendre visite !

— Ouais, commenta le major, peu convaincu par la méthode.

Le maréchal des logis-chef, vêtu de son traditionnel gilet de sécurité fluo, débarqua dans la pièce. Une fois de plus, il affichait un air inquiet, voire paniqué.

— Mon lieutenant… Un appel pour vous. Je pense que c'est urgent.

— J'arrive.

Bertrand se tourna vers le major.

— Tu t'y remets vite, Clément.

— Ouais, t'inquiète.

— C'est urgent à mon avis, mon lieutenant ! répéta Daudon.

Carbonnier suivit le militaire jusqu'à l'accueil. Le téléphone fixe était décroché et posé sur la banque d'accueil. Il s'en empara et le porta à son oreille :

— Brigadier Lamarque à l'appareil. Je vous appelle de Saint-Julien-en-Genevois… Vous êtes bien en charge de l'enquête sur le double assassinat du CERN ?

— Oui, et ?

— Eh bien, sur la route de Laconnex où on était postés pour un contrôle radar à la jumelle, on a arrêté un homme, qui est actuellement dans notre brigade. Il roulait à moto, à 142 kilomètres par heure sur la départementale.

— En quoi cela me concerne-t-il ? s'agaça Carbonnier.

— J'y viens, mon lieutenant. L'homme paraissait très agité. On a d'abord cru qu'il était ivre. Donc ballon, mais l'éthylotest était négatif. Quand on l'a interrogé sur la raison de son excès de vitesse, il a tenu un discours confus… En plus, il n'avait pas de papiers d'identité et a refusé de nous donner son état civil. Donc on l'a ramené à la brigade et c'est là qu'il a demandé à vous voir.

— Moi ?

— Oui. « L'inspecteur Carbonnier » a-t-il dit, « celui qui travaille sur l'enquête au CERN ».

— Comment me connaît-il ?

— Aucune idée. Il ne veut parler qu'à vous. Je ne sais pas si mon appel est pertinent mais j'ai préféré vous en faire part… Je suis désolé, j'ai mis un peu de temps à trouver votre numéro.

— Et où il est, ce monsieur ?

— En face de moi.

— Passez-le-moi.

Le combiné changea de main.

— Allô… Lieutenant Carbonnier à l'appareil.

— Venez… Venez vite…

Une voix masculine, tremblante. À l'autre bout du fil, l'homme pleurnichait.

— Qui êtes-vous, monsieur ?

— Elle… elle est morte…

— Qui est morte ?

— Elle est morte… Marjolaine… Elle est morte…

Des sanglots. Carbonnier intima à Pailhès, qui l'avait rejoint, intrigué par le ton pressant de son supérieur, de préparer la voiture.

— Qui êtes-vous, monsieur ? Votre nom ? J'ai besoin de connaître votre nom !

— Stéphane Jablowski.

— Repassez-moi le gendarme !

Un temps puis la voix du brigadier.

— Lamarque, j'écoute.

— Vous me le gardez au chaud. On arrive.

*

Saint-Julien-en-Genevois se situait à vingt-deux kilomètres de Thoiry. Google Maps annonçait bêtement un trajet d'une grosse demi-heure. C'était sans compter le gyrophare et la conduite nerveuse du major Pailhès. Dix-huit minutes plus tard, les deux OPJ entraient dans la gendarmerie. Ils y trouvèrent Stéphane Jablowski, effondré sur l'un des fauteuils de la salle d'attente, la tête entre les mains. Carbonnier, comme s'il s'adressait à un enfant, vint s'accroupir devant lui.

— Monsieur Jablowski ? Monsieur Jablowski ? l'interpella-t-il d'une voix douce mais ferme.

Le scientifique écarta ses mains. Ses yeux étaient inondés de larmes. De la morve sortait de ses narines.

— Elle est morte.

— Où est-elle ?

— Chez elle. Je suis passée la voir… en rentrant de Paris… Elle…

— C'est où chez elle ?

— Rue de la Paix…

Carbonnier interrogea du regard le gendarme Lamarque.

— C'est à cinq minutes.

— On va y retourner avec vous, monsieur Jablowski. Vous vous en sentez capable ?

Le chercheur ne dit rien mais il renifla fort, se moucha du revers de sa manche et se leva d'un bond.

— Je vous y emmène, déclara-t-il, gonflé d'une soudaine énergie.

Les deux gendarmes le guidèrent jusqu'à la Kangoo, puis Jablowski fit de même jusqu'au domicile de Marjolaine Rey. Il s'agissait de petits immeubles de caractère, comme ils disent dans les agences immobilières. Les bâtiments de deux étages, assez récents, formaient un carré qui enclavait une cour arborée. Ils y pénétrèrent par l'accès principal, traversèrent le jardin en diagonale pour accéder à l'entrée du numéro trois. Stéphane Jablowski marqua une pause avant de sortir un trousseau de clés de sa poche et d'ouvrir les deux sas. L'appartement de la jeune femme était au premier étage. Le chercheur avança jusqu'à la porte d'entrée, glissa la clé dans la serrure et annonça :

— C'est ici. Je… je ne veux pas y retourner.

Après avoir échangé un regard avec son supérieur, Pailhès ouvrit et entra, la main sur la poignée de son Sig Sauer, toujours fourré dans son holster. Carbonnier lui emboîta le pas. Ils franchirent un étroit vestibule, assez sombre, pour arriver dans une grande pièce très lumineuse et le contraste leur fit cligner des yeux. Derrière la baie vitrée, un long balcon donnait sur le jardin de la propriété. Parquet clair, canapé d'angle gris, télévision et table basse d'un côté, une petite table à manger et quatre chaises de l'autre. Un ficus s'épanouissait dans un large pot blanc. Une sérigraphie de Shepard Fairey, accrochée sur un mur au-dessus d'un écran plat, intimait au visiteur anglophone l'ordre d'obéir. La décoration était soignée, féminine mais pas ostentatoire. Sur la gauche, un passe-plat laissait apparaître la cuisine, toute blanche. Les deux gendarmes se dirigèrent lentement vers l'unique porte qui partait sur la droite. Ils avancèrent dans un couloir, découvrirent la salle de bains, propre et parfumée. Le major s'arrêta sur le seuil de la pièce du fond, celle de la chambre. Le lit avait été déplacé pour ne plus être à la verticale du lustre au plafond. Celui-ci n'y était d'ailleurs plus accroché, il traînait au pied de la table de nuit. À sa place, le corps sans vie de Marjolaine Rey pendait au bout du fil électrique, transformé en nœud coulant de fortune.

*

Le procureur de la République Billard et la juge Bacon avaient fait le déplacement. Wellber et son adjointe étaient là eux aussi. Dans la chambre, les TIC ne chômaient pas.

— Cette affaire prend des proportions inquiétantes, assena Billard.

— Rien n'indique que ce suicide y soit lié, précisa Bacon. Elle a laissé un mot ?

— Non.

— Qu'en pense celui qui l'a découverte ?

— Il est traumatisé, leur apprit Carbonnier. Il est persuadé qu'il est le prochain. Pour lui, ce n'est pas une coïncidence.

— Pourquoi était-il le premier sur les lieux ?

— Ils étaient amants. De retour de Paris, il est directement venu la retrouver. Ils avaient les clés de leurs appartements respectifs. Il est entré et l'a découverte ainsi.

Karine Bacon pinça l'arête de son nez. Elle ferma les yeux, appuyant fort sur ses paupières. Les hommes autour d'elle ne pipaient mot. La magistrate prit son temps avant de déclarer :

— *Accipe quam primum, brevis est occasio lucri*[1].

1. « Il faut battre le fer tant qu'il est chaud. »

— Ce qui veut dire ? osa Wellber.
— Messieurs, il va falloir se bouger le popotin !

*

Usant d'une ultime locution latine, la juge avait insisté : la collaboration franco-suisse ne serait pas un vain mot. Tandis que Pailhès était retourné à sa liste de Clio en compagnie de Müller, Carbonnier et Wellber se chargeaient du débriefing de Stéphane Jablowski, dans les locaux de la gendarmerie de Saint-Julien.

— Vous n'avez rien touché, vous êtes sûr ?

— Absolument ! Dès que je l'ai vue, j'ai paniqué et je suis parti en claquant la porte.

— Où comptiez-vous aller ? Et pourquoi si vite ?

— J'ai paniqué, je vous dis... je... j'allais venir vous voir.

— Depuis combien de temps entreteniez-vous cette liaison ? demanda Wellber.

— Deux ans, environ.

— Vous ne pouvez pas être plus précis ?

— Septembre. Le jour, je... je ne m'en souviens plus.

— Comment expliquez-vous son geste ? reprit Carbonnier.

— Je ne l'explique pas... je...

— Rien, ces derniers temps, ne vous aurait mis la puce à l'oreille ?

— Non. Non.

— Vous nous avez confié avoir peur, monsieur Jablowski...

L'homme regarda les deux inspecteurs et Wellber détailla son visage. Des cernes noirs faisaient des ombres inquiétantes sous ses yeux. Ses traits étaient tirés, son teint maladif. Mal rasé, une ombre de barbe poivre et sel rongeait ses joues creuses. Ses vêtements étaient froissés et il ne sentait pas très bon. Il donnait l'impression d'avoir passé la nuit dehors, à dormir sur un banc ou sous un pont.

— De quoi avez-vous peur ? interrogea Wellber.

— Brahmi, murmura le chercheur de façon à peine audible.

— Pardon ?

— Brahmi. Malek Brahmi.

Les deux enquêteurs se regardèrent, interloqués. Ils pensèrent à la même chose, au même moment : se pouvait-il, après quinze jours d'enquête, que les langues se délient soudain ? Leur bagage, leur expérience leur soufflaient que, si c'était surprenant, ce n'était pas impossible. Une investigation qui durait, c'étaient des secrets à garder longtemps. Et tout le monde n'en était pas capable. D'un petit hochement de tête, Carbonnier indiqua à Wellber de s'engouffrer dans la brèche ouverte par Jablowski. Cependant, le Suisse ne s'y lança pas tête baissée. Pas de questions ouvertes qui, souvent, diluent la révélation initiale et laissent le temps de changer d'avis, de revenir sur ses propos. Il opta donc pour une suite d'interrogations fermées comme celles qu'il posait à ses filles, autrefois, pour découvrir l'animal qu'elles avaient en tête.

— Brahmi était-il un collaborateur privilégié de Bianca Lorco ?

— Oui. Elle l'avait pris sous son aile et j'ai l'impression qu'ils étaient devenus très proches.

— Plus proche que vous ne l'étiez d'elle ?

— Oui.

— Savez-vous où il se trouve actuellement ?

— Non.

— Pourquoi a-t-il refusé de donner ses empreintes ?

— Par principe. Il faisait partie des plus catégoriques, avec Jeanne… Il a même dit qu'il préférerait faire de la prison plutôt que donner des empreintes.

— Et vous ?

— Moi ? J'ai suivi le mouvement.

— Pourquoi venez-vous de citer son nom ? Vous a-t-il menacé ?

— Non.

— A-t-il menacé Marjolaine Rey ?

— Non. Enfin, je ne crois pas. Mais j'étais à Paris ces derniers jours, je…

— Qu'est-ce qui vous fait croire qu'il pourrait être impliqué dans ces assassinats ?

Stéphane Jablowski baissa la tête et Wellber crut qu'il allait faire volte-face, décréter qu'il en avait trop dit. Pourtant, d'une voix basse, le chercheur avoua :

— Ils ont eu une violente dispute quelques jours avant sa mort.

— La mort de qui ? intervint Carbonnier.

— De Bianca. Ils se sont engueulés à propos d'un protocole. Malek avait pris des libertés et Bianca lui a passé un savon phénoménal. Le ton est monté car il ne s'est pas écrasé.

— Qu'a-t-il dit ?

— Qu'elle devrait arrêter la recherche, qu'elle était trop vieille pour innover, qu'il fallait être téméraire pour faire des découvertes.

— Qu'a répondu Mme Lorco ?

— Qu'il n'avait justement rien compris. Que la recherche était synonyme de patience et d'opiniâtreté. Cent fois sur le métier il faut remettre son ouvrage, répétait-elle. Diminuer les incertitudes, gommer les artefacts, refaire les calculs encore et encore... On a même cru qu'ils allaient en venir aux mains.

— On ? Qui était avec vous ?

— Marjolaine.

— Personne d'autre ?

— Non.

— Jeanne Corbal ?

— Elle était en conférence à Oslo.

— Pourquoi personne ne nous en a parlé ?

— Vous ne l'avez pas demandé, fit simplement remarquer Jablowski.

Chapitre 32

Année 1938. Enrico Fermi reçoit le prix Nobel de physique pour sa découverte des réactions nucléaires créées par des neutrons lents.

Les étudiants ne se bousculaient pas à son cours. Ils étaient cinq. Une rumeur de couloir, à laquelle il refusait de prêter oreille, affirmait que ses leçons étaient trop dures. Pourtant, il avait grandement édulcoré le contenu de ses interventions et faisait preuve d'une patience infinie. Las, seul un étudiant, Eugenio Moreno, paraissait suivre ses démonstrations avec intérêt. Mais cela ne chagrinait pas Ettore. Il avait l'habitude de ne pas être compris, d'évoluer dans des sphères trop lointaines, inaccessibles donc. Et puis, il avait la tête à tout autre chose.

Son départ arrivait.

Dès son arrivée à Naples, il en avait fixé la date au 25 mars. Mars était le mois du printemps et vingt-cinq un nombre qu'il appréciait. Carré parfait, lui-même somme de deux carrés et donc premier triplet pythagoricien, quatrième nombre de Cullen et, surtout, période des années saintes catholiques au cours desquelles le portail d'or de la basilique Saint-Pierre était ouvert par le pape. Ettore gardait un souvenir ému de l'année sainte de 1925. Il avait, avec sa mère, ses frères et ses sœurs, effectué le pèlerinage à Rome, priant dans chacune des basiliques majeures de la capitale. Cette pieuse parenthèse l'avait marqué, bien qu'il ne fût pas croyant. Il avait apprécié cette communion familiale, artificielle peut-être, mais sincère.

Le 25 mars donc. Première étape, Palerme. Deuxième étape, une fois mort, il embarquerait depuis la Sicile pour l'Argentine, sur l'un des grands paquebots anglais qui assuraient le voyage. Il avait acheté un billet pour le ferry reliant les côtes italiennes à la Terre aux trois pointes. Il devait le faire savoir, cela faisait partie de son plan, et la première occasion s'était présentée peu de temps après sa leçon inaugurale, à la fin du mois de janvier. Au détour d'un couloir de la faculté, il était tombé nez à nez sur un homme qui s'était exclamé en le voyant :

— *Professore* Majorana ! Quel honneur !

L'homme avait son âge et un physique de bellâtre, il était plus grand que lui, plus musclé aussi. Il s'était présenté en lui tendant la main :

— Giuseppe Occhialini. Je travaille à l'université de San Paolo en physique…

— Au Brésil ? l'avait coupé Ettore.

Majorana savait très bien qui était Occhialini : il avait confirmé l'existence du positron, prédit par Dirac et découvert par Anderson. Il avait de même constaté que cette antiparticule libérait deux photons de haute énergie quand elle rencontrait de la matière. Ettore n'ignorait pas que celui qu'on surnommait Beppo travaillait à Sao Paulo dans l'institut de physique de Gleb Wataghin.

— Euh… oui…

— Mais alors, que faites-vous ici ?

— Je… je vais à Trieste et mon bateau a fait escale à Naples. Je suis venu rendre visite à Antonio…

L'homme avait paru gêné. Impressionné, tout du moins. Il avait baissé son bras et enfoui sa main, qu'Ettore n'avait pas serrée, dans sa poche.

— Antonio Carelli, précisa-t-il. C'est un ami.

— Je sais qui est Antonio Carelli. Je travaille ici.

— Je… je suis un très grand admirateur de votre travail.

— Ah ? s'étonna Ettore. Vous l'avez compris ?

— Je… oui… pas tout, mais… En tous les cas, je suis tellement content d'avoir pu vous rencontrer !

Ettore, qui ne souhaitait pas que cette conversation s'éternisât, avait pris sa voix la plus sérieuse possible et avait déclaré :

— Vous arrivez juste à temps. Si vous étiez venu plus tard, vous ne m'auriez pas trouvé.

Comme son interlocuteur ne disait rien, Ettore avait ajouté, un ton en dessous :

— Car il y a ceux qui en parlent et ceux qui le font.

— Oui… oui… bien sûr, avait bafouillé Occhialani, dont le visage trahissait la stupéfaction.

Ettore, sans ajouter un mot, avait tourné le dos et s'était éloigné le plus rapidement possible. S'il n'avait eu peur de se trahir, il serait même parti en courant tant était grand son sentiment de honte. Mentir ainsi ne lui était pas familier. Il s'était enfermé dans son bureau et avait repris son souffle. La première pierre était posée, il ne pouvait plus reculer.

*

— Pourquoi as-tu besoin de tout cet argent ? demanda Salvatore.

Ettore détaillait son frère pour la dernière fois afin de graver ses traits dans sa mémoire.

— Je…

Il suspendit sa phrase. Mentir. Encore mentir. Il le fallait. Il tira sur sa cigarette pour y puiser l'aplomb nécessaire.

— Je ne compte pas rester indéfiniment à l'hôtel, Salvatore. J'ai repéré un petit appartement, pas loin de la mer dont le loyer est correct. Toutefois, il est vide. Complètement vide. Je vais devoir le meubler.

Salvatore ne fit aucune remarque et lui assura que l'argent serait disponible dès le lendemain sur son compte en banque.

*

Le bateau partait dans quelques heures, pour une traversée de nuit. Ettore relut la lettre à l'attention de ses proches.

Naples, 25 mars 1938

Je n'ai qu'un seul désir : que vous ne vous vêtiez pas de noir. Si vous voulez vous plier à l'usage, portez, mais pas plus de trois jours durant, quelque signe de deuil. Ensuite, si vous le pouvez, gardez-moi dans votre cœur et pardonnez-moi.

Affectueusement.
Ettore[1]

Bien sûr, elle n'était pas parfaite. Peut-être un peu trop mélodramatique, cependant, après plusieurs brouillons, il avait conclu qu'il ne fallait pas être trop léger. La réussite de son entreprise reposait sur l'unique interprétation qu'on pourrait en faire. Il glissa la feuille dans une enveloppe sur laquelle il écrivit « Pour ma famille » Il la posa bien en évidence, sur le petit bureau de sa chambre de l'hôtel Bologna. Son sac était prêt. Il vérifia une dernière fois que son passeport, l'argent et son sixième *volumetto* y étaient bien. Sa famille ferait ce qu'elle voudrait des cinq premiers carnets, mais son dernier travail ne devait être lu que par Augustina. Car elle l'attendait, c'était sûr. Elle lui donnait la force de faire tout ceci, la force de disparaître. Pour mieux réapparaître à ses côtés.

Il enfila son manteau, ajusta son chapeau sur sa tête et sortit sans même jeter un œil sur ce qui serait, il en était ainsi, sa dernière demeure italienne. Il remonta la via Agostino Depretis jusqu'à la majestueuse piazza Giovanni Bovio, au centre de laquelle un jet d'eau s'élevait de plusieurs mètres vers le ciel. Le soleil qui

1. Cette lettre, comme les deux suivantes, écrite en italien, est de Majorana. Elles figurent dans les archives du département de physique de l'université Sapienza à Rome.

frappait les gouttes en suspension dans l'air créait de subtiles mais magnifiques irisations.

L'embarcadère était à droite mais Ettore était en avance. L'Institut n'était pas loin et il décida d'y passer une dernière fois, pour y récupérer quelques notes et manuscrits abandonnés dans son bureau. Il s'engagea donc sur le Corso Umberto I qu'il suivit jusqu'à l'université. Sans surprise, elle était déserte : c'était l'Annonciation, les Napolitains étaient en leurs églises pour célébrer la révélation faite à Marie de sa grossesse divine. Ettore alla jusqu'à son bureau. Dans une grande boîte en carton, il jeta en vrac les brouillons qu'il trouva dans ses tiroirs. Il reconnut notamment le plan de la conférence qu'il aurait dû donner – il n'y était pas allé – à Kharkov, en 1934. Pleine, cette maudite boîte était plus lourde et plus encombrante qu'il ne l'avait pensé et l'idée de faire ce long voyage en l'emportant lui parut soudain insupportable. Il sortit dans les couloirs, se dirigea vers la bibliothèque dont il poussa la porte avec précaution. Il n'y avait personne à l'exception d'une de ses étudiantes, Gilda Senatore. Elle étudiait sur une table du fond. Bien qu'ils ne fussent que tous les deux, il l'interpella d'une voix étouffée pour ne pas rompre le silence des lieux :

— Mademoiselle ! Mademoiselle Senatore !

La fille leva les yeux et sourit en le reconnaissant. Elle avait un sourire hollywoodien qu'il n'avait jamais remarqué. Elle lui rappela Augustina et cela le mit mal à l'aise.

— *Professore*…

— Venez, intima-t-il en l'invitant de la main.

Elle se leva et s'approcha de lui.

— Tenez, Mademoiselle, dit-il en lui tendant la boîte. Auriez-vous l'amabilité de me garder ces quelques notes ? Je vous en prie.

— Bien sûr, *Professore*… Je…

— Nous parlerons de tout cela plus tard, souffla-t-il.

Ettore s'éclipsa, laissant la jeune fille pantoise, la boîte en carton entre les mains. Vite, il sortit de la faculté. Sur le seuil, il alluma une Macedonia avant de foncer vers le port. Le ferry ne partait qu'une heure plus tard. Il sortit la lettre qu'il avait écrite à l'attention d'Antonio Carelli.

Naples, 25 mars 1938

Cher Carelli,

J'ai pris une décision qui était désormais inévitable. Il n'y a pas en elle la moindre trace d'égoïsme, mais je me rends compte des ennuis que ma disparition soudaine pourra causer, à toi et aux étudiants. C'est pourquoi je te prie de me pardonner, et surtout pour avoir déçu toute la confiance, la sincère amitié et la sympathie que tu m'as montrées au long de ces mois. Je te prie aussi de me rappeler au bon souvenir de ceux que j'ai appris à connaître et à apprécier dans ton Institut, en particulier à Sciuti[1] ; d'eux tous je conserverai un affectueux souvenir, au moins jusqu'à 11 heures ce soir, et, si cela est possible, même après.

Ettore Majorana

Il la posta. Et embarqua, à 22 h 30, sur le paquebot-poste assurant la liaison Naples-Palerme.

1. Sebastiano Sciuti, l'un de ces étudiants.

*

Le jour se levait sur la Sicile.

— Monsieur ? Monsieur ? Vous allez bien ? questionna la guichetière.

— Oui, répondit Ettore sans le penser.

Son corps tremblait comme s'il avait eu de la fièvre. Il était mal. Très mal. Ses forces l'abandonnaient. Il s'en était cru capable. Il ne l'était pas. Et convoquer le souvenir d'Augustina n'y changeait rien. Le visage de sa mère se fondait, grave et mécontent, à celui de sa bien-aimée. Leurs regards étaient lourds de reproches. « Tu nous as abandonnés, disait sa mère. Comme ton père », tandis qu'Augustina l'accablait : « Tu m'as laissée partir. Sans chercher à me retenir. Et maintenant tu ne viens pas à moi. »

— Monsieur ? Cela vous fera soixante-dix *centesimi*.

Ettore tendit une lire.

— Je vous relis votre message : « Ne t'inquiète pas. Lettre suit. Majorana. » Il sera envoyé à Antonio Carelli, Université des sciences, 40 Corso Umberto I à Naples. C'est bien cela ?

— Oui. Oui, c'est cela. Merci… Au revoir…

Ettore se rua à l'extérieur alors que, dans son dos, la postière criait :

— Votre monnaie, monsieur !

Il marcha dans les rues de Palerme sans but, tentant de mettre de l'ordre dans ses sentiments. Mais ils étaient confus. Comme il passait devant la Grande Albergo Sole, il décida d'y prendre une chambre pour se reposer. Il n'avait pas fermé l'œil de la nuit et sentait une grande fatigue l'envahir. Dormir quelques heures. Laisser décanter.

*

À son réveil, il y voyait plus clair. Un Sicilien, disait-on, allait toujours au bout de ce qu'il entreprenait. Toutefois, il comprenait maintenant que cette idée de faux suicide avait été une ânerie. Il devait rentrer à Naples. Puis à Rome. Aller voir sa mère et lui annoncer qu'il partait pour l'Argentine. Bien sûr, il aurait à s'expliquer sur les courriers. Il évoquerait un vague à l'âme aussi puissant que subit. On le croirait, il avait toujours été fragile. Une réplique d'Ibsen, dramaturge norvégien qu'il appréciait beaucoup, lui revint en mémoire : « Je ne pensais pas. Je marchais, côtoyant les abîmes, et je goûtais la douceur et la paix que donne la sensation de la mort[1]. »

Voilà ce qu'il dirait et, même s'ils ne comprenaient pas, ils feraient semblant et ils lui pardonneraient. Mais il n'aurait plus le courage de se représenter devant des étudiants, il ne se sentait pas assez fort pour supporter leur jugement muet.

Il s'assit devant la petite table de travail, attrapa le papier à lettres à l'en-tête de l'hôtel et écrivit :

Palerme, 26 mars 1938

Cher Carelli,

J'espère que mon télégramme et ma lettre te seront parvenus ensemble. La mer n'a pas voulu de moi et

1. Henrik Ibsen, *Petit Eyolf.*

je reviendrai demain à l'hôtel Bologna, en voyageant peut-être sur le même bateau que ce mot. J'ai cependant l'intention de renoncer à l'enseignement. Ne me prends pas pour une jeune fille d'Ibsen car mon cas est différent. Je suis à ta disposition pour des détails ultérieurs.

Ton dévoué, Ettore Majorana

Il se rendit à la poste où il affranchit l'enveloppe en express. Il passa ensuite au guichet de la compagnie Tirrenia, où il acheta un billet pour le trajet Palerme-Naples. Le ferry partait à 19 heures. De retour dans sa chambre, il se jeta sur son lit, enfouit sa tête dans les draps et pleura.

Chapitre 33

Mardi 1er novembre – 13 h 41

Bacon n'avait pas lésiné sur les moyens ni sur la célérité de leur mise en œuvre. Mandat de recherche à l'encontre de Malek Brahmi. Réquisition chez Orange pour géolocalisation de son portable par triangulation. Il était éteint mais la carte SIM, toujours à l'intérieur, en faisait un fanion aussi visible que le nez au milieu de la figure, pour l'informaticien venu de Lyon à la demande de la magistrate.

— Il est là !

Le technicien désigna aux deux enquêteurs un petit point lumineux sur la carte affichée à l'écran de son *laptop*, juste sous l'arête est du Crêt de la neige. Sur les images satellites en 3D, le spot rouge tranchait avec la neige qui blanchissait déjà le plus haut sommet du Jura.

— Il est en train de revenir, expliqua le technicien. Ce matin, il était là.

Il posa son doigt sur le lieu-dit La Pesse, dix kilomètres plus à l'ouest.

— Il va rentrer par Thoiry ?

— On dirait bien.

— Combien de temps ?

— S'il garde ce rythme, je dirai qu'il y sera dans trois heures, peut-être même deux. Ça descend tout le long.

— Il arrivera par où ?

— Saint-Jean-de-Gonville ou Péron, difficile de savoir car il y a beaucoup de sentiers.

— Monter jusque là-haut… camper… redescendre… Comment a-t-il pu tuer Marjolaine Rey pendant la nuit ? s'interrogea Wellber à voix haute.

La remarque méritait réflexion. Carbonnier prit le temps nécessaire avant de proposer sa réponse.

— Il est parti dimanche, en fin d'après-midi. Son colocataire nous l'a confirmé. Mais il a très bien pu se cacher pas très loin dans la forêt, pour redescendre hier soir à Saint-Julien à la faveur de la nuit, passer chez Rey puis remonter dans les bois, ni vu ni connu. Alibi parfait : j'étais en rando tout le week-end.

— Si l'on pouvait connaître son itinéraire ces trois derniers jours… suggéra Wellber sans finir sa phrase.

Bertrand se tourna vers l'informaticien pour faire suivre la question. Celui-ci leva les yeux au ciel.

— Vous en demandez trop ! Les opérateurs n'enregistrent pas toutes les positions de tous leurs utilisateurs ! Imaginez la quantité de données que ça ferait ! Sans compter le respect à la vie privée… Remarquez, Google le fait bien mais on peut désactiver cette option.

— Oui ou non, alors ? s'impatienta le lieutenant.

— Non. Sauf s'il a passé un coup de fil à quelqu'un depuis là-haut.

— Vous pouvez vérifier ?

— Je peux ! s'amusa l'informaticien.

Quelques clics plus tard, il annonça, déçu :

— Non, il n'a appelé personne.

Carbonnier se leva d'un bond et, sans consulter Wellber, s'empara des menottes de Bahiya qui traînaient sur la table en déclarant :

— On va le chercher !

*

Pailhès se gara dans la petite cour. Les graviers crissèrent sous ses pneus. Il avait conduit en gentleman pour ne pas effrayer sa passagère, l'inspecteur principal Martha Müller. Son rétroviseur, correctement positionné, lui avait d'ailleurs permis de reluquer les cuisses de sa collègue, pendant tout le voyage qui les avait amenés à Challex, devant le pavillon de Mme Molard. Cette dernière était propriétaire d'une Clio de couleur sombre. Au téléphone, la vieille dame avait expliqué au major que, n'étant plus en âge de conduire, elle prêtait sa voiture à sa nièce qui en avait besoin. Pailhès avait estimé que cela méritait quelques éclaircissements. Il avait embarqué Müller et l'un des TIC de l'équipe Aubernon.

Ils montèrent l'escalier accroché au flanc de la maison et sonnèrent. Une petite mamie vint ouvrir après trois longues minutes. Elle portait une robe dont le tissu fleuri eût aussi bien convenu pour la confection d'une nappe ou d'une paire de rideaux. Ses mules étaient doublées en fourrure qui faisait un retour au niveau de ses chevilles gonflées.

— Vous êtes la police ?

— Major Pailhès, gendarmerie nationale, et voici Martha Müller, de la police suisse.

— Et lui ? s'inquiéta-t-elle en tendant son index tordu en direction du technicien.

— Lui ? Euh… c'est rien, décréta Pailhès.

— Ben, sympa ! s'indigna l'intéressé.

— Les Suisses s'intéressent à ma voiture ?

— Eh oui ! rigola le major.

— Bon, vous voulez la voir ? Elle est en bas, dans le garage… Allez-y, c'est ouvert. Moi, je vous attends là parce que descendre l'escalier, ça me fatigue trop.

Ils firent demi-tour, traversèrent la courette et s'arrêtèrent devant le rideau de fer coulissant qui fermait le box. Clément attrapa la poignée et, d'un geste ferme, leva le volet qui bascula vers le haut, parallèlement au plafond. Une Clio hors d'âge apparut. Elle était noire mais la peinture était blanchie par une fine couche de poussière. Les enquêteurs en firent le tour. À l'arrière, la Suissesse enfila des gants qu'elle sortit de sa poche et ouvrit le hayon du coffre. Ils se penchèrent au-dessus de la malle. Elle était vide et sale à l'exception d'un sac plastique Intermarché qui y traînait.

— Bidule ! appela Pailhès.

Le TIC, qui était resté dehors, rappliqua en bougonnant.

— C'est Jad, pour Jaden.

— C'est un vrai prénom ça ?

— Évidemment ! Le fils de Will Smith s'appelle Jaden.

— Peut-être mais il est pas connu, le fils de Will Smith, ça compte pas, trancha le major. Tu peux nous pulvériser tout ça, mon pote ? Des fois que…

— Luminol ?

— Ben oui ! Pas avec ta pis…

Il stoppa net. Déjà que Martha Müller aimait les femmes, inutile de se griller définitivement. Jad avait déjà sorti son pistolet de sa valise en aluminium. Il remplit le flacon avec le révélateur chimioluminescent tiré d'une bouteille, avant d'ajouter un peu d'activateur tiré d'une autre plus petite, puis remit le bouchon-gâchette et agita avec vigueur. Consciencieusement, il vaporisa l'intégralité du coffre de la Clio.

— Faut attendre un peu que la réaction se fasse. Mais faudrait du noir ! ordonna-t-il.

Le major se dévoua, revint à l'avant de la voiture pour refermer le box qui plongea dans l'obscurité, à peine violée par la lumière qui se glissait dans l'interstice au niveau du sol.

— Oh, putain ! s'exclama alors Müller.

Pailhès se précipita à l'arrière. Une vive lueur bleue s'échappait de la Renault. L'intérieur du coffre était comme peint en cyan.

— C'est… bien ce que je crois ? balbutia la Suissesse.

— Si vous croyez que c'est du sang, alors oui ! confirma Jad. Ça a été nettoyé et bien nettoyé même, mais la chimie ne se trompe pas !

Pailhès vint se pencher sur la vitre conducteur. La main en paravent, il observa l'habitacle et repéra le trousseau de clés, posé sur le siège.

— Gants, vite !

Le TIC lui en envoya une paire roulée en boule. Il les enfila, ouvrit la portière, attrapa les clés et mit le contact. Il tourna le commodo des lumières. L'halogène du phare gauche éclaira la porte avec force. Celui de droite resta désespérément éteint.

— Jad, tu sécurises le box et tu appelles tes collègues en renfort ! ordonna-t-il en ouvrant le garage.

Müller et lui remontèrent au pas de course vers les appartements de la vieille dame. Le major tambourina sur la porte.

— Madame !

— Quoi encore ? dit-elle d'un ton acrimonieux en ouvrant la porte.

— Vous ne conduisez plus votre voiture ?

— Non. Je vous l'ai dit au téléphone ! En plus j'ai jamais eu le permis. C'est Jean, mon mari, qui conduisait. Je n'y suis pas remontée depuis sa mort, en 2012.

— Qui la conduit alors ?

— Mon mari, Jean, je viens de vous le dire ! Vous n'écoutez rien dans la police…

— Maintenant ! Qui la conduit maintenant ? Vous m'avez affirmé que vous la prêtiez souvent.

— À ma nièce, Chantal.

— Et elle habite où, Chantal ?

— Au bout de la rue.

— Quel numéro ? demanda Martha Müller, surexcitée.

— Le douze.

— Elle est chez elle ?

— Oui, je crois.

Les deux enquêteurs dévalèrent l'escalier.

— Y a un problème avec la voiture ? lança dans le vide Mme Molard.

Ils remontèrent en courant la route jusqu'à trouver le numéro douze. Une maisonnette de plain-pied aux volets verts, au fond d'un renfoncement qui l'éloignait de la chaussée. Une boîte aux lettres carrée était plantée sur un simple poteau de bois. La petite étiquette, délavée par la pluie, indiquait « M. et Mme Trebosc ». Müller s'arrêta net et recula pour ne pas être vue depuis les fenêtres de la maison.

— On fait quoi ?

— Comment ça ? s'étonna Pailhès qui l'avait rejointe.

— La voiture est pleine de sang. C'est elle qui conduit la voiture. On la tient.

— Donc on y va !

— Elle est peut-être dangereuse... et puis, sur la vidéo, c'est un homme qui sort le cadavre. Elle a sans doute un complice. Il faut être prudent.

Le major prit le temps de la réflexion. Elle n'avait pas tort. Toutefois, il ressentait le besoin d'agir vite.

— T'as ton flingue ?

— Oui, répondit-elle en tapotant son flanc gauche.

— On retourne chercher des gilets à la Kangoo et on y va.

Ni une ni deux, ils s'exécutèrent et revinrent équipés. Ils ouvrirent leur blouson et firent sauter le bouton-pression de leur holster. À pas de loup, ils avancèrent jusqu'à la porte d'entrée du domicile des Trebosc.

*

Carbonnier et Wellber se postèrent sur la route de Choudans, où débouchait le chemin du pré Bailly qui descendait des sommets. Si la température de l'air était fraîche, face au soleil il faisait plutôt bon. Le gendarme s'appuya contre le capot et tendit son visage plein sud. Il s'alluma une cigarette sur laquelle il tira avec volupté. Cette enquête touchait à sa fin, il le sentait. Si Brahmi n'était pas le coupable, et il en doutait fortement, cette première révélation en entraînerait d'autres. Les masques allaient tomber. C'était une affaire de jour. Wellber sortit de l'Audi à son tour.

— Vous pensez que c'est lui ?

— Je ne sais pas, répondit Carbonnier. Et vous ?

— Pareil… Trop simple, non ?

— Ça, ça ne veut rien dire. À chercher trop compliqué, on passe parfois à côté.

Wellber en convint en silence. Le téléphone de Carbonnier sonna.

— C'est Philippe. Il vient bien vers vous. Il n'y a plus de bifurcation jusqu'à la route, donc, sauf s'il coupe à travers les bois, il va vous tomber dessus dans la prochaine heure.

— Merci.

Il raccrocha. Alluma une nouvelle Marlboro sur le mégot de la précédente.

— Il arrive.

— Bien. Et la fille ? Pourquoi s'est-elle pendue ?

— Votre avis ?

— Elle était complice. Elle a senti que le filet se refermait et elle n'assumait plus.

— Mouais.

Les deux hommes se turent. Ils contemplèrent la vallée qui s'étendait devant eux. Le cœur de Bertrand se mit à battre un peu plus vite. Il se sentait bien, en phase avec lui-même, en phase avec l'enquête. Il avait retrouvé son rythme.

*

Dès que le battant s'entrouvrit, le major le poussa de tout son poids. La femme qui avait ouvert se trouva propulsée en arrière.

— Gendarmerie ! gueula-t-il, Sig Sauer en avant. Posez vos mains sur la tête.

La dénommée Chantal, tétanisée, obtempéra. Derrière lui, Müller balayait l'espace avec son Sig P220. Elle sécurisa la première pièce à droite, une cuisine.

— À genoux ! Mettez-vous à genoux, cria Pailhès.

Il fit le tour de la femme et lui passa rapidement des menottes aux poignets.

— Y a quelqu'un d'autre dans la maison ? aboya-t-il.

— Non, non !

— Votre mari ?

— Il est au travail, à Grenoble. Je suis seule.

Rassuré, il se joignit à la Suissesse pour inspecter le reste du petit logement. Vide. Ils revinrent vers Chantal Trebosc. Une cinquantaine d'années, la femme avait les cheveux coupés court et entièrement blancs. Elle pleurait à chaudes larmes, le corps agité de tremblements qu'elle ne parvenait pas à maîtriser.

Le gendarme attrapa son coude droit. Ils passèrent dans le salon.

— Qu'est-ce… que… j'ai fait ? balbutia-t-elle.

— La Clio de votre tante, c'est vous qui la conduisez ?

— Oui…

— Quand l'avez-vous prise la dernière fois ?

— Hier. Pour aller au boulot.

— Où étiez-vous le dimanche 16 octobre ?

La femme les dévisagea comme s'ils étaient des extraterrestres.

— Je… je sais pas…

— Souvenez-vous, c'est important, conseilla Müller.

— Mon téléphone, murmura la femme. Il est sur le buffet de l'entrée… Il y a mon agenda dedans.

Martha alla chercher le smartphone et le tendit à Chantal Trebosc, qui ne bougea pas.

— Il faut lui enlever les menottes, ordonna-t-elle à l'attention du major.

Dès qu'il lui ôta les bracelets, Trebosc attrapa l'appareil et, après quelques glissements de doigts sur l'écran tactile, affirma :

— J'étais à Beaune.

— Jusqu'à quand ?

— Jusqu'au mercredi 18. J'y suis arrivée le mercredi d'avant, le 11. J'ai fait le tour des caves, je… je suis négociante en vin.

*

— Contact dans cinq minutes. Vous devriez le voir au bout du chemin, précisa l'informaticien.

Carbonnier raccrocha, fourra son téléphone dans sa poche et dégaina son Sig Sauer. Parce que c'était ce qu'il fallait faire, qu'il fût chargé ou non.

— Vous l'interceptez, dit-il à Wellber. Je coupe et je le prends à revers. On ne sait jamais.

Le lieutenant joignit le geste à la parole et, après avoir enjambé le fossé, escalada le talus herbeux qui remontait vers le sentier. Il s'arrêta en plein milieu.

— Et enlevez votre chapeau, vous êtes trop reconnaissable avec !

Wellber ouvrit la porte passager de l'Audi. Dans la boîte à gants, il récupéra son semi-automatique qu'il ne portait jamais sur lui car cela déformait ses vestes. Il posa son Borsalino sur le siège passager et revint face au chemin.

La silhouette de Malek Brahmi se détacha au bout du sentier. Il marchait d'un bon pas. Le tapis de sol en mousse jaune canari, attaché sur le sommet de son sac à dos, faisait une tache claire qui contrastait avec le vert ambiant. Il sifflotait un air que Wellber reconnut : un vieux classique de Radiohead. Inconsciemment, sa main se crispa sur le Sig dont il avait laissé la sécurité enclenchée. Il n'était pas un homme d'action, ne l'avait jamais été. Même lorsqu'il était jeune, il laissait ses collègues s'occuper de la partie physique du job. Le cliquetis d'une menotte se refermant sur le poignet d'un voyou après une course effrénée à travers la ville ne l'avait jamais excité.

Quand il se trouva à une dizaine de mètres, le thésard s'arrêta. Malgré le froid, il était en short. Ses yeux se posèrent sur l'arme qui pendait au bout du bras du policier.

— Malek Brahmi ? demanda Wellber.

— Oui… Que faites-vous là, inspecteur ? demanda-t-il d'une voix peu rassurée.

Avec ou sans chapeau, il l'avait reconnu.

— Je vais vous demander de me suivre.

— Ah ? Pour quelle raison ?

— Un mandat de recherche a été émis contre vous par la juge d'instruction Bacon, dans le cadre de l'homicide de Bianca Lorco.

— Est-ce une juge française dont vous me parlez ?

Brahmi désengagea son bras gauche de la sangle de son sac à dos pour, d'un mouvement d'épaule, le faire glisser jusqu'au sol. Il regarda autour de lui.

— Oui.

— Vous êtes Suisse si je ne m'abuse ? J'ai du mal à comprendre…

— Nous travaillons en collaboration ! déclama Carbonnier dans son dos.

Malek se retourna. À nouveau, il scruta le pistolet dans la main du gendarme français. Un frisson le parcourut.

— Vous pouvez m'expliquer ce que…

— C'est à vous de nous fournir quelques explications. C'est pour cela que nous souhaiterions que vous nous accompagniez.

— Où ?

— À la gendarmerie de Thoiry. Posez vos mains sur votre tête, monsieur.

Brahmi mit un temps avant d'obéir mais finit par s'exécuter en soufflant.

— Monsieur Malek Brahmi, vous êtes mis ce jour, à 15 h 56, en garde à vue pour une durée de vingt-quatre heures qui pourra être prolongée jusqu'à quarante-huit heures dans le cadre de l'enquête sur l'homicide de Bianca Lorco le lundi 16 octobre, récita Carbonnier en lui passant les bracelets. Vous avez le droit de vous taire ou d'être assisté par un avocat. À votre demande, vous pourrez être vu par un médecin et passer un coup de fil à un proche.

*

Martha Müller raccrocha, décontenancée. L'employeur de Chantal Trebosc venait de lui confirmer la présence de sa négociante à Auxerre, la semaine du meurtre. Et pourtant, la Clio était pleine de sang ! Son époux peut-être ?

— Quelqu'un d'autre utilise cette voiture ? Votre mari ?

— Mon frère la prend quelquefois. Je suis souvent en voyage, presque une semaine sur deux. Il a un double des clés.

— Comment s'appelle votre frère ?

— Stéphane.

— Trebosc ?

— Non, c'est le nom de mon mari…

— Votre nom de jeune fille ?

— Jablowski.

— Oh putain ! gueula Pailhès en dégainant son téléphone.

*

À l'arrière de l'Audi, Malek Brahmi semblait perdu. Son regard flottait dans le vide sans qu'il parvînt à le poser sur quelque chose.

— Pourquoi ? demanda-t-il soudain. Pourquoi vous êtes venus me chercher ?

— Vous n'avez pas à le savoir. L'enquête nous...

— C'est Jablowski ?

Carbonnier se retourna vers le physicien.

— Pourquoi pensez-vous que c'est lui ?

— Donc c'est lui, souffla Brahmi, désabusé. Il vous a parlé de l'engueulade ? Avec Lorco ?

Les deux enquêteurs ne répondirent pas et le jeune homme sourit, visiblement content de lui.

— Ça ne m'étonne pas. Parce que c'est vrai que ça a chauffé. Mais le soir même, on prenait une bière ensemble dans son bureau. Et là, Jablowski n'y était pas... Une explication entre deux expérimentateurs est toujours vénielle, enfin pas vénielle à tous les niveaux, elle est technique, souvent indispensable pour débloquer les choses mais il n'y a pas de désaccord profond. C'est juste pour évacuer la pression. C'est pourquoi je dis vénielle. En revanche, quand un théoricien se prend le bec avec un expérimentateur, là c'est chaud. Ils sont toujours en train de se tirer la bourre, la plupart du temps ça crée de l'émulation, mais ça peut dégénérer.

Comme il se taisait, Carbonnier le relança :

— Jablowski est un théoricien ?

— Oui. Spécialiste de la physique des particules et du modèle standard.

— Et il lui est arrivé d'être en désaccord avec Lorco ?

— Bien sûr ! Plus d'une fois... La dernière ne remonte pas à si loin. C'était quand ATLAS et CMS ont rendu publique la trace d'une hypothétique particule de masse très élevée. Sept cent cinquante GeV, vous vous rendez compte ? La presse s'en est emparée immédiatement, la particule X, ils l'ont appelée. Les théoriciens ont pondu pas moins de cinq cents articles en quelques mois, malgré les mises en garde des expérimentateurs qui souhaitaient attendre le redémarrage du LHC pour confirmer ou infirmer son existence. Ça aurait pu foutre en l'air tout le modèle standard, il fallait prendre son temps… Je me souviens que Jablowski faisait partie des plus enthousiastes. On lui doit au moins quatre papiers sur cette foutue particule X ! Lorco, elle, était beaucoup plus réservée. L'humilité de l'expérimentateur… Ils se sont engueulés deux ou trois fois jusqu'à ce qu'on annonce, au début de l'été, qu'il ne s'agissait que d'une fluctuation statistique. Adieu, la particule X !

Il marqua une pause, s'absorbant dans la contemplation du paysage.

— Cette engueulade, c'était rien, conclut-il.

— On aura l'occasion d'en discuter, ajouta Carbonnier pour avoir le dernier mot.

Très vite, le silence reprit ses droits, à peine troublé par le ronronnement du moteur allemand. Ils sortirent du village de Thoiry, passèrent devant la caserne. Wellber était tourmenté. Pour la troisième fois, il détailla le suspect dans son rétroviseur central. Ça ne collait pas. L'image qu'il avait en tête n'était pas claire mais il aurait pourtant parié que Zinedine Zidane était chauve. Or, Brahmi avait des cheveux. Ils étaient coupés court mais, même dans le noir, même ivre, il était impossible de le confondre avec M. Propre. N'y tenant plus, le Suisse se tourna vers Carbonnier.

— Vous pouvez me montrer une photo de Zidane, s'il vous plaît ? Sur votre *natel* ?

Le militaire français parut surpris, toutefois il ne fit aucun commentaire et sortit son téléphone. Des photos apparurent. Il choisit la première, cliqua dessus pour l'agrandir à la taille de l'écran et la montra à l'inspecteur suisse. Ce dernier fit des allers-retours rapides entre la route et le portrait avant de demander :

— Une autre, s'il vous plaît.

Carbonnier fit glisser la photo pour découvrir la suivante.

— Encore…

L'officier changea de photo.

— Encore…

C'était bien ça ! L'ancien international arborait une belle boule de billard sur la grande majorité des clichés. Wellber fut contrarié car, de deux choses l'une, ou Kempf s'était moqué de lui ou Brahmi n'était pas l'homme qui lui avait acheté le Rohypnol. Un sentiment désagréable l'étreignit : bien qu'il ne fût pas physionomiste, ce visage lui en rappelait soudain un autre.

— Vous m'expliquez ? finit par réclamer Carbonnier au moment où son téléphone se mettait à vibrer dans sa main.

Le portrait du major Pailhès prit la place de celui de Zidane. Le lieutenant décrocha.

— On a retrouvé la Clio ! Chez une mamie. Dans un bled pas loin, lança-t-il d'une traite. Son coffre est plein de sang et, devine à qui elle appartient, mon pote ?… Stéphane Jablowski !

— Non ?

— Et si ! Celui qu'on a interrogé y a pas trois heures…

— On se retrouve à Saint-Julien ! cria Carbonnier.

Il raccrocha et se tourna vers Mark pour lui annoncer la nouvelle.

— Zidane ! s'exclama alors le Suisse.

— Pardon ?

— Jablowski ressemble à Zidane, vous ne trouvez pas ?

— Si, bien sûr. D'ailleurs, je me suis fait la réflexion la première fois que je l'ai vu… Pourquoi ?

— Le gars qui a acheté le Rohypnol ressemblait à Zidane.

Les deux hommes échangèrent un regard entendu. Wellber pesa un peu plus sur l'accélérateur. Le pneu avant droit mordit les graviers du bas-côté et il dut donner un coup de volant pour ne pas basculer dans le fossé. Les cent quatre-vingt-dix chevaux bondirent à l'assaut de la départementale. Cette accélération brutale colla Carbonnier contre le dossier de son siège et libéra une bouffée d'adrénaline qui lui fit tourner la tête.

Chapitre 34

Années 1938-1939. Frédéric Joliot-Curie en France, Lise Meitner et Otto Hahn en Allemagne subodorent que la fission de l'uranium peut conduire à une réaction en chaîne.

« *Chi l'ha visto ?* » hurlait sa mère en gros caractères d'imprimerie. Ettore pouvait entendre sa voix. Ses pleurs. Ses cris peut-être. Qui l'a vu ? hurlait-elle. Qui a vu mon fils ? Il posa le *Domenica del Corriere* sur ses genoux et souffla. Longuement. Inspira par le nez. Il alluma une cigarette et fixa son double aux lèvres serrées.

Chi l'ha visto ?

Ettore Majorana, ordinario di fisica teorica all'Università di Napoli, è misteriosamente scomparso dagli ultimi di marzo. Di anni 31, alto metri 1,70, snello, con capelli neri, occhi scuri, una lunga cicatrice sul dorso di una mano. Chi ne sapesse qualcosa è pregato di scrivere al R. P. E. Marianecci, Viale Regina Margherita 66 - Roma.

Ce sosie de trente et un ans, mesurant un mètre soixante-dix, maigre, aux cheveux noirs et aux yeux sombres. Ce double, avec une longue cicatrice sur le dos de la main, n'était plus. Ettore se sentait comme le chat de Schrödinger. Cette historiette qu'il n'avait jamais aimée, la jugeant réductrice et vulgaire, le faisait maintenant sourire. Là et pas là. Vivant et mort. Tout à la fois. Luigi Pirandello par la bouche de son héros, Mathias Pascal, lui susurra : « Qui sait combien ils sont, mes frères... Ceux qui sont dans les mêmes conditions que moi... On laisse son chapeau et sa veste, avec une lettre dans la poche, sur le parapet d'un pont, au-dessus d'un fleuve. Et puis au lieu de s'y jeter, on s'en va tranquillement, en Amérique ou ailleurs[1]... »

Lui n'était pas parti. Pas encore, pas tout à fait. Son corps était toujours en Italie, à Mazare del Vallo mais son esprit était déjà en Argentine. Avec Augustina.

Depuis le 26 mars au soir, depuis que, sur un ultime coup de tête, il avait renoncé à embarquer sur le ferry qui l'aurait ramené à Naples, il se cachait. Attendant le bon moment pour traverser l'Atlantique.

— *Signore*, c'est l'heure du repas.

— Ah ! Merci, Ascunio.

Il regarda la silhouette pataude du frère s'éloigner. Il leur était si reconnaissant. Quand il avait frappé à leur porte, balbutiant qu'il voulait expérimenter la vie religieuse, qu'il pouvait payer pour les frais qu'il occasionnerait, qu'il avait fait ses études chez les jésuites, ils l'avaient accueilli sans poser de questions. Là, jour après jour, il se confortait dans le choix qu'il avait fait.

1. Luigi Pirandello, *Feu Mathias Pascal.*

Décision irréversible. Il irait en Argentine. Dès que sa famille aurait cessé de le chercher, il retournerait à Naples, à Palerme ou à Gênes, où il embarquerait sur l'un de ces magnifiques transatlantiques.

Dans la quiétude du couvent, ses pensées s'étaient calmées. Elles s'apparentaient maintenant à celles des eaux d'un placide lac de montagne, elles qui avaient été des torrents bouillonnants dévalant des plus hautes cimes. Les papillons n'étaient plus là et il sentait qu'il ne les reverrait peut-être plus jamais. Mais cela ne le rendait pas triste. Il l'avait accepté. Il avait fait son choix.

Il avait choisi Augustina.

Il se leva, écrasa son mégot et rallia le réfectoire d'où s'échappait le fumet trivial, mais néanmoins appétissant d'une soupe de légumes.

*

Les dix-neuf mille tonnes du paquebot *L'Oceania*, propulsées par ses deux hélices de cinq mètres de diamètre, fendaient les eaux agitées de l'Atlantique Sud. Muni d'un faux passeport au nom de Maggiore et d'un faux visa touristique, Ettore dégustait un triple – ces gigantesques sandwichs au pain de mie qu'il avait découverts à bord. Si tout se passait bien, il débarquerait à Buenos Aires après une escale à Montevideo, au sud de l'Uruguay.

Au fur et à mesure qu'il s'éloignait de Rome et de la Botte, l'image d'Augustina se faisait plus précise. Par un système de vases communicants, elle occupait davantage ses pensées quand celle de sa mère s'effaçait.

Il était heureux. De plus en plus. Il avait fait un choix difficile mais il avait fait le bon.

*

Depuis le pont supérieur, Ettore regardait les lumières de la capitale argentine. *L'Oceania* remontait lentement les eaux argentées du Rio de la Plata. Au bout de l'estuaire, une nouvelle vie l'attendait. Augustina l'attendait. Il alluma une Macedonia et la fuma, rêveur.

*

Ettore traversa le quartier San Telmo par les rues pavées, depuis la calle Piedras où il avait trouvé un petit deux-pièces, jusqu'au bord de la mer. Le soleil se couchait, c'était plutôt joli, ciel orange vif et mer grise comme le fer. Il fuma une cigarette en tentant de discerner les côtes uruguayennes en face de lui. L'air était tiède. Il était en chemisette et se sentait bien. Un nouvel homme. Sa famille avait remué ciel et terre pour le retrouver mais n'y était pas parvenue.

Ettore Majorana n'était plus.

Il ne savait pas s'il fallait s'en réjouir ou s'en désoler et il avait donc décidé de le prendre tel quel : c'était un fait et il convenait de s'en accommoder. Qu'il vous plût ou pas.

Cependant, alors qu'il était argentin depuis trois mois, il n'avait pas encore osé se rendre à l'adresse notée par Augustina au bas de sa dernière lettre, des années auparavant. Et si elle ne l'attendait pas ? Et si elle n'était plus là ? Il alluma une nouvelle cigarette sur le mégot de la précédente, qu'il projeta d'une pichenette dans les eaux sombres.

*

Située au milieu du quartier anglais de Coghlan, la maison d'Augustina était une grande bâtisse aux murs blancs, qui faisait l'angle entre la calle Juan Ramon Estoba et la calle Nuñez. Un seul étage au-dessus duquel on devinait, derrière les balustres, une large terrasse arborée. Sur la porte d'entrée, vert émeraude, très haute, à deux battants très fins, il n'y avait pas de nom. Ettore se posta sur le trottoir lui faisant face, à l'ombre d'un jacarandá. Il leva les yeux. Les magnifiques fleurs violettes se fondaient en un subtil dégradé au bleu profond du ciel. Il alluma une cigarette et attendit.

Il revint souvent mais jamais ne frappa pour s'annoncer.

*

Septembre finissait. La grande porte s'ouvrit et Augustina apparut. Elle portait une robe blanche assez simple couvrant juste ses genoux, aux manches courtes, serrée à la taille par une fine ceinture de cuir marron. Ses pieds étaient nus dans des petites sandales à talons. Elle tenait par la bandoulière un sac à main beige.

Dieu qu'elle était belle !

Ettore leva la main pour la baisser aussitôt comme si ce geste, trop spontané, était grossier. Augustina le vit. Sans hésitation, elle traversa la rue d'un pas vif, manqua tomber dans ses bras mais, jetant un œil sur la maison familiale derrière elle, s'arrêta net devant lui. Ils ne s'étaient pas vus depuis sept ans, pourtant il eut l'impression de l'avoir quittée la veille.

— Ettore. C'est toi ?

— Oui, répondit-il sans sourire.

Elle lança un nouveau regard inquiet en direction de la maison.

— Suis-moi ! dit-elle en s'engageant dans la calle Nuñez.

Ils avancèrent sans un bruit. Ettore n'osait pas marcher à ses côtés. Elle ne l'y encouragea d'ailleurs pas.

Trois blocs plus loin, Augustina tourna à droite dans l'allée d'un parc municipal et avança jusqu'à la petite *plaza* en son centre, entourée de ceibos[1] sûrement centenaires, dont les fleurs rouges ne tarderaient pas à éclore, transformant la place en feu d'artifice végétal. Augustina vint s'asseoir sur l'un des bancs qui faisaient face à la stèle en mémoire de l'écrivain argentin Juan Bautista Alberdi. Ettore l'imita. Ils restèrent silencieux un long moment avant qu'elle ne demandât :

— Où étais-tu, Ettore ?

Sa voix était pleine de reproches et cela l'attrista. Il la dévisagea. Elle avait changé mais c'était imperceptible pour qui ne la connaissait pas aussi bien que lui. Ses yeux brillaient d'un éclat plus intense encore que dans ses souvenirs, ses traits harmonieux étaient mieux

1. Arbre originaire d'Amérique du Sud, et spécialement d'Argentine, dont la fleur a été déclarée « fleur nationale » en 1942.

marqués. Elle avait mûri. La femme avait pris la place de l'adolescente qu'il avait connue. Et cette femme était superbe.

— J'ai… Je t'ai écrit, se justifia-t-il gauchement.

Son front se plissa, ses yeux s'étrécirent.

— Je n'ai reçu aucune lettre, Ettore !

— Je… je t'ai écrit chaque semaine. Pendant deux ans.

Ils se regardèrent.

Puis leurs bouches aimantées gommèrent avec frénésie ces longues années de séparation, sous l'œil réprobateur de la vieille dame assise sur le banc d'à-côté.

*

Quand la bouche d'Augustina se referma sur son sexe, Ettore enfonça sa tête dans les coussins et glissa dans un monde voluptueux qu'il croyait avoir oublié. Vagues chaudes. Tremblements incontrôlés. Posées le long de son corps, ses mains remontèrent vers ses seins tièdes qu'il empoigna. Il les pressa doucement et ses doigts jouèrent avec les mamelons devenus turgescents. Il sentait tous les états possibles, sans pouvoir ni vouloir en choisir un. Il était la fonction d'onde du plaisir. Il se laissa porter, toutefois, anticipant la vague imminente, il attrapa la tête d'Augustina et, d'un mouvement tendre la détacha de lui. Faire durer, ne rien précipiter. Elle remonta vers lui, leurs lèvres fusionnèrent puis leurs langues s'enchevêtrèrent. Un temps, elle frotta son sexe humide contre le sien, gémissant faiblement, avant de le laisser la pénétrer. Elle se redressa, attrapa ses mains pour les poser à nouveau sur sa poitrine. Il ouvrit les yeux quand elle ferma les siens. Le soleil, tamisé par les persiennes, faisait des bandes lumineuses sur son ventre et Ettore y vit briller le fin duvet blond. Elle accéléra ses coups de reins. L'orgasme les surprit. Elle, d'abord, qui soudain se cambra un peu plus, le laissant entrer au plus profond d'elle, et ses contractions convulsives entraînèrent Ettore à sa suite. Il jouit sans un bruit.

*

Ils se revirent souvent dans ce petit hôtel, à l'extrémité sud de la ville. Ils faisaient l'amour plusieurs fois, très tendrement puis, affamés, ils descendaient dans la *parilla*[1] de la calle Prudencio Murguiondo. Augustina engloutissait, en les prenant avec les mains, de juteuses côtelettes quand il se contentait, parce qu'elle lui rappelait l'Italie, d'une milanisa[2]. Il la mangeait du bout de la fourchette, préférant dévorer sa maîtresse des yeux.

*

Elle essuya ses doigts gras dans sa serviette. But une gorgée d'eau.

— Ils ont caché tes lettres.

Le serveur vint débarrasser. Elle attendit qu'il ait fini avant de reprendre.

1. Restaurant argentin qui sert de la viande grillée.
2. Escalope panée.

— Mes parents. Ce sont mes parents qui ont détruit tes lettres ! J'ai harcelé notre majordome qui a fini par me l'avouer.

— Pourquoi ?

— Je ne sais pas. Enfin… je préfère ne pas savoir.

Cette question le tarabustait depuis des semaines et Ettore sentit que le moment était venu de la poser.

— M'as-tu écrit, Augustina ? À Rome ?

Elle baissa la tête. Inspira. Poussa vers le milieu de la table un petit morceau d'os qui traînait. Sa voix tremblait, ses yeux se remplirent de larmes.

— Non. Je ne t'ai pas écrit. Pas depuis Leipzig.

— Pourquoi ?

— Parce que… parce que j'ai cru que tu ne lirais pas mes lettres. J'ai cru… J'ai attendu les tiennes, Ettore. J'ai prié pour que tu m'écrives. J'ai attendu ce signal en vain pendant des mois. Et puis je me suis résignée. J'ai cherché à t'oublier.

Ettore posa sa main sur son visage, sécha du pouce la larme qui coulait sur sa joue. Il ne lui en voulait pas. Il ne lui en voudrait jamais.

Car il l'aimait.

Chapitre 35

Mardi 1er novembre – 17 h 06

Wellber pila devant la gendarmerie de Saint-Julien-en-Genevois et l'Audi, malgré l'antiblocage système, glissa sur un bon mètre avant de s'immobiliser, laissant des traces de gomme noire sur le bitume. Les deux enquêteurs en sortirent comme des diables, oubliant Brahmi sur le siège arrière, et foncèrent jusqu'aux cellules de dégrisement. À leur grande surprise, ils les trouvèrent vides. Lamarque, qui les avait vus passer, vint à leur rencontre.

— Où est Stéphane Jablowski ? cria Carbonnier.

Le gendarme sentit, au ton de la voix de son supérieur, qu'il avait fait une boulette. Il bredouilla :

— Je… je l'ai laissé partir…

— Quoi ?

— Il doit repasser demain pour récupérer les clés de sa moto et signer le procès-verbal… Pour son excès de vitesse, mais…

— Quand ? Quand est-il parti ?

Lamarque leva les yeux sur l'horloge murale.

— Il y a deux heures environ…
— À pied ?
— Non, il a appelé un taxi qui…
— Quel taxi ? Y a des taxis dans le coin ?
— Ben oui quand même ! s'offusqua Lamarque. C'est pas la ville, mais bon…
— Qui c'est, ce taxi ? Qui fait taxi ici ?
— La centrale du Genevois, ce sont les…
— Appelez-les ! Trouvez-moi celui qui a embarqué Jablowski ! Illico !
Le gendarme courut devant un poste informatique et chercha le numéro de la compagnie. Ses mains tremblèrent quand il composa les dix chiffres sur le téléphone fixe. L'officier était derrière lui et il entendait sa respiration, cette pression silencieuse mais diablement efficace. La standardiste le mit en relation avec le chauffeur qui avait chargé quelqu'un, deux heures auparavant, devant la gendarmerie. Un dénommé Michel, que Lamarque semblait connaître.
— Allô, c'est Manu. T'as embarqué un client devant chez moi. Un homme, chauve, avec un blouson noir…
— Ouais.
— Tu l'as déposé où ?
— Au CERN.
— Où, au CERN ? gueula Carbonnier an arrachant le combiné à Lamarque.
— Oh là, faut se détendre !
— Réponds à la question ou je te promets que c'était ta dernière course de taxi !
Il y eut un petit blanc de l'autre côté du fil, puis la voix marmonna :

— Moi j'veux bien rendre service mais, bon, y a des limites…

— Où, bordel ? répéta Carbonnier.

— Au niveau du détecteur ATLAS.

Le lieutenant jeta le combiné et partit en courant. Wellber lui emboîta le pas. Alors qu'ils sortaient, ils tombèrent sur Pailhès et Müller qui revenaient de Challex.

— Il est au CERN ! les informa Carbonnier en s'engouffrant dans le SUV du Suisse.

Les deux véhicules démarrèrent sur les chapeaux de roues. Le major dut déployer des prouesses de pilotage pour rester au contact de l'Audi. Il y parvint tant bien que mal et ils arrivèrent en même temps devant le bâtiment 33, l'accueil du CERN, toutes sirènes hurlantes. Ils se regroupèrent sur le parking.

— Clément, vous allez au 182. Il est peut-être là-bas ! Sinon, vous foncez à la plateforme Neutrino ! Soyez prudents, il est potentiellement dangereux… Il reste des gilets ?

Le major ouvrit le coffre de la Kangoo et extirpa deux gilets pare-balles d'une malle en fer. Il les jeta à son supérieur, qui en tendit un à Wellber.

— *Go !*

Müller et Pailhès remontèrent en voiture et décollèrent dans un crissement de pneus.

— Nous, on fonce à ATLAS ! s'écria Carbonnier en prenant la direction du pavillon suisse, à l'arrière duquel se trouvait, au bout d'un petit tunnel en toile, l'un des accès au détecteur.

— Attendez ! Je prends mon arme.

Wellber ouvrit la portière passager et attrapa son Sig Sauer. Son *natel* sonna. Par réflexe, bien que décidé à ne pas répondre, il consulta l'écran pour voir qui cherchait à le joindre. Il s'agissait du centre médico-légal. Il prit l'appel.

— Je suis en opération, faites vite !

— Euh… oui, d'accord, assura son interlocuteur, surpris par la recommandation. Alors, juste pour vous dire que la femme que vous nous avez amenée, la pendue…

— Marjolaine Rey ?

— Oui, c'est ça ! Elle était morte avant d'être accrochée au plafond. Elle a été étranglée. Les marques de doigts sont évidentes et…

— Merci !

L'inspecteur suisse raccrocha. Il hésita un quart de seconde avant de se débarrasser de son chapeau, qu'il déposa avec soin sur le siège conducteur.

— Et moi ? souffla alors Brahmi.

— *Charrette !* Je l'avais oublié, celui-là !

Wellber se retourna et gueula à l'attention de Carbonnier.

— Et Brahmi ? On en fait quoi ?

— Qu'il attende ! répondit le lieutenant.

— Il a toujours les pinces !

L'officier français prit un air contrarié, mais il fouilla dans sa poche et jeta les clés des menottes. Le Suisse les saisit au vol. Il se pencha dans l'habitacle.

— Tendez vos mains !

Malek lui présenta ses poignets et Mark le libéra.

— Attendez-nous ! lui enjoignit-il en s'élançant derrière le lieutenant.

Ils traversèrent la nationale, contournèrent la boule de bois géante. L'accès au détecteur était verrouillé. Carbonnier, agité, batailla pour extirper son portefeuille de la poche intérieure de sa parka. Le sang bouillonnait dans ses tempes. Une énergie incroyable pulsait dans ses veines, rendant ses gestes maladroits.

— Putain ! jura-t-il.

Il posa le sésame sur le lecteur magnétique. Le clic d'ouverture se fit entendre et le portail métallique coulissa sur son rail. Ils piquèrent un sprint jusqu'au hall du détecteur. Le gendarme se jeta sur la grande vitre et y tapa comme un forcené du plat de la main. Un ingénieur se tourna dans sa direction. Inquiet, il s'approcha de l'homme qui, de l'autre côté de la glace, paraissait passablement excité. Wellber sut lire cette appréhension sur le visage du physicien, il tira Carbonnier vers l'arrière, pour qu'il cessât de taper, et cria :

— Police ! Nous cherchons Stéphane Jablowski ! C'est urgent ! Est-il ici ?

Le scientifique ne réagissait pas. Wellber lui présenta sa carte et cela sembla le rassurer. Il s'approcha de la porte de communication, qu'il ouvrit.

— Oui ?

— Police ! Jablowski est-il ici ?

— Euh… oui. Je l'ai vu passer. Il doit être dans le bureau de Marjolaine.

— Où c'est ? hurla Carbonnier.

— Là… là-bas…

L'homme indiquait d'un bras tremblant la sortie, de l'autre côté de la salle de contrôle. Les deux enquêteurs s'y ruèrent, passant devant les quelques chercheurs qui s'étaient regroupés pour discuter de cette surprenante irruption.

— Les bureaux sont au premier, expliqua l'un d'eux. L'escalier juste à droite… La première porte.

Carbonnier et Wellber grimpèrent d'un étage et débouchèrent dans un long couloir où s'alignaient des portes identiques. Sur chacune d'elles, sous le numéro du bureau, figuraient, sur une petite étiquette enfermée dans un cache plastique, les noms de leurs occupants.

— Je prends à droite, prenez à gauche, proposa-t-il à Wellber en chuchotant. Soyons discrets ! Il ne doit pas nous entendre arriver.

Ils avancèrent de concert en scrutant chaque étiquette. Ils n'en avaient pas vu deux qu'une porte s'ouvrit, tout au bout du corridor. Les deux OPJ se figèrent. Malgré la distance, ils reconnurent Stéphane Jablowski.

— Eh ! gueula Carbonnier. Restez où vous êtes ! Gendarmerie !

Il y eut un minuscule temps de flottement. Jablowski s'était tourné vers eux et ne bougeait plus. Mais, dès que le lieutenant fit un pas en avant, le physicien se rua sur la sortie en face de lui, et disparut. Les deux enquêteurs s'élancèrent à sa suite. Ils empruntèrent l'issue par laquelle il avait fui, avec quelques secondes de retard. Un escalier. Le lieutenant se pencha au-dessus de la rampe et vit la porte palière de l'étage du dessous se refermer. En bas, ils trouvèrent un autre couloir, identique à celui qu'il venait de quitter. Jablowski était au bout. Ils coururent, retombèrent sur la salle de contrôle. Ils bousculèrent les scientifiques amassés et éberlués par le passage de leur collègue, ventre à terre, et qui n'était déjà plus là.

— Par où est-il parti ? cria Wellber.

— Il va aux ascenseurs, bredouilla un jeune homme en blouse blanche.

— C'est où ? C'est où ?

— À gauche, en sortant.

— Montrez-nous, commanda Carbonnier.

L'homme prit les devants. Ils repassèrent devant la télévision indiquant l'activité du LHC, tournèrent à gauche et se heurtèrent à une porte que le pass du lieutenant refusa d'ouvrir.

— Ouvrez ! Vite ! intima-t-il.

L'homme s'exécuta et ils se retrouvèrent face à un ascenseur orange qui se refermait. Entre les deux battants métalliques, ils purent croiser l'espace d'une seconde le regard brillant de Jablowski.

— Où ça va ?

— Ça descend à l'accélérateur.

— Pour y aller à pied, c'est où ?

— Là.

Ils se précipitèrent dans la cage d'escalier. Ce dernier s'enfonçait en colimaçon dans les profondeurs du CERN. Ils le descendirent si vite que Wellber manqua chuter à deux reprises. Ils sortirent dans un hall, face à une curieuse porte vitrée aux montants jaune citron. Au-dessus, un panneau de LED indiquait l'heure, la date ainsi qu'un étrange message d'accueil : « *Welcome to Atlas, Impact request mandatory* ». Deux panonceaux portant le signe nucléaire, accompagné des avertissements « Radiations – Zone surveillée », l'encadraient.

Sur le côté, un ordinateur, des boutons lumineux et, encore, l'inquiétant trèfle radioactif.

— Où est-il ? cria Carbonnier.

— Je… je sais pas, avoua leur guide.

— Réfléchissez, merde !

— Il a dû… s'engouffrer dans la caverne.

— Quelle caverne ? C'est quoi, cette connerie ?

— Celle du détecteur, souffla Wellber avec le plus de calme possible. C'est comme ça qu'ils appellent la cavité dans laquelle se trouvent les instruments de mesure. Emmenez-nous !

— Il faut des autorisations.

— Emmenez-nous ! répéta Mark d'une voix plus ferme.

— C'est un cul-de-sac, il ne peut pas…

— Emmenez-nous !

L'homme baissa la tête et se rapprocha de l'ordinateur, vérifia quelque chose sur l'écran. Rassuré, il déverrouilla le sas à l'aide de son badge. Carbonnier le bouscula pour s'engager dans un couloir aux murs gris. Une cinquantaine de mètres avant d'arriver à un angle droit. Un autre corridor. Au fond, une porte. Elle n'était pas fermée. Il reprit sa course, aspirant Wellber et le physicien. Quand ils en franchirent le seuil, ils s'arrêtèrent, estomaqués.

Devant eux se dressait ATLAS. Gigantesque. Rutilant. À l'arrêt pour maintenance, il était ouvert en deux et laissait voir son cœur et ses entrailles, d'où s'échappait une vibration sourde et régulière qui ressemblait au ronflement d'un monstre anesthésié. De partout, des faisceaux de câbles colorés surgissaient tels des cathéters pour plonger et disparaître dans les calorimètres hadroniques et électromagnétiques. Les colossaux électro-aimants toriques, chargés de confiner les particules, affleuraient dans cet enchevêtrement de métal. Les détecteurs à muons, disposés en cercles concentriques autour du faisceau, formaient une monumentale fleur aux pétales cuivrés. L'ensemble ne pouvait être embrassé du regard dans sa totalité. Titanesque, il faisait honneur à son nom.

Stéphane Jablowski était sur la passerelle, une vingtaine de mètres sur la gauche des deux enquêteurs. Il était hors d'haleine et, plié en deux sur le garde-fou, il aspirait l'air goulûment. Le gendarme dégaina et le mit en joue. Il fit un pas dans sa direction. Puis un autre. Jablowski se redressa, farfouilla dans la besace qu'il portait sur son flanc et en sortit une arme. Un pistolet. Un Glock, pensa Carbonnier.

— C'est fini ! déclama le lieutenant.

L'autre, au ralenti, presque théâtralement, posa le canon de son automatique sur sa tempe.

— Oh merde ! jura l'homme qui avait accompagné les deux flics.

Wellber s'avança pour se placer à côté du militaire français.

— Il faut lui parler, chuchota-t-il.

Carbonnier acquiesça d'un petit signe de tête. Au ralenti, il baissa son arme en guise de bonne foi.

— Pourquoi ? lança Wellber. Pourquoi avoir tué Bianca Lorco ?

Jablowski afficha un large sourire. Ses yeux luisaient et il transpirait à grosses gouttes.

— Pour la science, dit-il. Pour les générations futures.

— Je ne comprends pas.

— Sans surprise, j'ai envie de dire… La connaissance scientifique s'appuie sur l'expérience. Des chercheurs de grande valeur tirent de ces expériences des modèles qui expliquent à leur tour les nouvelles expériences. Et puis, à intervalles réguliers, ça bloque parce que les modèles sont devenus obsolètes. Alors, d'abord on les améliore, on les peaufine mais, c'est inexorable, vient le moment où il faut s'en débarrasser parce qu'ils empêchent d'avancer. Il faut alors en trouver d'autres. Pour avancer de nouveau. Comme le serpent mue en abandonnant sa peau devenue trop étroite.

Jablowski fixa les hommes en face de lui sans parvenir à effacer le sourire satisfait qui lui collait aux lèvres.

— Mais tout le monde n'est pas capable de franchir certains paliers car il faut du sang-froid… Encore le serpent… Englués dans leurs préjugés, la plupart ne voient pas ce qui est devant eux. Parce qu'ils ne sont pas prêts à délaisser leur modèle, à bousculer leur habitude. Les quatre éléments d'Aristote ! Deux mille ans pour s'en débarrasser ! L'éther luminifère que les scientifiques se sont coltinés pendant quatre siècles jusqu'à ce qu'Einstein décide enfin qu'il était superflu… Einstein était un grand scientifique qui aurait mérité trois, voire quatre prix Nobel.

— Mais Bianca Lorco, que vient-elle…

— C'était la fille d'Ettore Majorana.

— Oh merde ! s'exclama l'homme en blouse blanche.

— Qui est-ce ? demanda Wellber à leur guide.

— Un physicien italien, disparu dans les années 30, lui expliqua le jeune homme.

— C'était la fille d'un génie mais elle n'était pas géniale, renchérit Jablowski. Cinquante ans qu'elle avait devant les yeux la clé de l'énigme ! Cinquante ans qu'elle tournait autour du pot ! Elle n'a pas eu le cran d'aller plus loin parce que ça fout tout en l'air, ça balaye ce modèle standard bancal. Tout le monde sait qu'il est bancal mais il fonctionne quand même, alors… l'envoyer balader d'un revers de la main. Hou…

En grand comédien, le chercheur avait posé sa main à plat devant sa bouche pour surjouer la gêne.

— Et pourtant !… J'ai dû trancher pour elle.

— Et Legendre ? lança Carbonnier.

Jablowski redevint grave. Comme peiné par cette question, il afficha une moue de dédain.

— Un incapable. S'il avait trouvé le *volumetto*, rien de tout cela ne serait arrivé.

— Quel *volumetto* ?

— Majorana a écrit six *volumetti*. Les cinq premiers contiennent des avancées majeures, certes, mais ils sont bien pâles à côté de ce que contient le dernier.

— Où sont-ils ?

— À Pise. Sauf le sixième, qu'il a confié à sa fille quand elle n'était qu'une gamine.

— Où est-il ?

— Je l'ai brûlé mais…

Jablowski tapota sa tête avec le canon de son arme.

— … tout est ici ! J'aurai la force nécessaire pour franchir cette étape. La matière noire existe-t-elle ou le modèle est-il à revoir ? Moi seul le sais… Bien sûr, le modèle standard en sera la grande victime mais le Nobel est à ce prix ! J'ai un destin. Le monde a besoin de moi et c'est pourquoi je ne peux rester avec vous davantage.

À la manière d'un sauteur en hauteur des années 50, il effectua un superbe ciseau au-dessus de la balustrade et chuta dans le vide.

— Oh merde ! s'écria pour la troisième fois l'homme en blouse blanche.

Ils n'entendirent ni bruit d'impact ni cri de douleur. Mark et Bertrand se penchèrent et découvrirent Jablowski, gigotant dans le filet de sécurité tendu à quelques mètres au-dessus du sol, à l'instar de ceux qu'on trouvait dans les zoos, sécurisant les fosses aux lions. Il bataillait pour en atteindre l'extrémité d'où il se laisserait glisser jusqu'en bas.

— L'enfoiré ! gueula Carbonnier.

Il leva son semi-automatique et aligna chercheur, guidon et cran de mire.

— Arrête-toi ou je tire ! mentit-il.

— Vous êtes fou ! hurla leur accompagnateur. Tirer ici ! Vous n'y pensez pas ! Je vous l'interdis.

Et tirer avec quel projectile ? se dit le gendarme. Jablowski atteignit le bout du filet et se laissa choir au sol. En une fraction de seconde, il disparut derrière le détecteur. Le lieutenant remit son Sig Sauer dans son holster puis, sans trop réfléchir, se jeta dans le vide à son tour. Les cordes le stoppèrent avec rudesse. Il sentit une douleur aiguë irradier sa cuisse droite. Il étouffa un cri et entreprit de ramper jusqu'au bord.

— Je passe par en haut ! lui apprit Wellber, moins courageux.

Dès qu'il toucha le sol, Carbonnier comprit qu'il avait dû se déchirer un muscle. Néanmoins, il partit en clopinant sur les traces du physicien. La porte qu'il avait empruntée était encore ouverte, plus loin, dans le coin de la caverne. Il déboucha dans un couloir sombre où couraient, accrochés au plafond, des tuyaux peints en vert et en rouge, des câbles par dizaine dans des gouttières métalliques perforées. Il trottina droit devant. Longtemps. Si longtemps que chaque pas finit par lui arracher un râle. Il avait de plus en plus mal et prit conscience que Jablowski devait déjà être loin. Ses forces l'abandonnèrent soudain. Il se laissa glisser contre le mur pour s'asseoir. C'était foutu. Il attrapa son téléphone. Il fallait des renforts, il fallait boucler la zone, il fallait... du réseau pour appeler. Ce qui n'était pas le cas. Un claquement le sortit de sa torpeur. Il tendit l'oreille et ferma les yeux. Il sentit sur sa joue un léger souffle d'air frais. Au prix d'un effort considérable, il se remit debout et avança. Il clopina. L'écho d'un autre claquement, lointain. Suivre l'air frais.

Chapitre 36

Année 1947. Willis Eugen Lamb découvre le décalage de Lamb. Richard Feyman, en se penchant sur ce problème irrésolu, pose les premières pierres de l'électrodynamique quantique.

Sur la plaza Francia, Ettore était appuyé contre le tronc d'un tipa couvert de belles fleurs jaunes. Il scrutait l'église Nuestra Señora del Pilar, d'où elle allait sortir, rayonnante et magnifique, il en était certain. Déjà sur le parvis, la famille, les amis puisaient dans la corbeille qui passait de mains en mains, des poignées de pétales de rose à jeter sur les mariés. Une pluie de douceur pour entrer dans la vie de couple.

Ettore n'avait pas su résister et, après de longs atermoiements, était venu. Presque à son corps défendant, poussé par une force malsaine. Un sentiment complexe l'agitait, mélange de jalousie et de fierté. Augustina ne l'épousait pas mais c'était lui qu'elle aimait. Ainsi, il était là, se désolant et se moquant dans le même temps de ce mariage de raison, voulu par ses parents, avec un riche industriel croate, naturalisé argentin, Eugenio Lorco.

À l'annonce de cet événement, dix mois auparavant, les deux amants avaient pleuré longtemps dans les bras l'un de l'autre. Augustina voulait qu'ils fuient ensemble, qu'ils quittent l'Argentine. Elle l'avait supplié de l'enlever. Mais Ettore, devenu Hector, avait refusé, sans oser lui dire qu'il n'en avait pas le courage. Quitter les siens, partir de la terre où il était né, disparaître avait été une épreuve et restait une cicatrice douloureuse. Il l'aimait trop pour lui imposer la même blessure. Alors, les yeux remplis de larmes, il lui avait promis qu'il serait toujours là, qu'ils continueraient à se voir. Il l'avait exhortée à choisir la raison, ce vulgaire pis-aller.

Augustina lui avait obéi et, par ce chaud samedi de janvier, venait d'échanger les vœux avec Eugenio Lorco. Ettore, de l'autre côté de la place, la regarda sortir en robe blanche. Elle ne serait jamais sa femme, quand bien même elle était celle de sa vie. Leurs regards se croisèrent, il lui envoya un baiser du bout des doigts. Un pâle sourire illumina le visage d'Augustina tandis que son mari, de dix ans son aîné, affichait une mine satisfaite particulièrement vulgaire. Il n'était pas beau, avec sa tête allongée, son front bas et ses cheveux noirs coupés court, à la façon d'un militaire. Ses oreilles étaient décollées et, malgré l'évidente qualité de son costume, il n'avait aucune élégance.

Sous les cris et les applaudissements, ils fendirent la foule pour s'engouffrer dans une superbe Austin Tenfour blanche décapotable aux ailes bleu marine. Eugenio Lorco démarra et fit le tour de la place au ralenti. Les invités rejoignirent leur auto et un convoi se forma. Des klaxons retentirent sur la place. Le temps de la fête était venu. D'abord le repas, ponctué de danses, puis le gâteau des mariés d'où les jeunes filles, surexcitées, tireraient la bague[1]. Après, au milieu de la nuit, tous enfileraient un déguisement et le carnaval Criocha pourrait commencer, au son des tambours et des trompettes. Enfin, au petit jour, ils partageraient le jarret de porc avec sa sauce persillée.

Ettore les regarda partir. Une larme chaude coula le long de sa joue. Nerveusement, il l'essuya d'un revers de la main. Il n'avait pas à être triste, il avait fait ce qui était le mieux.

1. Tradition des mariages argentins. Le gâteau des mariés est truffé de petits objets insolites, dont une bague, reliés à des fils qui sortent de la pâte. Chaque femme célibataire tire sur un fil, celle qui découvre la bague sera mariée dans l'année.

Chapitre 37

Mardi 1er novembre – 18 heures

Wellber remonta aussi vite qu'il le put. Il tomba sur le major français et Martha Müller qui arrivaient en catastrophe.

— Rien dans le 182, rien à la plateforme Neutrino, l'informa-t-elle.

— Il était là !

— Vous l'avez eu ?

— Non. Je t'expliquerai ! Vite !

Le Suisse s'engouffra dans la salle des commandes et mit littéralement la main sur un grand sec à la tête longiligne, qui ressemblait à Jacques Chirac jeune. Il le tira vers lui.

— Police ! J'ai besoin d'un plan !

— Oui, oui. Tout de suite.

Ils s'approchèrent d'un ordinateur. Quelques clics et un plan de masse du détecteur, vu du dessus, apparut sur l'écran.

— Par où est-il parti ? demanda Wellber à l'homme en blouse blanche qui était remonté avec lui, de la caverne ATLAS.

— Il a pris le tunnel de service, qui est extrêmement long.

— Ça débouche où ?

— Ça dépend, expliqua le sosie de Chirac. Il existe huit puits, répartis sur tout le périmètre du LHC. S'il est parti vers l'est, il arrivera au puits numéro huit, s'il est parti vers l'ouest, ce sera le numéro deux.

À l'aide de la souris, après avoir zoomé de façon adéquate, il désigna les deux sorties à Wellber. L'inspecteur consulta l'échelle de la carte et, après une rapide conversion, en déduisit que les deux points se trouvaient à environ trois kilomètres, à équidistance de leur position actuelle. C'était une bonne nouvelle : à pied, il faudrait trente minutes à Jablowski pour les atteindre, quinze s'il courait. Cela leur laissait le temps de s'y rendre en voiture pour l'accueillir à sa sortie.

— Martha, vous foncez au numéro huit, je prends le numéro deux… Attention, il est armé !

— Ça marche, dit Müller en tapant sur son torse, pour rappeler à son patron qu'elle était équipée.

Ils s'apprêtaient à quitter les lieux quand un barbu, d'une soixantaine d'années, qui avait assisté à la scène sans rien dire, au milieu de ses collègues, les interpella :

— Il peut aussi sortir au 1.2 !

Wellber tiqua.

— Quel 1.2 ?

— Dans le bâtiment 2173. Juste à côté.

— Vers les terrains de tennis ? demanda Pailhès qui se rappelait être passé à côté de ce bâtiment.

— Juste derrière, oui.

— C'est là qu'il va ! cria Wellber. On fonce !

Ils sortirent en courant. Le Suisse, suivi par Müller et Pailhès, fila jusqu'à son Audi. Quand ils y arrivèrent, ils trouvèrent Brahmi appuyé sur le capot.

— En voiture, lui ordonna Wellber.

Il mit le contact et fit un demi-tour en marche arrière qui envoya valser le major contre la vitre latérale. La force centrifuge fit aussi tomber Brahmi sur Müller, qui le repoussa avec dégoût. Mark accéléra jusqu'au bout du parking, s'engagea sur le rond-point qu'il avala en faisant crisser les pneus. Pailhès apprécia en connaisseur. Il remonta pleins gaz la nationale, par chance presque déserte, et négocia la chicane des postes douaniers sans décélérer. Puis à droite, sur la route communale cinq, avant d'entrer sur le site SM18. Il prit tant de vitesse sur la petite ligne droite qui menait à la barrière de sécurité que Martha crut un instant qu'il allait la pulvériser. Mais il pila devant.

— On continue à pied !

Ils s'extirpèrent de l'Audi et s'élancèrent vers le bâtiment 2173, devant eux.

— Là ! hurla Müller.

L'inspectrice principale adjointe désignait Jablowski qui sortait par une porte latérale, à côté de l'entrée principale du hangar. Alerté par ce cri, le chercheur marqua un temps d'arrêt, tel un lapin pris dans les phares d'une voiture, regarda les trois enquêteurs se précipiter vers lui avant de détaler en direction du club de tennis, à l'endroit même où il avait déposé le corps de Bianca Lorco. Pailhès, affûté par son régime et ses séances de sport, prit vite l'ascendant sur ses collègues et se rapprochait du fuyard à vue d'œil. Arrivé sur le chemin de terre, ce dernier tourna à gauche pour remonter plein nord, à travers champs. Fatigué, il perdait du terrain et, très vite, Pailhès ne fut plus qu'à une vingtaine de mètres derrière lui.

Jablowski jeta un œil sur son poursuivant et, jugeant qu'il ne pourrait pas le semer, s'arrêta, se retourna et posa son pistolet sur sa tempe. Il hurla :

— Stop !

Le major s'exécuta, son Sig Sauer tendu vers Jablowski. Moins de dix mètres les séparaient.

— Vous ne comprenez donc pas ? s'égosilla le physicien. Non ?... Faut-il que vous soyez stupides ! Je meurs et tout ce que je sais part avec moi. Tout !

— On fera sans, se moqua Pailhès.

L'autre partit d'un éclat de rire.

— On fera sans ? Ce que je sais révolutionnera la physique, révolutionnera le monde... Sombre idiot ! Qui êtes-vous pour vous dresser devant l'inéluctable ? Une révolution, je vous dis ! Écoutez-moi, bordel !

Le gendarme entendait bien, très bien, trop bien et ces insultes commençaient d'ailleurs à l'agacer. Il ramena le chauve à ses responsabilités.

— Trois morts, ça fait cher la révolution.

— Les révolutions ne se font pas sans casse. Bianca et Marjolaine sont tombées au champ d'honneur ! ricana Jablowski. Pour la science ! Leur sacrifice n'aura pas été vain...

Wellber arriva, essoufflé, aux côtés de Clément. Très vite, il estima que Jablowski sombrait dans un délire duquel il ne sortirait pas. Le faire parler et attendre l'ouverture. Non, créer l'ouverture. « Va le chercher », s'encouragea-t-il.

— Pourquoi avez-vous tué Mme Lorco ?

— Je ne le voulais pas. Elle m'a forcé, elle…

— Comment saviez-vous qu'elle était la fille du physicien italien ?

— Elle me l'a dit.

— Quand ?

— Il y a quatre ou cinq ans. Un des rares soirs où elle avait trop bu… On n'était que tous les deux.

— Elle vous a parlé du carnet ?

— Oui.

— Alors vous avez insisté pour le voir ?

— Oui. Mais elle n'a pas voulu. Elle m'en a juste révélé le contenu… enfin, quelques morceaux, habilement choisis pour que je ne puisse pas comprendre… Mais le peu qu'elle m'a révélé m'a suffi. Alors j'ai voulu voir le carnet…

— Mais elle a encore refusé…

Les traits de Jablowski se durcirent.

— Elle n'arrêtait pas de répéter que nous n'étions pas prêts, qu'il fallait encore du temps. Tous les jours, je lui demandais de me montrer le carnet. Il m'a fallu presque trois ans pour la convaincre de me laisser le feuilleter. Juste le feuilleter… Et puis, ce dimanche, elle l'a finalement apporté. Ce que j'y ai lu était brillant. Si brillant… L'évidence du génial ! J'ai tenté de la convaincre de publier, on le pouvait. On tenait le Nobel, c'était sûr !… La montée en puissance du LHC nous permettrait d'apporter la preuve expérimentale de la théorie que son père avait jetée sur le papier, cinquante ans plus tôt. Le X n'était pas une fluctuation statistique mais il fallait regarder dans le bon canal, c'est tout ! C'était le moment… Pourtant, elle n'a rien voulu savoir. Malgré la drogue que j'avais mise dans son verre, elle s'est énervée, a menacé de m'écarter du labo… Elle a voulu reprendre le *volumetto*…

— Mais vous n'étiez pas d'accord.

Jablowski était au comble de l'agitation. Ses jambes tremblaient. De grosses gouttes de sueur perlaient sur son visage. Sa main libre gesticulait dans l'air, dessinant des arabesques absurdes.

— Non. Je lui ai jeté au visage son putain de carnet, elle ne l'a pas attrapé et, quand elle s'est baissée pour le ramasser, je lui ai fracassé le crâne avec un extincteur. Le bâtiment était vide, il était tard. Je l'ai laissée dans mon bureau, je suis allé chercher la Clio et, en plein milieu de la nuit, j'ai été la jeter sur la frontière.

— Pourquoi là ?

— Pour foutre la merde !

Wellber ne put s'empêcher de penser que ça avait presque fonctionné.

— Où est le carnet ?

— Je l'ai brûlé. Je suis le seul à savoir ce qu'il contenait… Si je presse la détente, l'humanité perd tout.

C'était maintenant. Le Suisse se jeta dans la brèche comme il montait à la volée.

— Hélas, commença-t-il, on a trouvé une copie du *volumetto*. Lorco l'avait numérisé. On n'a rien compris mais d'autres le pourront !

— Quoi ? brailla Jablowski.

— Il est en sécurité à l'hôtel de police de Genève.

— Vous mentez !

— Non. On a mis la main sur un CD chez Legendre. Un disque marqué AC/DC. Mais ce n'était pas de la musique… Votre cambrioleur n'était pas si nul que ça ! Vous n'avez juste pas su chercher !

— C'est faux ! Elle me l'aurait dit ! Ce carnet était unique. Et je l'ai brûlé.

Jablowski tendit son arme en direction des policiers et les mit en joue.

— Vous êtes des menteurs ! beugla-t-il.

Le coup claqua. Sec, tel celui de la masse frappant la cognée. L'arme sauta dans une gerbe de sang. Il poussa un cri de douleur strident. Sa main libre vint se refermer sur son poignet ensanglanté et il tomba à genoux. Wellber et Pailhès se tournèrent dans la direction de laquelle était venue la balle. À cinq mètres environ, à la hauteur de Jablowski, Martha Müller était en position de tir, à la lisière de la forêt.

Chapitre 38

Année 1966. Georges Lemaître, physicien et chanoine belge, qui avait émis la théorie de l'atome primitif, appelée Big Bang par la suite, décède.

Il savait que Bianca ne tarderait pas à rentrer. Elle s'arrêtait toujours pour boire une limonade en revenant de son cours de tennis. Il finit son café d'une traite. Il devait la voir avant qu'elle ne parte pour les États-Unis.

Bianca était née en 1948. Elle avait grandi sous l'œil protecteur d'Ettore, qu'elle connaissait comme un ami de sa mère. La jeune fille s'était avérée douée pour les sciences et, après l'obtention de son bac à la Scuola Italiana Cristoforo Colombo avec deux années d'avance, elle avait embrassé des études de physique théorique à l'UBA[1]. La situation politique s'était alors tendue. Le 29 juillet, la nuit des longs bâtons avait vu les militaires occuper les universités et Augustina, conseillée par Ettore, avait suggéré à sa fille d'aller poursuivre ses études à l'étranger.

1. Université de Buenos Aires.

Elle quittait l'Argentine la semaine prochaine et Ettore avait décidé de ne pas la laisser s'éloigner – la reverrait-il ? – sans lui avoir parlé.

Comme prévu, l'étudiante poussa la porte de la *confitería* peu après 17 heures. Elle aperçut aussitôt Ettore :

— Hector ? Quelle surprise ! Que faites-vous ici ?

— Viens, lui dit-il en lui prenant la main pour l'entraîner à l'écart, dans l'arrière-salle.

Bianca, surprise, se laissa guider. Quand elle fut assise, il héla le serveur et commanda deux limonades.

— Un problème, Hector ? s'inquiéta-t-elle.

— Je m'appelle Ettore, Bianca. Ettore Majorana. Hector Mayor est le nom que je porte depuis que j'ai fui mon pays, en 1938.

— Mais comment ça ? Vous n'êtes pas… argentin ?

Ettore sourit. Depuis vingt-sept ans, il habitait ici, il travaillait ici : il n'avait plus aucun accent, son espagnol était parfait.

— Je suis italien. Sicilien, pour être précis. Je suis né en 1906 à Catane.

— Oh… Maman ne m'en a jamais parlé !

— C'est pourtant à Rome que nous nous sommes connus. Quand elle étudiait à la Sapienza, l'université de la ville.

Bianca, qui avait porté son verre à ses lèvres, le reposa sèchement sur la table. Un peu de limonade gicla.

— C'était en 1931. Très vite, nous sommes… nous sommes devenus amants.

Ettore ne laissa pas sa fille réagir. Il avait un peu honte, alors il continua sans s'arrêter.

— Puis je suis parti en Allemagne, pour étudier à Leipzig. À cette époque, les nazis montaient en force et ta mère a dû rentrer en Argentine… J'ai longtemps hésité à la rejoindre et, en 1938, je me suis décidé. J'ai…

Il ne devait rien lui dissimuler.

— J'ai fait croire à mes proches que je m'étais suicidé, je me suis caché un temps en Sicile avant d'émigrer ici… J'ai retrouvé ta mère. Elle n'était pas encore mariée et nous avons recommencé à nous voir… Tes grands-parents n'en ont jamais rien su, ils ne l'auraient pas toléré.

Il marqua une pause pour boire une gorgée de limonade. Le plus dur était à venir. Il ressentit soudain le besoin de se justifier.

— Nous nous aimons depuis tout ce temps, Bianca.

— Pourquoi ne vous êtes-vous pas mariés alors ? répondit-elle d'une voix irritée.

— Ce n'était pas… Je n'ai pas voulu.

— Je ne comprends pas.

— Il aurait fallu fuir et ta mère avait sa vie ici… Je n'ai pas voulu.

Il se tut. Bianca, ahurie, essayait de démêler le vrai du faux. Mais, convaincue qu'il n'avait aucune raison de lui mentir, elle jonglait avec les pièces du puzzle qu'il venait de lui donner. Les morceaux épars s'emboîtèrent vite, avec la force de l'évidence. Les cadeaux qu'il lui offrait à ses anniversaires… Sa main qui caressait ses cheveux… Leurs rencontres fortuites, quand elle allait au parc avec sa mère… Leurs longues discussions, assis sur un banc, tandis qu'elle jouait… Les petits cours de mathématiques, son léger sourire au coin des lèvres, ses regards appuyés tandis qu'elle était penchée sur son cahier. Des regards… paternels.

— Alors… Vous êtes mon père ?

Ettore fut soulagé. Elle lui épargnait ce dernier aveu.

— Oui. Tu m'en veux ?

— Oui.

Ils se regardèrent. Le visage de Bianca était fermé. Elle attrapa son verre et en vida la moitié. Ettore avait une envie folle de fumer une cigarette, alors qu'il avait arrêté depuis plus de dix ans.

— Pourquoi me l'avouer maintenant ? Je pars dans quatre jours, vous le savez.

— Oui.

— Alors ?

— Les États-Unis sont si loin et je ne sais pas si nous nous reverrons, Bianca. Or, je ne voulais pas garder cela pour moi, et puis…

Il serra le *volumetto* glissé dans la poche de sa veste.

— Je voulais te remettre quelque chose… C'est un carnet dans lequel j'ai consigné mes travaux. Des recherches personnelles en physique théorique… Je sais que tu réussis admirablement bien dans ce domaine.

Ettore sortit le calepin à la couverture de cuir noir et le déposa devant lui, sur la table. Il posa sa main à plat dessus.

— J'ai été physicien, Bianca…

— L'effet Majorana-Brossel, c'est vous ? s'exclama-t-elle.

— C'est moi. La première moitié tout du moins, essaya de plaisanter Ettore en le regrettant aussitôt.

— Maman dit que vous êtes ingénieur.

— Et elle dit vrai. Je n'ai plus fait de physique théorique depuis presque trente ans.

Il baissa les yeux vers le *volumetto*.

— Ces travaux datent de 1937. Je voulais les confier à ta mère, mais je ne l'ai jamais fait. Elle… elle ne les aurait pas compris. Toi, tu pourras.

Il poussa le carnet vers sa fille. Elle saurait utiliser ce qu'il contenait. Un jour. Quand les papillons viendraient la voir car, il le sentait, elle avait hérité de ses dons. Elle serait une grande physicienne et la technique, en constante amélioration, étayerait alors les hypothèses qu'elle ne manquerait pas de construire, en s'appuyant sur les préceptes qu'il lui léguait.

— Garde ce carnet, Bianca. Je t'en prie.

— Et si je n'en veux pas ?

— Je t'en prie.

La jeune femme regarda son père. C'était un homme fatigué dont les cheveux blancs tranchaient avec sa peau hâlée. Il était ridé, avait des poches profondes sous les yeux. Ses paupières tombaient en lui donnant un air las. Seules ses lèvres encore charnues gardaient la fraîcheur de sa jeunesse mais elles détonnaient sur son visage harassé. Elle sentit combien elle était proche de lui. Combien il rayonnait d'amour pour elle. Le même sang coulait dans leurs veines, c'était une évidence qui la saisit. Elle venait d'apprendre qu'elle était sa fille mais elle l'avait toujours su. Elle fit défiler les pages du *volumetto*. Des équations serrées, une écriture fine.

— Je ne comprends rien.

— Ça viendra. Un jour, tu comprendras. Et tu pourras révéler au monde ce que tu auras appris. Mais c'est encore trop tôt.

Bianca fronça les sourcils. Il avait été maladroit. Il tenta de se reprendre.

— Je te laisse juge de ce que tu feras de ces travaux. Je ne veux pas garder ce carnet, j'ai peur qu'il ne disparaisse s'il m'arrivait quelque chose.

La jeune femme s'assombrit. Un frisson la parcourut. Une fibre nouvelle vibra en elle, une partie d'elle-même qu'elle ignorait en entrant dans ce café, une demi-heure plus tôt.

— S'il vous arrivait quelque chose ? Je ne vous suis plus, Hector.

— Les temps sont mouvementés, Bianca. Je… j'ai un mauvais pressentiment. Garde ce carnet, je t'en prie. Je te le demande comme une faveur. J'ai confiance en toi.

Elle se leva.

— Je dois y aller, annonça-t-elle, bouleversée.

Elle resta immobile, debout devant son père. Ettore, qui était toujours assis, baissa les yeux en un étonnant signe d'allégeance.

— J'ai confiance en toi, murmura-t-il.

Elle prit le *volumetto*, souffla :

— Au revoir, Hector.

Et s'en alla.

Chapitre 39

Mercredi 2 novembre – 9 h 47

La juge Bacon arriva la dernière dans la salle de réunion de la sous-préfecture. Elle tenait dans chaque main une bouteille de champagne, ce qui ne manqua pas de surprendre l'assemblée car il n'était pas 10 heures du matin.

— *Nunc est bibendum*[1], aurait dit Horace ! clama-t-elle. Bravo ! Bravo à tous ! Promis, chacun aura droit à son petit verre…

Elle posa les bouteilles sur la table. Elles étaient couvertes de buée, gage de fraîcheur. Clément en déchiffra l'étiquette. Mumm. Elle ne s'était pas foutue d'eux mais, après tout, il considéra qu'ils le méritaient.

— … dès que j'aurais éclairci quelques points. Est-on sûr que le *volumetto* a été détruit ? commença la juge.

— C'est ce qu'affirme Jablowski. Maintenant, rien n'a été trouvé à l'endroit où il prétend l'avoir brûlé,

1. « C'est maintenant qu'il faut boire. »

répondit la colonelle Louis. Pas de cendres, pas de résidus.

— Mmm… L'empreinte ?

— Celle retrouvée chez Legendre et chez Lorco est bien celle de Stéphane Jablowski.

— Bonne nouvelle ! Que de temps nous aurions gagné s'il s'était soumis au relevé immédiatement…

— Certes. Et nous savons maintenant les raisons qui ont poussé Jeanne Corbal à mener cette fronde ayant bénéficié à Jablowski.

— Quelles sont-elles ?

— Son compagnon est algérien. Il vivait en France avec un titre de séjour biométrique périmé quand ils se sont connus. Lors d'un banal contrôle, il a été confondu par ses empreintes et reconduit hors des frontières du territoire. Depuis, et bien qu'il possède aujourd'hui des papiers en règle, Mme Corbal a contracté une phobie de ces prélèvements.

— On peut le comprendre, constata froidement Bacon. *Quid* du sang dans la Clio ?

— C'est bien celui de Bianca Lorco !

— L'alibi de Jablowski ?

— Il nous avait menti en affirmant avoir passé le week-end chez lui.

— Bien. Le faisceau de preuves est satisfaisant. *De internis non judicat prætor*[1].

— Chez Rey, son ADN a été retrouvé sur la corde et son sperme était dans le vagin de la victime, ajouta la colonelle. Et, pour finir, il nous a fait des aveux complets.

1. « Le juge ne doit pas condamner pour de simples pensées. »

— *Amicus Plato, sed magis amica veritas*[1]. Quelqu'un me résume l'histoire ? Lieutenant Carbonnier ?

Bertrand sursauta. L'excitation des dernières heures avait disparu. Une apathie grise qu'il ne connaissait que trop bien s'était emparée de lui, contre laquelle les médicaments ne feraient rien. Sa virée dans les boyaux de l'accélérateur l'avait vidé de son énergie. Il y était resté six heures avant qu'on ne le retrouve. Car il s'y était perdu. Il avait tenté de faire demi-tour mais n'avait pas réussi à retrouver les couloirs par lesquels il était passé. Son portable n'accrochant aucun réseau, après avoir tourné pendant deux bonnes heures, il s'était assis à même le sol et avait attendu les secours, fumant cigarette sur cigarette avec la mauvaise conscience de celui qui sait que cela ne doit pas être permis. Il avait senti le fluide vital qui le quittait, suintant par tous ses pores. Au bout d'un temps infiniment long, il avait vu débarquer Clément avec trois pompiers. Quand ces derniers lui avaient demandé pourquoi il n'avait pas utilisé l'un des postes téléphoniques d'urgence, rouge vif, directement relié à leur caserne, Bertrand avait répondu qu'il ne les avait pas vus. Et c'était la vérité, aussi curieuse fût-elle. Ils étaient ressortis, lentement, par les ascenseurs du point numéro deux qui abritait l'expérience ALICE des ions lourds.

— Je ne me sens pas très bien, madame la juge. Si vous n'y voyez pas d'inconvénient, je préfère que mon collègue suisse vous réponde.

— Est-ce que cela va aller, lieutenant ? s'inquiéta Bacon.

1. « J'aime Platon, mais j'aime mieux la vérité. »

— Oui, oui. Juste un peu de fatigue… Mark ? Ça ne t'ennuie pas ?

Wellber toussota pour s'éclaircir la voix.

*

Quand il lui eut expliqué toute l'histoire du *volumetto*, la juge voulut des précisions sur le meurtre de Legendre.

— Après la garde à vue de son acolyte, Jablowski a paniqué. Il est alors monté s'assurer de sa loyauté. Et là, que s'est-il passé ? Jablowski est resté vague mais Legendre, comprenant que la mort de Lorco et ses deux tentatives de cambriolage étaient liées, a visiblement tenté de le faire chanter. L'autre s'est donc emparé d'un cutter qui traînait sur les cartons et lui a tranché la gorge. Le lieutenant Carbonnier et le major Pailhès l'ont croisé tandis qu'il redescendait vers la vallée.

— Toujours avec la Clio ?

— Oui… Très méticuleux, il en a nettoyé le coffre à trois reprises, en laissant sécher chaque fois entre deux lavages… Il ne voulait pas la remettre dans le garage sans être sûr qu'elle était nickel. Il savait que sa sœur n'était pas là et ne s'inquiéterait pas.

— Mmmm… *Vir prudens non contra ventum mingit*[1].

Martha Müller ne put s'empêcher de rire. Tous se tournèrent vers elle mais elle garda un silence énigmatique.

1. « Un homme sage n'urine pas contre le vent. »

— Et ce faux alibi avec Bruno Okebiboué ? relança Bacon.

— Une vieille combine entre les deux hommes. Legendre l'utilisait depuis des années pour se couvrir lors de ses cambriolages. Quand la police appelait le camping, l'autre confirmait la présence de son ancien codétenu, sans chercher à comprendre.

— Habile, apprécia la juge.

— Cette fois-ci, son camarade mort, Okebiboué a décidé qu'il n'avait plus à se mouiller pour lui et a tout balancé.

Du bout de l'index, Karine Bacon dessina une droite dans la buée de la bouteille posée devant elle.

— Que vient faire la pauvre Marjolaine Rey dans tout cela ?

— Elle et Jablowski étaient en couple depuis une petite année. Sur l'oreiller, il s'était laissé aller à quelques confidences au sujet du *volumetto* de Lorco. Alors, quand la physicienne a été retrouvée morte, Rey s'est inquiétée, pressant son amant de questions, subodorant qu'il n'était peut-être pas tout blanc. Et ses soupçons se sont épaissis avec ce refus de donner leurs empreintes… Il y a deux jours, il revient de Paris et se rend directement chez elle. Ils font l'amour puis, comme elle insiste, il avoue le meurtre mais tente de la convaincre de marcher avec lui. Il lui fait miroiter le Nobel. Elle ne veut rien entendre, s'affole et crie… Les *bordiers* ont confirmé que l'altercation avait été très violente avant que le silence ne revienne. Il l'étrangle. Pour faire croire à un suicide, il pend le corps au lustre du plafond, dont l'attache n'aurait jamais tenu si elle s'était agitée. Puis Jablowski prend la fuite et tombe sur nos collègues de Saint-Julien qui se trouvaient au bon endroit au bon moment.

Wellber se tut.

— Voilà. Vous savez tout.

— *Acta fabula est*, conclut Bacon en attrapant une bouteille de champagne.

— Pardon mais je ne saisis pas un mot à vos phrases en latin, avoua le Suisse. Je ne dis rien depuis le début mais c'est assez désagréable.

— Je comprends. Inspectrice Müller, auriez-vous l'amabilité de traduire, s'il vous plaît, que nous puissions boire un verre ?

Les deux femmes échangèrent un sourire complice, qui donna des frissons au major Pailhès.

— Mme la juge vient de dire : « Fin de l'histoire. »

Épilogue

Année 1976. Samuel Ting obtient le prix Nobel pour la découverte du méson ψ qui confirme l'existence du quark charm.

Hector marchait sans se presser, s'appuyant sur la belle canne en bois que lui avait offerte Augustina. C'était un vieillard heureux. Il tourna dans la calle Solís, s'assit sur un banc public baigné de soleil. Un papillon vint se poser à côté de lui et Hector admira ses ailes noires et bleues qui, battant dans l'air avec grâce, semblaient lui lancer des clins d'œil. Quand l'insecte s'envola vers d'autres lieux, Hector sourit en le regardant disparaître. La veille, il avait reçu une longue lettre de Bianca. Sa fille lui annonçait qu'elle intégrerait un laboratoire du CERN, en Suisse, à la fin du mois. Ses recherches avançaient, affirmait-elle sans en révéler davantage, mais Hector savait que le super synchrotron à protons, qui venait de fournir ses premiers faisceaux, lui permettrait de les mener à terme.

Un camion vert kaki passa dans la rue. Hector constata avec tristesse qu'il était rempli de militaires.

Ces dernières semaines, ils semblaient se multiplier. Cela n'augurait rien de bon mais il s'en moquait. L'Histoire était périodique. L'homme fautait, encore et encore.

Il eut une pensée pour le Pape, Enrico Fermi. Le monde aurait-il été meilleur s'il était resté en Italie[1] ? Si *Little Boy* et *Fat Man*[2] n'avaient pas explosé ? Lui revint un passage tiré des *Mémoires* de son épouse Laura, qu'il avait lues, amusé d'y voir apparaître son nom d'alors :

> Enrico ne pensait pas qu'arrêter le travail aurait été une solution raisonnable. Il ne sert à rien d'essayer d'arrêter le progrès de la science. Quoi que ce soit que la nature tienne en réserve pour l'humanité, si fâcheux que ce soit, les hommes doivent l'accepter, car ignorer ne vaut jamais mieux que savoir[3].

Hector appréciait ce discours, qu'il aurait aimé tenir – s'il n'avait pas disparu, s'il avait vieilli et travaillé en Italie, acquérant une respectabilité scientifique telle que les journalistes du monde entier eussent été obligés de consigner la moindre de ses paroles. Mais il ne regrettait rien, et surtout pas le choix de l'amour. Sa

1. Enrico Fermi, dont l'épouse était juive, décida d'émigrer pour les États-Unis quand la politique anti-juive se durcit en Italie. Il profita de la remise du Nobel 1938, dont il était le récipiendaire, pour partir depuis la Suède. Aux États-Unis, il a été au cœur du projet Manhattan.

2. *Little Boy* fut largué depuis le bombardier *Enola Gay* le 6 août 1945, à 8 h 15, à la verticale de Hiroshima. *Fat Man* suivra le 9 août, au-dessus de Nagasaki.

3. Laura Fermi, *Atoms in the Family : My Life with Enrico Fermi*, University of Chicago Press, 1954.

fille serait son porte-parole. Elle apporterait au monde ce que la nature tenait encore en réserve et qu'il avait consigné, sous la dictée des papillons, il y avait quarante ans de cela.

Il regarda sa montre. Il était temps de rentrer. Il reprit le chemin de son appartement. Et, alors qu'il passait devant un *kiosko*[1], une main tapota son épaule. Il se retourna. L'homme le dépassait d'une tête. Moustache noire dont les extrémités encadraient le menton. Regard dur.

— *Un momentito, señor. ¿Me puede acompañar?*

— *¿Por qué?* s'étonna Hector.

L'homme empoigna son bras droit et le serra si fort qu'il lui fit mal. Il le tira vers la rue. Une voiture sombre vint stopper à leur hauteur. La porte arrière s'ouvrit, mue par un mécanisme invisible. Le molosse le poussa à l'intérieur, appuyant sur sa tête pour qu'elle ne cogne pas le toit. Hector Mayor tourna la tête et regarda une dernière fois le ciel.

Pour emporter un morceau de bleu.

---

1. Petite boutique qui vend des articles en tous genres, cigarettes, bonbons...

Note

Les faits concernant Ettore Majorana sont historiquement vrais jusqu'au 26 mars 1938, date à laquelle il a disparu – à l'exception de la romance avec Augustina et de l'existence d'un sixième *volumetto*, que j'ai inventés pour les besoins de mon enquête.

Les faits postérieurs à sa disparition sont donc fictifs mais s'appuient sur la thèse de Leonardo Sciascia, qu'il développe dans son ouvrage polémique *La Disparition de Majorana.*

Remerciements

Merci au commandant Laurent Lesaffre, à la lieutenant-colonelle Marie Sachot et à la lieutenant-colonelle Yasmina Tadlaoui, pour leurs relectures.

Merci à Bernard Fernandez qui a accepté sans hésiter, alors qu'il ne me connaissait ni d'Ève ni d'Adam, de relire le manuscrit pour y traquer les incohérences scientifiques et chronologiques.

Merci à Alain qui m'a ouvert les portes du CERN et me l'a fait visiter « de fond en comble », avec toute la passion qui l'anime.

Merci à tous mes primo-relecteurs dont les critiques et les corrections me sont toujours indispensables, Marie-Thérèse, Florian, Hélène, papa, maman, Guillemette et Carole.

Une pensée toute particulière pour Philippe Kempf, qui me manque.

Remerciements

[illegible]

Pour en savoir plus
sur les Éditions Plon
(catalogue, auteurs, vidéos, actualités...),
vous pouvez consulter
www.plon.fr
www.lisez.com

et nous suivre sur les réseaux sociaux

Éditions Plon

@ÉditionsPlon

@editionsplon

Pour plus d'information :

#lisez! engagé
www.lisez.com
Imprimé sur du papier issu de forêts gérées durablement.

CET OUVRAGE A ÉTÉ ACHEVÉ D'IMPRIMER SUR ROTO-PAGE
PAR L'IMPRIMERIE FLOCH À MAYENNE EN FÉVRIER 2025

N° d'impression : 106513
N° d'éditeur : P32216/01
Imprimé en France